# VIVENDO NO LIMITE

JOE CONNELLY

# Vivendo no limite

*Tradução*
Laura Teixeira Motta

COMPANHIA DAS LETRAS

*Título original*
Bringing out the dead

*Capa*
Silvia Ribeiro
sobre foto de Roberto Stelzer

*Preparação*
Otacílio Fernando Nunes Jr.

*Revisão*
Carmen S. da Costa
Ana Maria Barbosa

Dados Internacionais de Catalogação na Publicação (CIP)
(Câmara Brasileira do Livro, SP, Brasil)

---

Connelly, Joe
Vivendo no limite / Joe Connelly ; tradução Laura Teixeira Motta. — São Paulo : Companhia das Letras, 2000.

Título original: Bringing out the dead.
ISBN 85-7164-966-9

1. Romance norte-americano I. Título.

99-5372 CDD-869.935

---

Índices para catálogo sistemático:
1. Romances : Século 20 : Literatura brasileira 869.935
2. Século 20 : Romances : Literatura brasileira 869.935

[2000]

EDITORA SCHWARCZ LTDA.
Rua Bandeira Paulista 702 cj. 72
04532-002 — São Paulo — SP
Telefone (11) 866-0801
Fax (11) 866-0814
e-mail: editora@companhiadasletras.com.br

*Para aqueles que trabalham nos poços da noite*

# Agradecimentos

Minha especial gratidão àqueles que me estimularam: meu parceiro Seth Greene, meu professor, Colin Harrison, meu agente, Sloan Harris e meus editores, Jenny Minton e Sonny Mehta. E a minha esposa, Jenny, a quem coube a muito freqüente tarefa de me fazer ir adiante — sem vocês, estas páginas ainda estariam em branco.

Em memória de Mary McKenna e Doris Jean Austin.

# 1.

Estacionei a ambulância em frente ao prédio sem elevador no número 414 de Hell's Kitchen, e Larry e eu retiramos o equipamento da parte traseira. Era meia-noite de abril, a lua cheia iluminava a rua como em festejo de dia santo, e enquanto eu andava na direção daquele brownstone de fachada pintada de azul, os rostos nas janelas assistindo, pensei de novo no quanto eu queria que a noite fosse tranqüila, em como eu tinha caminhado os sete quarteirões até o trabalho com as mãos trêmulas postas num gesto de prece por uma noite tranqüila, e em como, apesar de tudo, eu fora despachado imediatamente, e sem café, para esta parada cardíaca.

Os degraus da varanda estavam atulhados de gente desocupada bebendo e berrando junto com um rádio no primeiro andar, e quando chegamos ao portão de entrada os cantores pararam de gritar e a música virou apenas estática. Abriram uma passagem na escada, chutando latas vazias do nosso caminho, amontoando-se a nossa volta para saber a má notícia. Qual apartamento? Qual apartamento? Como se tivessem bilhetes de loteria que ninguém queria ganhar. "Ah, meu Deus, é o sr. Burke", disse a mulher mais velha, e o grupo se reuniu atrás de nós para contar histórias sobre o homem do 5A, seu filho bêbado, sua filha revoltada, a santa da esposa, seu coração doente.

A porta da frente se abriu, um menino a segurava. Ele estava chorando, e quando entramos os gritos vieram ao nosso encontro no térreo, e eu os conhecia bem, tanto quanto os degraus podres manchados, a tinta amarelo-acinzentada e as portas vermelhas de aço com três fechaduras comuns a todos os prédios em que tenho subido para chegar àqueles berros no último andar — são sempre no último andar. Eu sabia que o sr. Burke estava morto e era horrível saber, e ter aprendido isso com o tempo, e ter de subir.

Quatro lances. Fomos recebidos numa sala pequena, atravancada com poltronas de veludo vermelho e porcelanas. A sra. Burke estava em pé no centro, rodeada de vizinhos, e quando entramos os gritos deles se transformaram em vozes embargadas, os olhos da velha tinham secado e ela os apertava com força. "Por aqui", disse um homem postado no corredor como uma sentinela assaltada e espancada. Ele nos conduziu, passando ao largo da cozinha e de um dormitório pequeno, até um quarto grande nos fundos, com uma cama king size na qual jazia a figura do sr. Burke. Uma mulher estava de joelhos ao lado do velho. Ela deu uma olhada rápida quando entramos, depois se virou e pressionou os lábios sobre a boca já fria e flácida de seu pai.

"Estávamos vendo televisão", disse o homem que nos levara para o quarto, "papai deu um berro e começou a socar o peito. Antes que pudéssemos fazer qualquer coisa ele se trancou no banheiro. Eu disse que deveríamos chamar vocês, mas ele nos fez jurar que não chamaríamos. Ele estava chorando e eu nunca tinha ouvido o velho chorar. Depois de algum tempo não conseguimos ouvir nada, então arrombei a porta e ele mal respirava. Eu o coloquei ali na cama e ele simplesmente parou."

Larry e eu transferimos o corpo para o chão. "Há quanto tempo ele parou de respirar?"

"Uns dez minutos. A mulher do telefone estava explicando para nós como fazer a massagem cardíaca. Por favor, vocês têm de fazer alguma coisa. Isso vai matar minha mãe."

"Vamos fazer tudo o que for possível", falei, querendo parecer confiante, mas dez minutos era tempo demais, e ressuscitação cardiopulmonar em cima de uma cama era inútil. Peguei a bolsa de Ambu mas já queria guardá-la de novo, sentar com a família e servir uma bebida, brindar à vida que agora era só recordação, pois nada havia para celebrar no corpo cujo coração se esperava que eu fizesse funcionar. A hora de Patrick Burke tinha chegado. Ele provavelmente sabia disso ao trancar a porta do banheiro.

Abri sua boca e senti uma lufada de ar frio perpassar meus dedos, como o hálito matinal de uma nevasca pesada, o resto de vida que o deixava. Tenho certeza de que era apenas gás que se formara no estômago devido à massagem cardíaca, mas naquele último ano eu começara a acreditar em coisas como o espírito que deixa o corpo e não quer ser trazido de volta, espíritos zangados por causa dos lugares inconvenientes em que a morte os tinha posto e, embora eu compreendesse que era maluquice minha pensar assim, também estava convencido de que, se erguesse os olhos naquele momento, veria o velho em pé olhando pela janela, fitando as plantas de papel alcatroado e as valas cinzentas de sua terra natal. Eu não precisava olhar; podia senti-lo ali, encostado na vidraça, esperando que terminássemos.

"Frank, o que você está fazendo?" Larry estava prendendo os fios às placas dos eletrodos que acabara de colocar no peito de Burke. Conectou-os no monitor de ECG e ligou o aparelho. Abri os olhos. "Vamos lá, Frank, mãos à obra."

Pus a máscara no rosto de Burke e apertei a bolsa, embora meu coração não estivesse naquilo, não estava já fazia muito tempo, e também não estava ali o coração do sr. Burke, cujo ritmo no monitor de ECG era uma linha verde reta. O espírito partira. Estava em pé olhando pela janela. Se por acaso conseguíssemos fazer o coração dele funcionar, haveria somente sangue para enchê-lo.

Mas minhas mãos assumiram o comando; elas sempre assumem: treinadas em centenas de paradas cardíacas, elas são automáticas. Peguei a longa lâmina de aço do laringoscópio e introduzi na boca do sr. Burke. Usando-a como alavanca, abaixei a língua até encontrar as cordas vocais brancas, como colunas romanas, segurei o espesso tubo plástico e cuidadosamente o passei através dessa porta e da cartilagem escura da traquéia, chegando à entrada ramificada dos pulmões. Segurei o tubo, liguei-o à bolsa e bombeei com força.

Pedi uma unidade de apoio. A expedição disse a primeira que estiver disponível, o que significava que teríamos de nos virar sozinhos por pelo menos vinte minutos. Eu não queria envolver ainda mais a filha do homem, mas precisava de suas mãos. Ela se ajoelhou ao lado da cabeça do pai e eu lhe mostrei como e quando comprimir a bolsa. Ela se esforçava bastante, mas se perdia olhando nos olhos dele, a cabeça caindo para trás. "Aperte", eu ficava repetindo.

Larry comprimia violentamente o peito do homem, e enquanto eu me espremia no espaço estreito entre a cama e o braço direito do velho ouvi uma costela estalar, como gelo profundo num lago no inverno. Virei o braço para cima, encontrei um vestígio de veia azul, mergulhei nela a agulha. Coloquei o cateter e observei as bolhas percorrerem a água salgada que entrava no braço.

Primeiro epinefrina, um miligrama de adrenalina pura, um grito líquido na veia para fazer o coração sentir que está preso dentro de uma fábrica de camisas em chamas. Depois meio miligrama de atropina, um agente mais sutil que toca um alarme e diz ao coração que ele não está morto, apenas dormindo. Mas aquele coração não foi enganado. Esperei um minuto e lhe dei mais uma epinefrina, mas a linha reta tremulou apenas um instante e se achatou de novo. Então decidi atacá-lo com tudo de uma vez, acabar logo com aquilo. Injetei uma ampola de cálcio: é um soco de Joe Louis no coração. Peguei um frasco de Isuprel, espetei no cateter intravenoso e deixei correr. O Isuprel queima tudo o que encontra pelo caminho. Incendeia o coração, que pode voltar à vida para combater as chamas ou permanecer ali parado e queimar como madeira morta. Acrescentei mais epinefrina e atropina e fiz uma pausa, esperando para ver o que aconteceria.

A linha reta no monitor continuava impassível, aparentemente infinita e perfeita como o eixo do universo, então de repente ela se arqueou, depois se dobrou, explodindo um minuto depois em mil pontos trepidantes. Eu podia ver a vibração do peito sob as mãos de Larry enquanto cada músculo do coração de Burke disparava loucamente em diferentes direções. Carreguei as palhetas e as coloquei em seu peito, separadas trinta centímetros. "Afastem-se", gritei. "Afastem-se." A filha o largou e deu um grito quando o frágil corpo do homem saltou do assoalho de pinho. A linha verde continuou a dançar, por isso apliquei outro choque. O rosto do homem se ergueu na direção do meu como que em desafio. A filha gemeu e massageou a cabeça que caíra com um baque em seu joelho.

O choque da desfibrilação é como um tapa na cara do coração histérico. Às vezes só o tapa já faz o coração se controlar e começar a bater normalmente, mas com freqüência é preciso a voz suave e a mão tranqüilizadora da lidocaína. Relaxe, diz a lidocaína; tudo vai dar certo. Ministrei oitenta miligramas e me preparei para aplicar outro choque, mas a filha não quis soltá-lo. "Chega", ela falou, e estava chorando. "Por favor, não faça isso." Larry tirou os braços dela do rosto do pai, e eu apliquei a força máxima. Dessa vez o corpo mal se moveu. Não sobrara nada. A linha no monitor parou de dançar. Corria reta e uniforme e não dava mostras de se erguer. Larry voltou ao peito do homem, grunhindo a cada compressão. Ouvi estalar mais uma costela.

Larry estava exausto. Pingava suor de seu nariz sobre os ombros arroxeados do homem, e ele arquejava a cada compressão. Larry tinha dificuldade para cortar a grama de seu jardim suburbano sem uma bela soneca, e uma subida de quatro lances seguida de dez minutos de ressuscitação cardiopulmonar era mais do que seu descansado corpo conseguia suportar. Havia diversas razões para Larry ter sido encanador ou advogado — qualquer coisa menos paramédico —, mas a principal delas era o modo como seu corpo se movia durante a massagem cardíaca. Ele tinha a barriga pesada, distendida por anos de soneca em sua poltrona reclinável de couro sintético impermeabilizado, a cabeça inclinada para trás apenas o suficiente para ele poder engolir a cerveja sem engasgar. Quando Larry se debruçava sobre um morto, sua barriga balançava como uma bola de boliche numa sacola. A força dessa rotação encontrava a força da gravidade em alguma parte de sua lombar inferior e provocava vários reflexos constrangedores. A cada compressão, os calcanhares de Larry davam um chute para o alto, sua pelve se projetava para a frente e sua cabeça era jogada para trás, dando a todos os presentes a impressão de que o trabalho dele o estimulava muito além do que a maioria consideraria ser os limites do comportamento profissional.

"Por que não me deixa fazer isso enquanto você telefona para o dr. Hazmat e pede um 83?", sugeri. Depois de iniciar a ressuscitação cardiopulmonar e aplicar um conjunto regulamentar de tratamentos, os paramédicos têm de telefonar ao médico de plantão para receber ordens para tratamento adicional, ou, como no caso do sr. Burke, para pedir um 83 para o morto. Ele ficara parado por mais de vinte minutos, e até Larry acordar o médico e explicar a situação já teriam decorrido trinta. Todas as drogas de primeira linha haviam sido usadas, com pouco êxito. O homem estava morto. Nós estávamos cansados. Era hora de retirar os tubos e cateteres, desligar o monitor, pôr o homem de volta na cama e deixar aquela pobre família com seu luto. Hora de tomar uma xícara de café e estacionar a ambulância na margem do rio para descansar alguns minutos.

Ajoelhei-me no lugar de Larry e comprimi com as mãos o peito de Burke. Sob as costelas quebradas, o coração dava a sensação de um pneu vazio. Pedi-lhe desculpas por nós dois e, com delicadeza, fui ganhando um ritmo suave e constante. Pela primeira vez corri os olhos pelo quarto, pelos artefatos empoeirados da vida do homem: meias sem par debaixo da cama, um terno cinza no guarda-roupa, fotografias espalhadas pelas paredes. Pensei em todas as horas que eu tinha passado em quartos como aquele, ajoelhado no chão, esmagando o peito de estranhos mortos enquanto montava histórias com as peças que eles deixavam para trás.

A fotografia de casamento de Burke ficava no criado-mudo. Ele trajava smoking preto e posava todo feliz com sua jovem noiva na escadaria da igreja. Do alto da comprida cômoda no canto, o soldado raso Burke olhava para baixo, tentando parecer durão e pronto para lutar contra os comunistas, mas conseguindo apenas parecer jovem. De um lado da foto, num estojo de veludo marrom, havia uma medalha de combatente ferido em batalha, e do outro, uma foto menor com três pracinhas de braços dados, em pé numa encruzilhada lamacenta. Um cartaz num poste informava as distâncias para diferentes cidades: NOVA YORK, 7862 MILHAS; SEUL, 40 MILHAS. Na parede acima havia uma placa do *New York Times* para Patrick Burke, quarenta anos de serviço, 1952-1992. Ao lado dela, uma foto do homem com roupa de trabalho, mãos e pés enegrecidos pelo papel de imprensa, parecendo pequeno diante do corpo de metal azul da impressora.

Do outro lado da cama, acima do toucador baixo e largo da sra. Burke, havia um espelho largo como uma *bay window*. Em seu vidro, uma figura escura de Cristo me fitava de algum lugar atrás e no alto. Apontava para o peito, para onde o manto vermelho se abria, mostrando o coração envolvido por espinhos, coroado por chamas.

Ao pé da cama, ao lado da janela que se abria para uma parede de janelas, os filhos de Burke nasciam e cresciam. No centro havia três coleções de bebês carecas e sorridentes. Ao redor deles, os dois filhos mais velhos se tornavam meninos em uniformes de beisebol, depois formandos do curso secundário. Um deles, o filho que me trouxera para o quarto, casava-se perto da janela e tinha ele próprio dois garotos sorridentes. O outro não chegava tão longe, sua vida se afastava para a esquerda, uma foto dele todo embrulhado e rindo na neve, duas folhas secas de palma cruzadas atrás da moldura.

As vidas dos dois filhos pareciam de certo modo resumidas, postas de lado, como se os meninos tivessem tido pressa em chegar à idade adulta a fim de dar lugar à irmã, a favorita, loura de rosto sardento, cuja vida ocupava mais parede do que a janela. Observei-a sair das fraldas, começar a andar e ir para a escola. Ela rezava por todos nós na Primeira Comunhão, adorava pintar e tocar violino. Ganhava medalhas de natação e prêmios de animadora de torcida, e sorria sempre, um sorriso que ficava mais luminoso à medida que sua vida subia mais na parede, em direção ao teto, a rainha do baile de estudantes, a filha mais linda do mundo inteiro, seu lugar sagrado como o Cristo que avultava atrás de mim.

A vida da garota da parede terminava ali; sem formatura, casamento ou bebês, nada suplantava aquele sorriso, e quando olhei a mulher ajoelhada ao meu lado entendi por quê. Seu rosto era anguloso, quase anoréico, ainda bonito porém duro e pálido como quartzo bruto. Seus cabelos louros estavam tingidos de preto e talhados em mechas curtas e retas. Maquiagem negra escorria-lhe pela face, e o vestido preto largo e cavado mostrava as pontas descoradas de seus ombros. Parecia que ela não sorria desde aquela noite do baile, como se tivesse passado os últimos dez anos lutando para sair daquela parede, e ali, no chão, segurando a cabeça do pai morto entre os joelhos, parecia que ela miseravelmente conseguira.

"Aperte", falei. Eu queria dar algum consolo duradouro. Não havia consolo algum. "Talvez você deva descansar um pouco. Seu irmão poderia ficar alguns minutos, e depois meu parceiro estará de volta." "Não." Ela balançou a cabeça em negativa. "Ele não conseguiria lidar com isto." Eu me sentia mal por envolvê-la naquilo, mas a moça tinha razão: era uma tarefa mais talhada para os já caídos ou, no meu caso, por alguém ainda em queda. Tentei nos imaginar sentados daquela maneira no Grande Gramado do Central Park, uma cesta de piquenique entre nós numa esplêndida tarde azul e verde de primavera. Abri o vinho, ela sorriu e espreguiçou-se, envolvida pela brisa fresca. Dois jovens.

"Tem alguma música?", perguntei.

"O quê?"

"Música. Acho que ajuda se você puser para tocar alguma de que ele gostava." Eu já estava falando no passado.

"John", ela gritou, "ponha o Sinatra."

John entrou. Estava chorando.

"Ponha para tocar o Sinatra", ela falou baixinho.

Os acordes iniciais de "September of my years" flutuaram pelo quarto. Não é salsa, pensei, não é um bom ritmo para massagem cardíaca, mas que música para acompanhar a partida! Inconscientemente, adquiri ritmo e me concentrei em minhas mãos. Houve uma época em que eu acreditava que a música podia fazer um coração morto voltar a bater, e já acreditei que minhas mãos eram elétricas e que trazer alguém de volta à vida era a coisa mais grandiosa que se podia fazer.

Já fiz ressuscitação cardiopulmonar em suntuosos salões de baile em Park Avenue e em pistas de dança no terceiro andar em Uptown. Em Park Avenue, instalam altos painéis pretos em volta de nós para poupar o público dançante de uma visão desagradável, enquanto a banda mantém o moral elevado com músicas como "Put on a happy face". Em Uptown a música nunca pára e as pernas dos dançarinos rodopiam à nossa volta como um carrossel. Trabalhei no piso de alguns dos restaurantes mais finos do East Side, ao som de violinos, enquanto o homem na mesa ao lado cortava sua costela de primeira, e trabalhei sob a sangrenta fluorescência de lanchonetes de porão onde os motoristas de táxi podem pedir a comida, comer e voltar para a rua em dez minutos. Assisti a espetáculos da Broadway na primeira fila, pornografia kung fu em sacadas de Times Square. Certa vez eu trouxe de volta à vida um balconista de bar em cima do balcão ouvindo música irlandesa dançante. Os fregueses abriram espaço para nós, mas ninguém parou de beber.

Uma de minhas primeiras paradas cardíacas foi no Salão de Baile Graceland. Eu tinha estado lá na sexta-feira anterior, à noite, para retirar um jovem baleado na cabeça, mas agora era domingo à tarde, quando famílias vêm de toda a cidade para conversar e dançar. Uma banda tocava salsa, e a multidão dançante abriu caminho para nós sem perder o ritmo. O homem jazia morto no meio da pista, morto mas não sem vida, pois nada podia estar sem vida num salão tão cheio de risos, dança e música que falava ao coração. Tínhamos uma unidade de apoio chegando, e meu parceiro e eu atuamos com perfeição — intubado com epinefrina a bordo em vinte segundos. Comecei a ressuscitação cardiopulmonar, minhas mãos subindo e descendo no ritmo da música e os pés dos dançarinos pisando lepidamente à nossa volta no compasso da salsa, uma pulsação de vida. No monitor, vi minhas compressões se transformarem em batimentos perfeitos, e quando tirei as mãos os batimentos continuaram. "Ele recobrou os batimentos", gritei, e ergui o braço com o polegar para cima. O homem começou a respirar por conta própria, e enquanto saíamos com a maca a multidão dava vivas e tapinhas em nossas costas, e os dançarinos ocupavam o espaço que íamos deixando para trás.

Saindo daquele salão, fui abençoado com a vida. Tive êxito pela primeira vez, e aquilo me sustentou durante aqueles loucos anos iniciais. Só muito mais tarde aqueles batimentos começaram a minguar, e apenas recentemente desapareceram, deixando uma pedra fria em seu lugar.

Larry ficara ao telefone por dez minutos, e meus joelhos davam a sensação de que eu passara uma hora no confessionário. Eu tinha de admitir que Burke parecia melhor. O arroxeado do rosto desaparecera, e os vasos rompidos do nariz tinham adquirido um tom avermelhado familiar. Na verdade, ele não era tão velho, mal fizera sessenta anos. Notei que o monitor acusava batimentos, espaçados demais para manter as pulsações, porém ganhando velocidade. Continuei bombeando e ouvindo Sinatra cantar sobre as folhas marrons que caíam. Quando ergui os olhos de novo, os batimentos estavam mais próximos. Parei e descobri uma pulsação fraca em seu pescoço, que logo se transformou em batimentos fortes sentidos no pulso. Sentei na cama. O cérebro dele estava morto; eu tinha plena certeza disso. Verifiquei as pupilas; estavam fixas, mas o coração batia como o de um jovem. Larry entrou.

"Tudo certo, Frank. Podemos pedir. 83."

"Não, não podemos", falei. "Ele tem batimentos."

"Sem essa!"

A filha levantou os olhos. "Ele vai ficar bom?"

"O coração está batendo." Eu não lhe disse que ele nunca despertaria e que seu coração bateria enquanto máquinas bombeassem alimento e oxigênio lá para dentro — que eu só estava cumprindo ordens.

A notícia da recuperação do sr. Burke se espalhou rapidamente, e logo a sala estava cheia de rostos chorosos e risonhos. A unidade de apoio chegou com a padiola, e os dois homens do Resgate de Emergência nos ajudaram a prender o homem nela, com as correias. Larry e eu guardamos o equipamento.

A escada era estreita, demoramos para descer; a cada curva, precisávamos inclinar a padiola e passá-la de mão em mão por cima do corrimão, o tempo todo lutando para manter o tubo respiratório no lugar. A filha ia à frente da procissão, dardejando olhares ferozes para os rostos que espiavam das portas. Quando chegamos lá embaixo, ela enxotou com os braços o pessoal sentado na varanda — "Saiam, saiam" —, empurrando os de cima até a multidão se mover c abrir caminho, amontoando-se dos lados do portão de entrada para assistir enquanto carregávamos o sr. Burke pelos últimos seis degraus.

Quando chegamos às portas traseiras da ambulância, senti a chuva começar. Olhei para cima, para as nuvens que haviam coberto a lua, e na janela do quinto andar vi o sr. Burke em pé, observando a cena. A luz dava a impressão de atravessá-lo, seu corpo rarefeito demais para detê-la, mas ele me parecia mais real do que o homem preso à padiola, com olhos que não piscavam sob a chuva. Segurei a respiração e me curvei, esperando aquela sensação passar. Quando tornei a olhar para cima, a sra. Burke tomara o lugar dele. Ela segurava um terno e um par de sapatos; levantou o braço, e a luz se apagou. "Vamos, Frank", disse Larry, e juntos colocamos o corpo do sr. Burke no veículo.

*Há uma velha chamada Doris que perambula faz anos pelas ruas de Times Square. Ela carrega todos os seus pertences em duas sacolas de lona molambentas, e dorme num caixote perto do playground do Clinton Park. Durante a maior parte do dia e da noite ela caminha, as sacolas quase arrastando no chão, a cabeça baixa, falando em tom amargo para a rua que passa embaixo. Parece odiar tudo, mas odeia sobretudo ambulâncias, pois cada ambulância que ela vê é aquela que levou embora sua filha. Se me demoro um pouco estacionado na área da rua 45 com a 7ª Avenida, inevitavelmente ouço as portas traseiras sendo esmurradas e Doris chamando, "Marie, Marie, é a Mamãe. Vou tirar você daí". Então ela vem até a cabine. "Você pegou minha filha; ela está lá dentro", diz. "Devolva já." Nas primeiras vezes em que a vi, tentei conversar com ela, mas seu ódio era inflexível, cabal, uma mãe pela primeira vez diante dos assassinos da filha. "Devolva já", ela berra, pegando as sacolas para vir atrás quando parto com a ambulância.*

# 2.

Larry entrou pelas portas traseiras e se sentou na cadeira à cabeceira da maca. Tornou a conectar a bolsa de Ambu ao tubo ligado aos pulmões de Burke e bombeou. Um dos homens do Resgate de Emergência sentou-se ao lado de Burke, verificando no braço a pressão sangüínea. Pendurei as bolsas de solução intravenosa, enganchei o oxigênio e liguei os fios do ECG que se haviam soltado durante a descida dos quatro lances de escada. Os bips da máquina registravam as teimosas batidas cardíacas, um perverso telegrama do rosto arroxeado e pálido cujos olhos abertos apontavam inexpressivos para o teto. Duas vezes tentei fechá-los, mas as pálpebras tornaram a se erguer.

Quando a filha entrou, agarrei seu braço e virei-a na direção da porta, dizendo que ela podia nos seguir junto com a mãe, mas ela se recusou a sair. Sou sempre desajeitado para fazer o papel de consolador; sou capaz de pegar uma veia dentro de uma ambulância sacolejante a noventa por hora pela 7ª, mas minhas palavras de solidariedade invariavelmente soam demasiado vazias. Em geral, pareço mais abalado do que a família. O melhor que posso fazer é mantê-los longe do moribundo, e a filha de Burke já presenciara demais daquilo. Empurrei-a para fora e, embora ela resistisse, segurei-a pelo braço e fechei a porta. "Ajude sua família", falei. "Eles precisam mais de você. Ajude a si mesma." Deixei-a no halo esverdeado das lâmpadas da rua e da chuva oleosa que chegava forte da 9ª Avenida.

Entramos na 43, em silêncio através da névoa cinzenta que subia, sem luzes, sem sirenes, apenas os lentos tiques do ECG de Burke e a batida rítmica do limpador de pára-brisa quebrado, um escovão sujo no vidro dianteiro. Parecia que eu tinha passado dias dentro do apartamento de Burke, que o resto da noite se prolongaria por todos os anos de vida que me restavam.

Virei à direita na 10ª. Não há pressa, pensei, mas quando vi a filha seguindo a ambulância num velho Ford preto, liguei as luzes e as sirenes e pisei fundo no acelerador. O pronto-socorro não poderia fazer muito por Burke, mas era importante para a família que houvesse um clima de urgência. Eu olhava fixo para a frente, tentando pensar apenas no caminho diante de mim, na tarefa simples de conduzir o paciente ao hospital.

Eu precisava me concentrar porque minha mente costumava divagar naqueles percursos breves. Era o bairro onde nasci e onde mais trabalhara como paramédico; abrigava mais fantasmas por metro quadrado do que qualquer outro. Se eu não tomasse cuidado, poderia parar num sinal vermelho e esquecer aonde estava indo, desaparecer no passado: um menino subindo nos olmos do Clinton Park, um jovem carregando uma prostituta para fora do pub Smiling Eyes. Nos últimos tempos eu vinha desaparecendo com freqüência, perdendo turnos. Cheguei a levar dois pacientes para o hospital errado. Larry apresentara ao capitão Barney três pedidos de transferência em três semanas. Disse ao capitão que eu era maluco, embora esse seja um termo relativo e eu considerasse

Larry uma das pessoas mais estranhas que eu conhecia. Eu só precisava de algumas noites tranqüilas, uma semana sem tragédias seguida por dois dias de folga. Eu queria entregar Burke, dar os pêsames à família e nunca mais tornar a vê-los. Chegar ao fim do turno e esquecê-lo, ver o novo dia no bar Blarney Moon.

Nasci no mesmo hospital ao qual estava levando Burke para morrer, o Nossa Senhora da Misericórdia, rua 56 entre a 9ª e a 10ª, mas quem trabalhava ali, ou quem era desgraçado o suficiente para ser paciente daquele hospital, chamava-o de Nossa Senhora da Miséria, ou simplesmente Miséria. Meu pai, que também nasceu no Miséria, depois de passar por uma apendectomia na qual o cirurgião esqueceu uma esponja sob seu cólon, só se referia ao lugar como o açougue. Três semanas depois da cirurgia, meu pai voltou ao hospital com dores terríveis e foi imediatamente reaberto. Passou os dois meses seguintes em tratamento intensivo no Miséria, uma estada que foi tudo menos miserável, pois ele se apaixonou perdidamente pela enfermeira do turno da noite, Mariah Horan.

Minha mãe me falava com freqüência sobre a noite em que eles se conheceram. Entrando em detalhes de que só uma enfermeira poderia gostar, ela descrevia o rosto magro e febril e o corpo pálido e fraco de meu pai, o estado de coma devido ao choque, e tão à beira da morte, ela garantia, que o padre já fora chamado. Negligenciando seus outros pacientes, ela permaneceu com ele a noite inteira, sua mão raramente deixando a testa escaldante, traçando com os dedos o sinal-da-cruz na pele úmida. Ela vinha de uma antiga linhagem de benzedeiros irlandeses, médicos camponeses que eram chamados nas casas com suas bíblias e rosários, e sentada ao lado de meu pai ela dizia as orações que aprendera com sua mãe, um misto de latim, gaélico e Bíblia do rei Jaime que em meus ouvidos infantis soava como as palavras bondosas de uma dinossaura. De manhã, ele abriu os olhos; estavam cinzentos e opacos, mas ele estava vivo, e quando a viu ele sorriu e falou: "Quem diria que me deixariam entrar no céu!".

Essa parte era a minha favorita, porque minha mãe sempre ria, uma coisa rara. "E sabe como ele me chamava?"

Claro que eu sabia. Ele a chamava o anjo de sua ressurreição.

Ela adorava contar essa história enquanto preparava minha cama, puxando mecanicamente os lençóis engomados e amaciando o travesseiro com três socos rápidos. Ela nascera enfermeira, e quando menina tratara de toda criança ou animal perdido, deixara o emprego no Miséria para tratar de mim e de meu pai e nunca parara de fato; e quando ela se debruçava sobre mim, punha a mão em minha testa para sentir a temperatura e sussurrava boa-noite, era fácil ver o anjo por quem ele ficara caído naquela manhã, os olhos azuis e brancos cintilantes como as cataratas do Niágara, as faces coradas como se ela acabasse de ter sido batizada, os cabelos presos no alto da cabeça como uma madona grega. "Foi uma convalescença longa e difícil", ela dizia, "mas eu nunca duvidei. A cada dia que eu cuidava dele, amava-o mais."

Tamanho era o poder de minha mãe nesses momentos que eu não me teria surpreendido se o quarto se enchesse do adejo de pombos, da música de cem harpas, e toda noite ao som daquela música ela embrulhava o planeta em meu cobertor e o prendia sob meu queixo. No estado de graça de uma criança bem aconchegada no mundo, eu adormecia facilmente, em meio à barulheira noturna das ruas do outro lado da janela e aos berros das discussões furiosas de meus pais do outro lado da porta.

Meus pais brigavam com freqüência e ferozmente, e não era raro minha mãe sair de meu quarto depois de suas doces declarações e despejar uma catilinária violenta contra meu pai, tão formidável que se poderia pensar que ela acabara de encontrá-lo dançando nu na mesa do café com a nossa vizinha viúva, bebendo uísque na garrafa e vomitando no gato, e não fazendo o que ele fazia todas as noites: sentar-se na poltrona reclinável verde, bebericar gim em seu copo da Feira Mundial de 64 e assistir a reprises na televisão: *Papai sabe tudo, Meus três filhos, I love Lucy* e seu favorito, *The honeymooners*. Durante os ataques de minha mãe, ele não se levantava, não gritava e não tirava os olhos da tela, mas quando ela caía no choro, exausta, ele contra-atacava com um resumo ferinamente detalhado dos defeitos dela — histeria tacanha, fanatismo religioso, péssima técnica de lavagem de louça —, a voz dele elevando-se para descrever impiedosamente sua presença sufocante, descendo ao detalhe de seus dedos dos pés cabeludos e culminando com exigências de divórcio tão peremptórias que pareciam irrevogáveis.

Eu me orgulhava por eles brigarem tão bem. Na nossa rua isso era considerado romance, mais plausível do que qualquer jantar à luz de velas. Todos os nossos vizinhos brigavam, e meus amigos e eu éramos céticos com relação aos que não o faziam, como os pais de Dupa Dan, notórios comunistas e agitadores antiguerra. Através das apinhadas filas de prédios sem elevador, gritos de cólera e fragor de vidros espatifados eram tão comuns quanto as sirenes. Quase toda noite as paredes finas de nossa cozinha acusavam os baques das louças quebradas dos vizinhos. Os Corcoran eram adeptos do quebra-quebra, meus pais, dos berros, e a cada dia meu amigo Jimmy Corcoran e eu computávamos os pontos de cada lado. Para nós era tudo um jogo porque, mais cedo ou mais tarde, eles sempre se reconciliavam, a tempestade às vezes passando tão depressa quanto havia chegado, minha mãe ainda chorosa porém sorrindo, meu pai segurando-a no colo em sua poltrona, afagando-lhe os cabelos: "Eu morreria se a deixasse, meu anjo. Nunca seria capaz de fazer isso".

Nascida numa família pobre no Bronx, minha mãe foi criada com milagres. Na época em que se tornou uma mãe atolada em dívidas em Manhattan, ela podia sentir os prodígios de Deus em quase toda parte. Mostrara-me a Última Ceia na vitrine de uma loja de ferragens, mostrara-me o Senhor ascendendo ao céu no ciclo de uma lavadora de roupas. Certa vez, encontrou uma cena inteira da Natividade no fundo de um copo de raspadinha, e no entanto o grande milagre pelo qual ela esperara e rezara toda a sua vida de moça, encontrar e salvar meu pai, deixara um rastro longo e apagado. Como é que algo tão grandioso podia terminar na figura arqueada de meu pai — a mesma poltrona, os mesmos programas de televisão, o mesmo gim se acabando? Ela esperara ter sua fé posta à prova, estava pronta para qualquer infidelidade, violência ou bancarrota que o Senhor decidisse ordenar — ou melhor, qualquer coisa menos a provação da insipidez apresentada por meu pai.

Assim, ela inventava a traição do marido, vasculhando diariamente as gavetas e a carteira dele, cheirando suas roupas para detectar algum perfume, examinando seu pescoço à procura de batom. Acusava-o de ter casos com cada moradora do prédio, com a cabeleireira do bairro, a expedidora do terminal rodoviário, a mulher que ajudava na travessia de pedestres. Chegou a desconfiar, durante algum tempo, de que ele tinha encontros secretos com Audrey Meadows, a artista que fazia a Alice em seu programa de TV favorito.

Meu pai voltava do trabalho todo dia às cinco e meia da tarde, e toda noite trocava rapidamente seu uniforme de motorista de ônibus por um terno limpo e passado, com o qual jantava e se retirava para sua poltrona, bebendo até ficar inconsciente, por volta da meia-noite. Sua rotina era prova suficiente de sua fidelidade, mas meu pai raramente negava as acusações de minha mãe, e muitas vezes tinha prazer em incentivá-las. No jantar ele soltava um comentário despreocupado sobre o comprimento das saias de suas passageiras e discorria profusamente sobre a lingerie pendurada no varal da viúva, que se via pela janela de nossa cozinha.

Uma vez por semana, mais ou menos, ele se levantava da mesa e dizia que precisava dar uma caminhada. As preparações para essas excursões podiam durar mais de uma hora enquanto ele tomava banho, barbeava-se e vestia seu melhor terno. Ele se punha diante do espelho no vestíbulo e fitava a figura refletida, um homem obviamente abastado e ativo, com poder sobre muitos, um homem que talvez estivesse a caminho do clube para tomar uns drinques e conversar sobre o mundo, dirigindo-se depois à sua mesa no Plaza para uma discreta ceia com uma amiga atriz.

Ele era bonitão, o homem mais bonito da cidade, minha mãe dizia, mas antes daquelas caminhadas semanais ela se recusava a permanecer no mesmo aposento em que ele estivesse; agindo como se fosse a despedida definitiva, ela batia as panelas na pia e xingava o gato. Dizia a meu pai que não voltasse nunca mais, que fosse para suas mulheres, elas que agüentassem seu amor infiel por mais de uma noite. Dizia isso embora o tivesse seguido um número suficiente de vezes para saber que ele nunca ia além do bar da esquina para conversar sobre beisebol com Pete, o balconista.

Eu vivia em função das poucas horas entre o jantar e o gim no qual ele desaparecia às oito horas. Ele podia chegar rosnando ou me bater por causa de um C em matemática, mas sempre havia a possibilidade de que ele talvez entrasse pela porta rindo de alguma piada que ouvira no trabalho e estava ansioso para contar. Em algumas noites ele nos cobria de atenção. Sentava-me na beirada magra de seu joelho e me contava histórias sobre meu avô, um imigrante irlandês que se dera bem, chegando a possuir três bares, um prédio inteiro na rua 52, uma casa e um cavalo nas montanhas Catskill, e que de tanto beber deixara sua boa sorte ir para o brejo e dera para os amigos tudo o que lhe restara. Contava sobre os anos em que não havia nada que seu pai não lhe desse e os anos em que nada havia para dar, e contudo, rico ou pobre, ele sempre falava sobre a cidade como o sonho de uma criança, um playground sem cercas de obras de edificações e zonas de demolição. Quando minha mãe terminava seu serviço na cozinha, ele a agarrava e a puxava para seus braços, derrubando todos nós no chão. Abafava os protestos dela com beijos, e no final, pondo-se de pé e rindo, ele me agarrava pelos pulsos e me balançava por cima dela, dando a volta na sala, meus braços esticando até eu sentir que o vento de meus pés empurrava as paredes.

Mas a noite sempre chegava, e com ela o inevitável retorno do mal-estar, meu pai de olhos fixos no televisor, irritável a qualquer intrusão. Quando a garrafa ficava pela metade, ele fechava completamente a porta, emparedava-se em sua poltrona para recair na história de seu fracasso e da doença que ele culpava por isso. Os médicos do Miséria haviam atestado seu total restabelecimento. Meu pai discordava. A primeira esponja esquecida talvez tivesse sido removida, mas ele acreditava que o espaço antes ocupado por ela ainda estava infectado; embora talvez menos séptico do que o erro do cirurgião, aquilo ainda assim lhe exauria a vontade e a energia, deixando uma indisposição persistente da qual ele não conseguia se recuperar.

Ele queria ser piloto; saíra no terceiro ano da Fordham para se alistar na Força Aérea e acabara de voar sozinho pela primeira vez quando o apêndice o obrigou a descer. Deram-lhe dispensa médica e, depois de passar mais seis meses sob os cuidados de minha mãe, ele recebeu a notícia de que ela estava grávida. Dirigir um ônibus foi o primeiro emprego que ele conseguiu encontrar. Vieram então as contas e o choro do bebê, as primeiras brigas de casal. Ele sentiu a febre voltar, alimentada, acreditava ele, por aquele buraco em seu flanco, o buraco que o levara até ela pela primeira vez e que ele começou a encher de gim, mas que crescera tanto que, quando eu estava com nove anos, ele precisava de um litro e meio por noite. Meu pai ficava horas sentado, bebericando e olhando fixo. De terno limpo e passado, parecia um duque neurótico de guerra. Minha mãe se sentava no sofá não muito longe dele, porém tão absorta na vida que nunca vivera que não poderia estar mais distante. Algumas noites eu me esgueirava da cama e me sentava no meio dos dois, vendo televisão horas a fio sem ser descoberto. O volume do aparelho estava sempre no máximo, e mesmo assim não era possível abafar a rua, as buzinas e sirenes, as ameaças e gargalhadas dos bêbados, os estilhaços de garrafas.

A primeira pessoa morta na minha vida foi meu avô. Ele morreu atrás do balcão de um bar que já fora dele e do qual era agora um mero empregado. Segui meu pai até lá depois que os tiras avisaram. Ele me disse para não olhar, mas eu já estava a seu lado. O velho jazia de costas, parecendo mais zangado do que morto, mais vivo do que Burke, embora os dois tivessem mais ou menos a mesma idade e o coração de Burke ainda batesse. Não havia paramédicos na época. Os agentes funerários da Buckley foram chamados. Conduziram-no pela mesma rua na qual eu agora transportava Burke, mas passaram reto pelo Miséria, seguindo para fora da cidade até o cemitério Gate of Heaven, em Westchester. Meu pai se sentou à minha frente na limusine, olhando pela janela a viagem toda. "Ninguém veio", ele disse. "Ele trabalhou a vida inteira neste bairro, e aparece um punhado de velhas. Onde estavam os Reilly — ele praticamente sustentou os estudos daquele garoto —, os Marino, os Treinan? Não havia quem ele não ajudasse quando tinha dinheiro, e agora que ele está falido e morto estão todos se lixando. Todo mundo que conhecíamos foi embora. Não há nada nesta cidade para nós. Deus do céu, a gente precisa falar espanhol para conseguir uma xícara de café."

Partimos naquele ano para um terminal de ônibus sessenta quilômetros ao norte. Meu pai queria espaço e nossa casa era um castelo comparada aos quatro cômodos que dividíamos em Hell's Kitchen. Desde o primeiro dia, percorríamos o local com passos cautelosos, quase nos esforçando para não perturbar o tamanho opressivo, o silêncio que pairava sobre a casa. Minha mãe passava cada vez mais tempo na igreja. Organizava excursões com comida enlatada e piqueniques para rezar o terço. Meu pai queria mais espaço. Comprou seu próprio ônibus e fundou uma empresa de um homem só, promovendo excursões de turistas alemães pelo país. As estantes de meu quarto logo se encheram de suvenires: um Álamo em miniatura, fotografias emolduradas de índios e de bandidos procurados, o Velho Fiel, a ponte Golden Gate.

Meu pai partiu numa excursão pelo Pony Express e nunca mais voltou. Telefonou algumas vezes, convidando-me para ir ao seu novo apartamento, em San Francisco. Usei sua escova de dentes até as cerdas se gastarem, depois a queimei no quintal. O espaço ao meu redor dava a sensação de um museu, uma inutilidade. A fronteira ficara lá na cidade; vivia-se e lutava-se pela vida a cada minuto. No campo atrás da casa eu imaginava que era Diamond Jim Brady passeando pela Broadway. Eu nunca seria como meu pai, nunca amaldiçoaria minha vida com arrependimento. Eu queria voltar para a cidade, continuar a luta onde ele a abandonara.

Tinha dezenove anos quando decidi me tornar paramédico, dirigir ambulância. Perfeito. Salvar vidas e ver as linhas de frente, ajudar as pessoas que tinham se agüentado na cidade com a qual eu sonhava. Na época, eu achava que a única maneira de evitar o arrependimento era embrulhar toda a minha vida no presente, numa sucessão de breves atos bondosos, e nenhum trabalho parecia mais apropriado ao momento que o de paramédico. Só muito depois percebi que tinha escolhido as carreiras de meus pais, um enfermeiro motorista, um motorista enfermeiro.

Eu era bom no meu trabalho; houve até períodos em que minhas mãos se moviam com uma velocidade e uma habilidade que estavam além de mim, e minha mente funcionava com uma autoridade fria que eu nunca conhecera. Eu batalhava contra a depressão, bebia demais, mas de vez em quando participava de um milagre, insuflando a vida num jovem asmático novamente, segurando nas mãos uma minúscula jóia recém-nascida.

Mas no último ano eu começara a perder esse controle. Eu sempre tivera pesadelos, mas agora os fantasmas não esperavam que eu adormecesse. Minha mulher tinha ido embora. Eu bebia todos os dias. Ajude os outros e você ajudará a si mesmo, era meu lema, mas fazia meses que eu não salvava ninguém. Parecia que todos os meus pacientes estavam morrendo, que tudo o que eu tocava virava merda. Eu esperava, na certeza de que o mal-estar se dissiparia, amanhã à noite, no chamado seguinte, sentindo o chão me faltar sob os pés.

O volante vibrou quando Larry começou a sucção, e ouvi o gemido da bomba enquanto ele a inseria no fundo da garganta de Burke. Larry tossia, e o cheiro de Burke morrendo invadiu a cabine. Misturou-se à decomposição do lixo nas grades do rio, ao travo acre da chuva, e saiu pela noite, subindo como um gás pelo ar sem estrelas. Meus olhos se fechavam, eu sentia as mãos tremerem; elas tremiam quase o tempo todo. Olhei pelo espelho lateral e vi o Ford da filha parado logo atrás de meu pára-choque. Seus olhos deixavam claro que ela podia ver muito bem Larry brigando com os fluidos do velho. Táxis passaram por mim. Ergui os olhos. O sinal estava verde. Eu não tinha idéia de quanto tempo permanecêramos parados.

Então voei pela 10ª. Passando diante do prédio onde cresci, ouvi a voz de minha mãe. Ele está tendo um ataque, ela diz; ponha alguma coisa na boca para ele não morder a língua. Posso ver meu pai procurando alguma coisa, qualquer coisa, finalmente enfiando um maço de Lucky Strike entre meus dentes. Uma velha mora naquele apartamento agora. Ela é sozinha e doente e nos chama algumas vezes por ano. Quando subo de novo aquelas escadas quase espero me ver aos nove anos, no chão, a cabeça nas mãos de meu pai. A velha me conta sobre seu coração doente e os filhos que a abandonaram, e eu tenho de diminuir o volume do televisor dela porque ouço meu pai berrar por causa do barulho. Ela só tem medo de morrer sozinha, medo da mixórdia que isso provocará, do cheiro se ninguém a encontrar imediatamente. Ela é um fantasma, viva mas fantasma, como a mulher do conjunto habitacional do governo, do outro lado da rua, que se embebeda e se atira na frente dos táxis na 10ª porque foi um táxi que matou seu filho ali. Ninguém a atropelou ainda, mas ela é um fantasma num prédio repleto deles, vivos e mortos, como o homem que caiu quinze andares em cima do muro baixo de cimento que cerca a frente. Ele esmagou três blocos de concreto, e toda vez que passo pelo trecho triturado, vejo o homem contorcido ali em cima. Atrás do muro há um menino de oito anos baleado na cabeça. Basta uma olhadela para trazer de volta o rostinho com um buraco no meio, e depois sempre vejo o rosto de Jimmy Corcoran naquele local, como se ele tivesse morrido naquele dia em que abriu a cabeça numa pedra, no mesmo lugar, antes de construírem o prédio, quando ainda era um lote vazio onde brincávamos de Homem na Lua.

Jimmy ainda está vivo, mas não muito. Não passam muitas semanas sem que ele tome uma overdose no Parque do Morto ao Chegar. Ele nunca me reconhece, e não lhe conto quem sou. Chamo o local de Parque do Morto ao Chegar por causa de todos os *junkies* cuja morte atestei ali. Nas noites ruins eu os vejo todos juntos na extremidade noroeste, próximo à estátua do homem esquecido. Eles ficam sentados ou deitados em círculo no chão. Às vezes Jimmy está com eles.

E eles sempre me perguntam: "O que você mudou?". É óbvio para mim agora. O que, afinal de contas, se pode mudar aqui? De todas as pessoas que saí para salvar, era só nas perdidas que eu pensava. O garoto baleado em cima da bicicleta, a garota Rose que ajudei a matar e me segue o tempo todo em todos os meus turnos. E mais uma centena delas. Às vezes, toda esta maldita cidade está chorando — nos bares, os bêbados no chão, os homens baleados junto às portas, no alto de escadas, as overdoses nos corredores, os quartos dos fundos abarrotados de ataques cardíacos e derrames, nos telhados, as mulheres estupradas e aos gritos — um coro de desamparo.

E acima disso tudo, acima das buzinas dos táxis e dos lamentos de minha sirene, os tons uniformes do coração de Burke nos bips do monitor, como uma contagem regressiva para o fim do mundo. Tudo o mais entrara em pane, mas o coração de Burke continuava batendo. Uma máquina quase perfeita, dispensava outros controles, nada além do alimento e do ar que Larry fornecia aproximadamente a cada cinco segundos bombeando a bolsa. Dessa maneira ele podia disparar a si mesmo oitenta vezes por minuto, cem mil vezes por dia, todos os dias, sustentando o corpo relutante. Pois, sem o cérebro, o corpo estava em rebelião. O fígado devolvia veneno às artérias. Os rins, deparando com tal fardo, haviam tirado folga. Membros sufocados cuspiam toxinas, que nos pés e nas mãos estagnavam em doentias poças arroxeadas. No cérebro, as células mortas explodiam como seiva no fogo. Seus restos acidíferos escorriam pela espinha e penetravam no tronco. O estômago também contribuía, despejando seu conteúdo em sua mestra, a agora inútil cabeça. Fluido esverdeado exsudava pelos lábios de Burke. Subia mais rápido do que Larry era capaz de remover pela sucção, saindo pelo nariz e pelos canais lacrimais, enchendo os olhos e escorrendo em filetes pelo rosto.

*Fui chamado para uma parada cardíaca num prédio da rua 57, um velho que tinha deixado de respirar momentos antes. Nós o encontramos no chão da cozinha e o ligamos ao monitor. A linha no aparelho era reta; comecei a ressuscitação cardiopulmonar e, passado um minuto, ele ergueu os braços e me apertou a garganta com força. Parei, e os braços caíram para os lados. Recomecei e novamente ele avançou na minha garganta. Parei e os braços caíram. Por fim, precisei pedir a um dos vizinhos que lhe segurasse os braços enquanto eu fazia as compressões torácicas. Seu ritmo no monitor não melhorou, mas demorou quase meia hora para ele perder a força nos braços. Então atestamos sua morte.*

# 3.

A sala de espera do pronto-socorro do Nossa Senhora da Misericórdia era uma caixa de cimento com luz branca, pintada de amarelo e decorada com cartazes emoldurados de espetáculos da Broadway. Quatro fileiras com seis cadeiras de plástico cada uma postavam-se defronte a um televisor acorrentado ao teto. Debaixo da TV, à esquerda, havia uma porta, uma escrivaninha e um guarda de óculos escuros que controlava a porta por um botão em sua mesa. O guarda regulava a entrada na área de tratamento e impedia os pacientes de atacar a enfermeira da triagem, que vivia sendo atacada e trabalhava sentada num cubículo envidraçado logo atrás da porta. Em sua mesinha, ela fazia algumas perguntas a cada paciente, media os batimentos cardíacos, a pressão sangüínea e a temperatura e dava a ele ou ela um número, 1, 2 ou 3, conforme a urgência.

Tinha sido uma noite difícil, e a multidão estava à beira da rebelião quando entrei com a maca de Burke. A sala de espera em geral atingia o ponto crítico por volta das onze horas, quando às famílias e trabalhadores doentes da tarde somavam-se os bêbados e vítimas de ataques do pico noturno. Todos os assentos ficavam ocupados naquele período, e o excedente ensangüentado, xingando, encostava-se nas paredes ou sentava-se no chão, levantando a cada meia hora para perguntar ao guarda se seu nome tinha sido chamado e depois andando um pouco lá atrás, no meio dos grupinhos de parentes e amigos em pé, ou saindo para o estacionamento para vomitar e fumar um cigarro.

Os fregueses assíduos do Miséria normalmente eram os menos pacientes. Despertavam de um cochilo de quatro horas gritando por atenção e, se não a conseguiam, deslizavam da cadeira em ataques simulados ou cambaleavam até a mesa de triagem segurando o peito, na frenética esperança de elevar seu status. Se viam um asmático ser levado para dentro, aproximavam-se da enfermeira com uma série de arquejos malsucedidos. A enfermeira se limitava a lembrá-los da pouca importância de seu estado. Suas mazelas, dizia-lhes vezes sem conta, mal mereciam a prioridade 3, e os 3 tinham de esperar até que todos os 2 e 1 fossem atendidos.

O guarda não se mostrava mais solícito. Marcara um quadrado com fita adesiva branca em volta de seu posto e pusera um aviso sobre a mesa: "Por Favor, Permaneça Atrás da Linha Branca. Obrigado". De óculos escuros e braços cruzados sobre a grande parede de seu peito, o guarda não fazia caso de todos os que se encontravam fora do quadrado. Aos que cruzavam a linha branca, ele rosnava: "Não me obrigue a tirar os óculos". Sempre lhes dava a opção de não o obrigarem a tirar os óculos, pois se eles realmente precisassem ser tirados, alguém seria jogado, no chão, na parede ou mesmo na rua. Um bom safanão podia manter a turba quieta por até uma hora.

Entramos com Burke, devagar. Os dois tubos de soro intravenoso, cada um ligado a um cotovelo, estavam emaranhados nos cabos do ECG que se enrolavam duas vezes em Larry antes de chegar ao monitor atrás dele. Para evitar arrancar os cateteres, Larry precisava segurar as bolsas de solução intravenosa atrás do pescoço, mantendo seu rosto a apenas trinta centímetros da barriga sarapintada de Burke. Eu conduzia a maca com uma mão e com a outra bombeava a bolsa de Ambu, que a todo momento se soltava do tubo ligado aos pulmões. Parei na entrada para prendê-la outra vez e ajeitar o lençol que se amontoara em volta dos tornozelos de Burke.

"Vamos dar a ele um pouco de dignidade", falei, prendendo o lençol sob seu peito.

Larry falou para a secção média de Burke: "E onde é que vamos encontrar alguma para dar?".

Dois russos estropiados saíram cambaleantes do caminho, arrastando um terceiro cujo nariz se curvava de um jeito estranho por cima da bochecha. Três crianças pequenas correram para a maca, espichando-se para ver o rosto de Burke. A mãe grávida chamou-as de volta. Santo Deus, comentou uma mulher filipina, e então o único som que se ouviu foi o dos roncos do sr. Hand, freguês assíduo do Miséria, refestelado em quatro cadeiras. Todos os demais assistiam quietos e assombrados enquanto empurrávamos a maca de Burke na direção da porta. Sabiam que aquele homem com todos aqueles cabos e tubos era uma das muito faladas porém raramente vistas prioridades 1. Fitavam os olhos que não conseguiam se fechar, a pele branca como um fogão de cozinha antigo.

Griss, o guarda, sentado à sua mesa, lia um guia de TV entreaberto na gaveta de cima. "Ei, parceiro", disse ele, erguendo os olhos, seu rosto marrom largo e enrugado como a base de um tronco de árvore. "Seu homem não parece bem. Vocês não serão bem-vindos lá dentro."

"Ninguém me ama, Griss."

"Griss só está lhe dizendo que houve um bocado de catástrofes esta noite. Estão recusando pacientes."

"Está ruim em todo lugar", falei, ajeitando outra vez o lençol de Burke.

"Grande novidade."

As portas da rua se abriram e a família de Burke irrompeu na sala, esperando que algum milagre tivesse acontecido no caminho para o hospital — o sr. Burke agora em pé ao lado do guarda, pedindo para assinar a alta e ir para casa. Quando olharam para a maca, foi como se ele morresse de novo pela décima vez naquela noite.

"Griss", bombeei a bolsa de Ambu, "é melhor nós entrarmos."

"Tudo bem, parceiro. Você é quem manda."

Ele apertou o botão e a porta se abriu, batendo nos pés enfaixados de um homem deitado numa maca encostada na parede. "Aiii!", ele gritou, e nós entramos. Griss estendeu o braço para deter a família. "Vocês não podem entrar aí, minha gente."

Os pés enfaixados eram os primeiros de quatro pares de pés engessados, enfaixados ou presos de algum modo que jaziam nas quatro macas no corredor. As enfermeiras chamavam aquela área de Ala da Escória, depositando os pacientes mais malcheirosos ali, o lugar mais distante do posto delas na sala de tratamento. Essa forma de seleção enfurecia a enfermeira da triagem, cujo cubículo se abria para o lado direito da Ala da Escória, tornando-se uma armadilha de gás natural.

A enfermeira da triagem, Constance, aproximou sua máscara cirúrgica do rosto quando passamos com Burke. "Tudo bem", disse ela, "continuem andando. Nem diminuam a velocidade."

Depois voltou-se para o homem magro de jeito nervoso sentado à sua frente. "Meu senhor, o senhor está me dizendo que andou cheirando cocaína durante três dias e agora acha que seu coração está batendo depressa demais e gostaria que nós o ajudássemos. Olhe, para dizer a verdade, não vejo por que deveríamos. Se eu estiver errada, corrija-me, está bem? Por acaso nós lhe vendemos a cocaína? Enfiamos a cocaína no seu nariz?"

A última maca na Ala da Escória continha um jovem de pele escura. Suas mãos e pés estavam atados às grades com tiras de pano, e a massa caótica de seus *dreadlocks* pretos sacudia por cima de seu rosto enquanto ele puxava freneticamente as amarras. "Me dêem água", ele gritava, de olhos arregalados e secos como os de uma criança famélica. Eu ouvia suas tentativas de sentir nosso cheiro. "Pelo amor de Deus, me dêem água."

"Cale a boca", ordenou um velho na maca vizinha. Ele tinha os pés inchados e roxos como berinjelas tamanho gigante. "Malditos civis", bradou, fitando o teto. "Silêncio aí embaixo."

Emboquei a maca de Burke na entrada da sala de tratamento, e as enfermeiras mais que depressa trataram de nos ignorar. Três delas se amontoaram em volta do médico, que se curvava sobre um livro didático atrás da parede de um metro de altura do posto de enfermagem. Parecia que médico e enfermeiras estavam sitiados por um batalhão de velhos e velhas encarquilhados deitados num campo de lençóis brancos. Apenas duas passagens estreitas permitiam transitar entre o posto de enfermagem e as doze unidades de tratamento crítico que circundavam a sala.

"Não dêem nem mais um passo", berrou a enfermeira Lucia Crupp, impossibilitada de continuar nos evitando. "Estamos com capacidade esgotada." Ela veio em nossa direção atravessando o difícil caminho entre as macas. "Não podemos aceitar nem mais um paciente. Seu expedidor deveria ter informado isso a vocês."

"Todo mundo está lotado", falei.

"Não como aqui. Levem-no ao Episcopal. Eles provavelmente estão acabando de tomar o chá. Pensando no que vai passar na TV esta noite, aposto, ou se preparando para começar a sessão de limpeza de unhas."

"Eu o peguei na 43 com a 9ª. Vocês são o mais próximo."

"E onde é que vamos colocá-lo, Frank? Olhe. Me diga."

"Ele disse que queria vir para cá. Disse que as enfermeiras do Miséria aplicam a melhor sonda de Foley da cidade."

"Sem essa. Nem vou dizer o que eu gostaria de fazer com vocês. Está bem, me dê um minuto, arrancarei alguém do compartimento 3."

Quando Lucia saiu, a enfermeira nova, a que nunca falava, aproximou-se. Pegou a mão de Burke e examinou a palma. Meneou a cabeça e mecanicamente mediu as pulsações e a pressão sangüínea de Burke, olhou as pupilas, auscultou os pulmões. Foi até o médico, que agora dormia sobre o livro. Puxou seu cotovelo, mas ele não se mexeu.

Enquanto Larry se desvencilhava dos tubos do soro intravenoso, fiz todo o possível para ignorar o homem amarrado a meu lado. "Com licença, senhor", ele implorou. "Com licença. O senhor é um homem muito bondoso. Percebo isso à primeira vista. O senhor é o homem mais bondoso do mundo, o mais correto. Um homem como o senhor não poderia recusar a um pobre homem doente, desamparado e moribundo um copinho de água."

"Não posso", respondi. "Preciso ficar com este paciente."

"Me dê água, caramba. Preciso de água."

"Cala essa boca", gritou o outro homem. "Se não fosse por estes malditos pés eu iria aí te dar um chute na bunda."

A enfermeira desistira de puxar o braço do médico e começara a sacudir a cabeça dele.

"O quê?" Ele pulou da cadeira, a bochecha achatada pelo livro. "Chame o próximo." Girou a cabeça até cada lado estalar, e depois se sentou. "O que foi, Milagros?"

Ela apontou para Burke.

Da cadeira, o médico fez um rápido apanhado das condições de Burke. Notou a cianose nos lábios e dedos, a pele pálida e manchada, a bolsa de Ambu, os tubos de soro intravenoso, o ECG. Concluiu que Burke era um paciente crítico necessitando de cuidados imediatos, por isso voltou ao seu livro, recomeçando na mesma página que, devido a interrupções, fora incapaz de terminar a noite inteira. Milagros o sacudiu.

"O quê? O que foi?"

Ela apontou para Burke.

"Que saco." O médico fechou o livro com estrondo. "Colegas", disse ele, vindo em nossa direção, "o que é que vocês estão fazendo comigo? Pensei que estávamos lotados. Não tenho condições de lidar com essa merda. Estamos todos dando apoio aqui. Já faz dias que não atendo um paciente lá em cima. Olhe só para ele, meu Deus do céu. Ele vai precisar dos aparelhos. Em todo caso, qual é o problema dele?"

"Você deveria saber", disse Larry. "Você atestou a morte dele."

"Você. Você me disse que ele estava morto. Disse que a parada já tinha meia hora."

"Ele melhorou."

"Odeio atestar óbito por telefone." O médico rodeou Burke, golpeando inutilmente com seu martelinho de reflexo os cotovelos, joelhos e pés. Acendeu uma lanterna nos olhos de Burke. "Melhorou, é? Estão fixas e dilatadas. É um vegetal."

A enfermeira Crupp voltou. "Roubamos uma maca do raio X. Está sem acolchoado, mas acho que ele não vai ligar. Ponha-o na unidade três, ao lado da overdose. O pessoal da Respiratória disse que estão sem unidades de ventilação, mas sei que o sexto andar está escondendo. Mandei a Odette buscar."

Transferimos Burke para a maca de aço inoxidável, sua forma pálida com um brilho prateado e branco. O médico e eu observamos enquanto as enfermeiras o vestiam com um camisolão e o conectavam às máquinas.

"Ele é nossa prioridade menos urgente agora", disse o médico. "Não vamos tomar nenhuma medida extraordinária. Ele nem deveria estar aqui. Toda essa tecnologia. Um desperdício."

No monitor sobre a cabeça de Burke os batimentos vinham em grupos regulares de dois ou três, seguidos por uma aberração muito espaçada que não conduzia sangue e não produzia som. O médico observava ao pé da cama, segurando firme os tornozelos de Burke, empurrando para baixo.

Sempre pensei no dr. Hazmat como o médico que eu teria sido. Durante dois anos, saí do trabalho às sete da manhã para dormir em meu carro por duas horas antes da aula de química. Cansado como estava, eu adorava aqueles dias sem sangue no laboratório, queimando magnésio, memorizando os números frios do quadro-negro. Não concluí o curso. As notas eram boas mas o sonho se foi, dissipado no decorrer das longas noites de trabalho, levando pacientes para pronto-socorros como o do Nossa Senhora da Miséria, vendo médicos como Hazmat aprender os limites de suas ferramentas.

"Venha cá", disse Hazmat, puxando-me pelo braço. Ele apontou para um homem de meia-idade deitado na unidade seis. "Tenho aqui um primeiro ataque cardíaco, quarenta e cinco anos de idade. Ele deveria ter ido para a Unidade de Tratamento Coronário dez horas atrás. Precisa de cateterização, monitoração da pressão venosa central, ECG a cada trinta minutos. Eu não poderia fazer isso aqui mesmo que tivesse tempo, mas a UTC está lotada. Há três corpos lá como esse que você acaba de trazer."

"Aqui", disse ele, caminhando para as unidades dez a doze. Três pacientes com AIDS nos fitaram, homens brancos mirrados, pálidos, quebradiços, secos. Os tubos de soro intravenoso subiam de cada mão como cordões de marionetes.

"Todos casos avançados. O da 12 está ficando entupido de fluidos. Seus pulmões estão embranquecendo, e terei de intubá-lo porque a mãe do rapaz não quer assinar o Não Ressuscite. Ela acha que estará assassinando o filho se fizer isso, e tem razão. Descobri que eutanásia não soa bem traduzido em espanhol. Garanto a você que é um pecado intubar esse moço."

O médico me fez dar meia-volta para mostrar duas macas, um homem e uma mulher alinhados junto à parede do posto de enfermagem. "Sepsia e pneumonia", ele disse. "Cada um precisa de uma semana de atendimento médico domiciliar, mas eles não têm casa nem seguro-saúde, e o pessoal lá em cima não quer ceder os leitos. Minha obrigação é eliminar a infecção aqui, vinte e quatro horas de antibióticos via intravenosa, depois mandá-los para a rua com uma receita. Garanto que estarão de volta em duas semanas, provavelmente precisando também de um leito na UTI, que naturalmente estará lotada. E olhe ali." Ele apontou para dois homens e uma mulher enfileirados contra a parede, no canto. "Mais três overdoses da mais recente droga assassina em circulação. Chamam-na de Morte Vermelha." Tirou do bolso um tubo plástico do tamanho de um polegar com um tampão de borracha, uma caveira com os ossos cruzados impressa em vermelho. "Você já deve ter visto um destes."

"Andei faltando alguns dias", falei. "Doente."

"Você adoece com freqüência, Frank."

"É de família."

"Houve pelo menos três Mortos ao Chegar desde que esta coisa apareceu dois dias atrás. É uma mistura de heroína e não sei mais o quê, algum tipo de aminoácido, talvez. O laboratório está verificando. A coisa é tão forte que você nem precisa injetar; pode cheirar, fumar, estão até tomando misturada com álcool de cereais. Pode ser preciso usar até dez vezes as quantidades usuais de Narcan para acordá-los, depois é preciso tomar cuidado porque eles tendem a ficar malucos e nos atacar."

"Água", gritou o homem amarrado na maca. "Água, água, seu doutor, água."

"Este é um deles?"

"Não, esse é Noël; ele é só louco." Segui Hazmat até a Ala da Escória. "Por favor", Noël berrava. Hazmat puxou a pele sob os olhos do sujeito, levantou-lhe o queixo. "Na primeira vez que ele veio, pensei que talvez fosse uma overdose. Ele estava totalmente sem reações, mas não acordou com o Narcan. Sinais vitais normais. Nenhum indício de trauma. Acontece que a enfermeira Crupp o conhece, disse que ele é um maluco aqui da região que vivia nos becos e antes era um paciente freqüente, mas ela não o via fazia anos. Ela acha que ele estava na cadeia. Seja como for, ele teve duas convulsões e quase empacotou. Eu não tinha absolutamente nenhuma idéia antes de chegarem os resultados dos exames de sangue. Seu nível de sódio estava por volta de 100. O normal é 135. Dei-lhe uma solução hipertônica, devagar — eles têm parada cardíaca se você elevar os níveis rápido demais —, e ele acordou desse jeito, berrando por água."

"Ah, doutor", gritava o homem. "O senhor é magnífico. Imensamente bondoso e inteligente. Por gentileza, poderia me dar um copo d'água? É só disso que preciso."

"Quer calar essa boca?", bradou o homem de pés roxos.

"Eu estava lendo algumas publicações médicas antigas e acho que descobri o problema. Polidipsia psicogênica. É um distúrbio obsessivo-compulsivo raríssimo, uma sede insaciável. Eles bebem até de vasos sanitários, qualquer coisa — anticongelante, urina. Noël bebeu tanto que os rins estavam eliminando sal para tirar água do corpo, diluindo seu sistema. Chamei o Departamento de Psiquiatria. Eles não acreditam em mim, mas estão mandando alguém. Talvez eu até escreva algo para o *Journal*.

"Estou morrendo, doutor. O senhor tem de me ajudar."

"Pelo amor de Deus, doutor, dê um copo d'água para ele", disse o homem de pés inchados.

"Eu estou ajudando você, Noël", respondeu o médico. "Você poderia morrer se bebesse mais água."

"Me dê água, seu filho da puta. Vá foder sua mãe, seu babaca! Eu preciso de água!"

Milagros se aproximou por trás do médico em silêncio e puxou-lhe o braço. "O que é?"

Ela apontou para Burke.

O monitor de Burke começou a soar como um alarme de incêndio. Os batimentos irregulares haviam se decomposto numa linha tremulante. A enfermeira Crupp estava ao lado dele, tomando as pulsações.

"Maldição!" Hazmat hesitou um momento, fitando a tela verde, depois saiu andando na direção de Burke, dando ordens. "Enfermeira Crupp, comece a ressuscitação cardiopulmonar. Milagros, traga-me uma epinefrina. Odette, acorde o dr. Stark. Diga a ele que preciso de uma gasometria, urgente."

O doutor agarrou as palhetas ao lado do monitor e começou a carregá-las. "Afastem-se!", ele gritou. "Afastem-se!" Tirei minha maca do caminho, empilhei nela meu equipamento e fui saindo da sala. A equipe inteira estava trabalhando em Burke, e só eu vi o velho de pés inchados e infeccionados pôr-se em pé e, chorando de dor, começar a desamarrar o obsessivo-compulsivo.

"Deus o abençoe, meu senhor, Deus o abençoe", gemeu Noël.

"Cale a boca", disse o velho.

Contornei os dois e segui pelo corredor. A enfermeira da triagem acenou para mim. Ela estava entrevistando um homem com um largo talho ensangüentado sobre um dos olhos. "Então você fica bêbado todos os dias e cai. Diga-me, por que deveríamos ajudá-lo se amanhã vai se embebedar e cair de novo?"

Apertei o botão de metal na parede, e a porta se abriu no momento exato em que Noël me atropelou, jogando minha maca em cima da família Burke, que ainda esperava em pé perto da porta. Encostamos todos na parede enquanto Noël fazia um giro, recuava e depois gritava por ter localizado o bebedouro nos fundos da sala, próximo à estátua de Nossa Senhora. Ele correu para lá, o camisolão esvoaçando loucamente atrás. Jogando para o lado uma criança pequena, ele se pôs a beber em goles sôfregos e breves, bufando como um touro libertado da baia.

Enquanto eu via Noël beber, senti a família, um por um, voltar-se para mim, os olhos da mulher, do filho e da filha com a mesma indagação.

"O estado dele é gravíssimo." Minha resposta de praxe.

Noël terminou no bebedouro com um arquejo alto e um arroto intrépido. "Eu o conheço!", disse a filha de Burke, e saiu na direção de Noël. "Aquele é o Noël. Noël." Interceptei-a habilmente. "É melhor irmos lá para fora", falei. "Rápido, rápido." Conduzi-os em rebanho para fora, sentindo a lufada de vento atrás de nós enquanto Noël explodia, a primeira de uma onda diluviana de erupções espasmódicas que impeliu todos os que podiam andar ou rastejar para o estacionamento conosco.

"Há alguma chance?", perguntou a filha de Burke.

Balancei a cabeça. "Acho que sempre existe uma chance." Através das portas do pronto-socorro vi Griss, o guarda, levantar-se lentamente. Ele tirou os óculos, dobrou-os e guardou-os com todo cuidado no bolso da jaqueta. De repente, as portas se escancararam e Noël passou voando por elas. Aterrissou no cimento aos nossos pés e se ergueu num pulo para voltar para dentro, mas Griss enchia toda a passagem.

"Noël", chamou a filha de Burke. "Noël." Ela correu até ele e pôs a mão em seu ombro. Ele deu um salto de quase um metro para trás. "Noël, sou eu, Mary, da rua 43."

"Mary, Mary, Mary", ele disse. Eu não sabia se ele a reconhecera, mas ele tinha prazer em dizer seu nome. "Mary, Mary, estou com muita sede. Eles não querem me dar nada para beber. Por favor, Mary."

"Vou buscar para você", ela disse. Griss virou-se de lado para deixá-la entrar e depois para que ela saísse, com um copo descartável na mão.

"Eu não daria isso a ele", falei, mas Noël já estava com o copo entre os dedos, sorvendo delicadamente.

"Obrigado." Ele tornou a sorver, como se estivesse provando Deus. Depois foi para o canto do estacionamento, olhando para nós.

"O médico acha que ele talvez esteja sofrendo de um distúrbio raro."

"Não acho que seja tão raro", ela replicou. "Ele cresceu em nossa rua. Teve uma vida muito dura e por isso ficou meio louco, mas isso não é desculpa para recusar um reles copo d'água a alguém." Olhamos a multidão arrastar-se de volta para a sala de espera, com a sra. Burke no centro. A filha virou-se para mim. Com a chuva em seu rosto, eu não conseguia distinguir se ela estava chorando ou apenas mordendo a bochecha. As palavras que eu gostaria de dizer estavam presas em algum ponto do lado esquerdo de meu peito. Eu poderia pelo menos segurar sua mão, tocar em seu ombro. Remexi os bolsos procurando um lenço de papel e tirei uma conta de telefone não paga; enquanto vasculhava os outros bolsos, finalmente fui salvo por Noël, que se aproximou, cabisbaixo, entregou a Mary o copo vazio e disse obrigado.

"Meu pai está morrendo, Noël."

"Ah, Mary, Mary, Mary", ele falou, abraçando-a desajeitadamente, balançando os ombros, batendo com o nariz no olho dela. Exatamente o que eu deveria ter feito. Ele começou a andar, depois parou. "Morri esta noite, Mary, e nunca fui tão feliz. Agora preciso morrer tudo de novo, e maldito seja o dia em que nasci." Ele se virou, correu cinco passos e parou, mais cinco passos e parou, e seguiu pela trilha dos carros. Eu por fim encontrei o lenço de papel, embora fosse tarde demais e ele estivesse muito sujo. "É melhor eu ir cuidar de minha mãe", ela disse; afastou-se na direção da porta e se virou. "Obrigada por tudo." Entrou. Olhei rua abaixo, vi Noël atravessar a calçada, o camisolão aberto adejando atrás enquanto ele desaparecia na linha escura de carros estacionados.

*Depois de meu chamado para Rose, a garota que ajudei a matar, a cada poucos dias Larry e eu éramos despachados para uma garota com parada cardíaca. Todos os chamados vinham de uma área a poucos quarteirões do lugar onde eu encontrara Rose, e sucediam da mesma maneira: eu dirigia como um maníaco para chegar lá, na certeza de reencontrar Rose, com sua capa de chuva amarela, um montinho trágico, apnéico no meio-fio, mas todas as vezes, quando eu parava a ambulância no local, as ruas estavam vazias. Procuro nas calçadas, escadas e soleiras. Desço e olho embaixo da ambulância. "Não há nada aqui", diz Larry. "Acho que foi alarme falso. Provavelmente alguém dormindo que foi embora." "Ela está aqui", eu digo. "Só que você não pode vê-la." Larry dá a partida no veículo. "Claro, Frank."*

# 4.

A noite começara mal, e eu tinha poucas esperanças para o restante dela. Meus ouvidos retiniam quando eu pensava em sair para outro chamado, e eu sentia aquele bolo crescendo outra vez no meio do corpo, um tumor do tamanho de um fígado serpenteando na direção do coração. Por isso, eu levava um tempo enorme reabastecendo, trocando os tanques de oxigênio, substituindo o equipamento respiratório sujo, examinando novos tubos e cateteres intravenosos. Derramei meia garrafa de álcool na maca e esfreguei até as extremidades e embaixo das grades, em volta das rodas. Arrumei um lençol limpo sobre o estofamento, cuidadosamente preso nos cantos.

"Vamos embora, Frank", gritou Larry, do banco dianteiro. "Os chineses fecham daqui a cinco minutos. Você sabe o que acontece quando eu não como."

Ele desceu, andou até onde eu estava e me ajudou a erguer a maca e colocá-la na ambulância. Larry ficava catatônico se não comesse de hora em hora. "*Beef lo mein*", ele disse. "Estou pensando nisso desde que acordei. O que você acha?"

"Acho que no minuto em que essa comida entrar na sua boca teremos um chamado."

"Por que você tem de falar assim?"

Entrei na rua 56, passei pela igreja de tijolos com seus pedestais vazios, a reitoria, o velório, o terreno vazio cercado de arame farpado. A maioria dos restaurantes da 9ª estava fechada e os sem-teto haviam montado acampamento sob os toldos escuros. Só as tabacarias ainda estavam abertas, uma em cada quarteirão, iluminadas como *nightclubs*.

"Vire aqui", disse Larry. "Os chineses ficam na 46. Aqui, aqui. Você passou."

Permaneci na 9ª até a 43, depois virei à direita. A varanda na frente do prédio de Burke estava vazia, e no quinto andar a luz estava acesa; divisei uma luz mais escura atravessando-o, como uma cortina ondulando no ar parado. Saí da ambulância e fui até o lado de Larry, depois atravessei a rua para ver melhor. Da outra calçada vi Burke claramente, uma forma branca pulsante rodeando o quarto, fúria silenciosa. Dei vários tapas na testa. Você está doente, Frank. Sabe disso? A dor do lado subitamente me dobrou ao meio.

"Ei, homem da ambulância. O que você está olhando?" Duas prostitutas estavam defronte a um *brownstone* abandonado, como se houvessem dado uma saída para fumar e esquecido a chave para entrar. A magricela estava grávida. "Logo logo você estará vindo me buscar", disse ela, afagando a barriga esticada, grande e marrom sob a blusa amarela. Perto delas, na sombra de uma porta de aço arrancada das dobradiças, três homens brigavam por uma chama mirrada. Larry pôs a cabeça para fora da janela. "Frank, por que você está tentando me matar?"

Abri a porta do lado do motorista, agarrei o volante e arranquei.

"Que belo parceiro é você, Frank. Eu poderia chegar lá mais rápido andando. Estou morrendo de fome e você pára e fica conversando com putas. Você está me deixando maluco. Se é isso que está tentando fazer, está conseguindo, me arrastando junto com você para o hospício."

Tirando o pé do acelerador, deixei o veículo seguir devagar para a 10ª. Olhei as fileiras de sombras que nunca se levantam, a cada ano mais amarelas, como icterícia, insuficiência do fígado, uma morte lenta. "Ei, Larry, você já teve alguma vez a sensação de estar sonhando, mas sabendo que não estava?"

"Ai, meu Jesus, agora não, Frank. Vamos simplesmente rodar bem depressa até os chineses, que fecham em dois minutos."

"Seus olhos estão abertos, você está em pé, ereto, mas o que você vê não se encaixa bem no que você sabe que está ali, como se as fechaduras da percepção tivessem sido trocadas, entende, como se você tivesse olhos extras atrás da cabeça mas eles estivessem olhando para dentro."

"Por favor, Frank", disse Larry, e então uivou e bateu a orelha no painel, deixando-a lá. "Ah, não — acabo de me lembrar de uma coisa."

"O quê?"

"Sou um burro. Comi *beef lo mein* ontem à noite. Não posso comer a mesma coisa duas noites seguidas. E, ah, meu Deus, agora são duas horas, o último chinês aberto em Midtown, que diabo vou fazer, Frank? É pressão demais. O que você vai comer?"

"Não estou com fome."

"Ah, esqueci. Você não precisa de comida."

"Eu como. Só que ainda não tomei meu café."

"Não admira que esteja tendo alucinações. Café e uísque. Uísque e café. Você tem sorte de não ter morrido com essa dieta. Espere, já sei." Ele bateu palmas duas vezes. "Meio frango frito com batatas fritas. O especial do chefe. Vamos depressa. Ande."

Virei à direita e parei, a avenida entupida de fregueses de New Jersey tentando se espremer na 44 enquanto as garotas esperavam, peitos de fora, bocas abertas — a zona mais movimentada da cidade. Os cafetões ficavam agrupados em pé na esquina, sob as luzes do posto de gasolina. Vestindo capote, faziam pose e boxeavam com a própria sombra, observando o trânsito se adensar.

Liguei as sirenes, os fregueses pularam no mesmo instante, mas permaneceram no lugar quando viram que era uma ambulância e não um carro de polícia. Se você não usa uma arma, ninguém se importa. Larry ficou tão transtornado que pensei que ele poderia se ferir. Esmurrou o painel, o pára-brisa. Acendeu as luzes, girou o botão da sirene de um lado para o outro, de uivo para gemido para grave-agudo. "É uma emergência", ele disse. Larry era muito escrupuloso com respeito a usar as sirenes só nas emergências. Encostei no pára-choque do táxi à minha frente, e com relutância os carros abriram uma passagem para nós.

Enquanto Larry entrava para pedir a comida, recostei a cabeça no vidro lateral. Fechei os olhos, mas os olhos vazios de Burke entraram flutuando, forçando os meus a se abrirem — meio adormecidos, meio olhando a rua. Uma das prostitutas *free lance* acenou para mim de seu escritório nos degraus do porão. Parecia uma funcionária de lavanderia acabando de sair do trabalho. Um velho catador de lixo passou, cabeça curvada sobre sua tarefa, vasculhando o lixo já rebuscado, vendido e jogado fora.

Noël apareceu na esquina da 49, vindo pela 10ª em minha direção. Trocara seu camisolão de hospital por uma farda de camuflagem, reingressando no exército dos malucos de Midtown que perambulam pelas ruas em trajes de sobrevivência enquanto resmungam para amigos no inferno. Ele parecia ter superado sua sede, uma loucura mais convencional instalando-se à medida que ele andava de encontro ao tráfego, pela pista central, sacudindo os braços sobre a cabeça, dispersando os lavadores de pára-brisa, berrando para os carros saírem de seu caminho. Depois que ele passou, os lavadores retornaram, seguidos pelos *junkies* bexiguentos que sempre vagavam por aquelas pistas oferecendo artigos de ouro roubado derretido, relógios quebrados, facas enferrujando nas embalagens. Valia dinheiro apenas nas portas da 47, dez dólares a dose.

Pelo espelho, vi a camuflagem verde de Noël virar à esquerda e entrar nas cinzas iluminadas de amarelo da 45, e dali surgiu uma garota, uma adolescente, tropeçando nos saltos altos enquanto andava em minha direção. Eu não podia ver seu rosto, mas conhecia a capa de chuva amarela que ela usava, as meias pretas com um buraco no joelho no lugar sobre o qual ela uma vez caíra porque não conseguia respirar. Era Rose, a garota que eu tinha ajudado a matar. Todos nós cometemos erros, mas certas coisas não podem ser perdoadas.

Buzinei três vezes, e quando Larry olhou, acenei para ele e apontei para o rádio. Ele mostrou um dedo roliço esticado para cima, depois voltou a explicar ao cozinheiro como fritar seu frango. Rose estava se aproximando. Talvez não fosse Rose. Desde o chamado, um mês antes, parecia que todas as garotas hispânicas da área tinham começado a usar capa de chuva amarela, uma moda que estava me matando. Melhor não saber. Se eu olhasse de novo, fosse ou não fosse ela, teria de reviver todo o chamado, e não podia fazer isso. Cruzei os braços em cima do volante e, prendendo a respiração, apertei a testa com as mãos até elas ficarem adormecidas. Uma das primeiras coisas que se aprende no trabalho é como bloquear na mente os chamados ruins. Da mesma maneira que os tiras repelem uma cena de assassinato, você empareda essas lembranças na caverna mais funda de seu cérebro. Eu antes era perito nisso, mas ultimamente tinha encontrado alguns buracos grandes.

Qualquer coisa podia desencadear o processo. O mês passado pertencia a Rose, mas havia outros cem prontos para entrar em cena. Algo simples como aquele *junkie* dopado na esquina, sacudindo o copo, pedindo uns trocados. Podiam ser os braços ou a camisa, as rugas de seu rosto, os olhos de boneca em depósito de lixo, mas subitamente eu sei, está na minha cabeça, e depois que começa não há como parar antes de eu chegar aos gritos no final. Tenho de subir aquelas escadas outra vez, tenho de estar naquele quarto dos fundos mal iluminado tomando as pulsações daquele mesmo garoto, morto, usando aquela camisa idiota mas parecendo anos mais novo, seus braços limpos mas com uma equimose. Atravesso o corredor atravancado, passo pelo quarto com um oratório de Cristo no canto e três crianças dormindo inocentes, enroladas umas nas outras como cachorrinhos. Entro na cozinha, onde a mãe espera por mim, olhando-me como se eu fosse dizer que seu filho está com febre, que estará bem dentro de um ou dois dias, mas tenho de dizer-lhe novamente — anos depois, e fica pior a cada vez —, dizer-lhe que seu filho que se recusa a sair da cama nunca acordará. Ele faleceu, eu digo, sinto muito. Mas isso não detém os gritos, a dor explodindo nela.

Esses espíritos faziam parte do trabalho. Eu sempre soube disso. Trabalhara anos em Hell's Kitchen, e era impossível passar por um prédio que não contivesse o espírito de alguma coisa: os olhos de um cadáver não amado, os gritos por um amado. Na violenta erupção de vida que é a morte, todos os corpos deixam sua marca. Não se pode estar perto dos que acabam de morrer sem sentir isso. Já vi o mais sereno falecimento noturno encher o quarto na manhã seguinte com uma densa névoa de vestígios de vida e, depois de o ar ter se desenevoado, permanecer a marca, num travesseiro que nunca readquire sua forma ou numa mancha da parede que nunca fica limpa.

Com isso eu podia lidar. O que me assombrava agora era mais selvagem: espíritos que nasciam semi-acabados, homicídios, suicídios, overdoses e todas as outras vítimas, inocentes ou não, ainda se agarrando a vidas arrebatadas delas tão abruptamente. O fantasma de Rose era apenas o último e mais visível de muitos que pareciam ter voltado unicamente para me acusar — de viver e saber, de estar presente em sua morte, como se eu tivesse testemunhado uma humilhação obscena pela qual eles nunca perdoariam.

Era uma doença, estava evidente, a mente pregando peças. Era o que eu dizia a mim mesmo, pois não havia saída. Eu já tinha estado no fundo do poço antes e sempre voltara, porém nunca antes me vira tão estreitamente ligado à morte de alguém. Em certos momentos, Rose me parecia tão real quanto Larry. Era mais fácil quando eu tinha com quem conversar. Minha mulher, antes de ela ir embora. Meu primeiro parceiro, Tom Walls, antes de ele endoidar à sua maneira e eu precisar deixá-lo. Por fora eu parecia de ferro, mas por dentro era uma massa de instalações malfeitas, fagulhas disparando, um incêndio súbito e breve esperando para acontecer. Quando Rose chegou mais perto, quando, sem abrir os olhos, eu pude saber que ela estava ali ao lado da minha janela, senti um dos fios partir-se. Liguei luzes e sirenes e arremeti contra o tráfego. Meio quarteirão acima, eu estava tentando empurrar um táxi com o sinal fechado quando Larry chegou correndo e bateu no vidro.

"Onde é o chamado?" Ele pôs a comida no painel e subiu.

"Não há chamado."

"Aonde você estava indo?"

"Pensei ter ouvido um grito de socorro. À distância."

"Você está bêbado?"

"Não estou bêbado."

"Eu lhe disse da última vez que não trabalho com você bêbado." Ele arrancava pedaços de coxa frita enquanto falava. "Não posso continuar, Frank. Não sou um desses novatos que pensam que você é algum tipo de lenda. Aquela merda aconteceu anos atrás."

"Escute, não estou bêbado. E seja como for, trabalhar comigo bêbado não pode ser tão ruim quanto trabalhar com você sóbrio." Parei defronte à delicatessen na 50. "Eu lhe pago uma cerveja."

"Não estou brincando, Frank. O capitão Barney disse que vão demitir você."

"Quando, cara, quando? Eles vivem prometendo. O que mais eu preciso fazer — matar meu parceiro?"

"Engraçadinho."

Comprei um café quente demais para beber e parei na calçada, esquentando as mãos no copo. Bebi um gole, e as luzes vermelhas começaram a piscar — o sinal de Larry de que tínhamos outro trabalho.

"O que é?"

"Eu mal tinha começado as batatas fritas."

"O que é o chamado?"

"Parada cardíaca."

"Jesus."

"Eu sei."

"São duas em seguida."

"Eu sei."

Dirigi com uma rapidez furiosa, talvez porque detestasse tanto ir, e detestei Larry por não se importar tanto, detestei também o expedidor por me passar o chamado. Todos os expedidores, de fato, eram mensageiros do inferno, transbordantes de perversidade.

A 8ª Avenida era uma ruína de vulcões de concreto, crateras banhadas de luar. O café escaldante escorreu pelo meu braço e eu dirigi mais rápido. Larry logo desistiu de apanhar sua comida no ar. Mudou para sua posição de reação de emergência, agachado no assento, uma mão no teto, a outra no painel, berrando "Meu Deus!" ou "Merda!" a cada solavanco.

Era um prédio grandalhão e sólido de antes da guerra, no sul do Central Park. Irrompi pelas portas da frente trazendo a maca aos puxões, passei pelo porteiro grogue, entrei no elevador revestido de carvalho. Arrastei Larry e a maca pelo grosso carpete do hall do vigésimo oitavo andar. Arranquei como um fundista nos últimos seis metros, agarrando a bolsa do equipamento respiratório, abominando o momento em que a porta se abriria, pensando que aquele poderia ser o chamado que me derrubaria. Se eles gritarem, eu choro e mijo nas calças, vai tudo transbordar.

Eu ouvia gemidos do outro lado da porta, como se uma bomba de pesar acabasse de explodir. Uma velha abriu, fedendo àquilo. Cobriu a boca, depois os olhos.

"Ele parou de respirar", ela disse.

Precisei empurrá-la para passar. "Onde ele está?"

"À direita, no quarto dos fundos. Ah, meu Deus, Richard."

Passei por três quartos esparsamente mobiliados com móveis vitorianos, um televisor, retratos de spaniels. Cheguei ao quarto dos fundos com os braços estendidos cegamente à minha frente. "Onde?", gritei.

"Ele está na cama."

A cama arrumada às pressas. Puxei as cobertas. Nada.

"Não, não, ele está embaixo da cama."

Larry e eu nos agachamos, procurando.

"Não o vejo."

Larry olhou para cima. "Talvez ele esteja no guarda-roupa."

Sentei na cama, exausto. A mulher estava arrancando ternos de dentro do guarda-roupa e jogando-os sobre os lençóis ao meu lado.

"Ele estava bem aqui. Não estava respirando."

Larry puxou os travesseiros, espiou atrás dos quadros. "Ele se desloca muito bem para um cadáver."

Ela jogou outra pilha de ternos, eu agarrei suas mãos e a fiz sentar-se na cama. Vi as fotografias dela com o marido no toucador. Ele provavelmente morrera anos atrás, e podia-se ver no rosto dela que aquilo era tão real para ela agora quanto no dia em que acontecera.

"Está bem", falei. "Ele está morto agora, e não há mais nada que a senhora possa fazer."

"Não, não. Ele estava aqui mesmo."

"Não, ele faleceu. A senhora sabe disso." Passei os braços pelos ombros amplos, sentia vontade de chorar junto com ela. Eu sabia tudo sobre síndrome do estresse traumático. Naquele momento, ouviu-se a descarga no banheiro.

"Ah, meu Deus, ele está lá", ela gritou, e nós três nos afastamos da porta do banheiro quando ela se abriu. Ali estava Richard, vivo e saudável, meias pretas e cueca samba-canção branca.

"Marge, que diabo está acontecendo aqui?"

"Você parou de respirar, Richard. Não consegui acordar você."

"Eu estava dormindo."

Ela apontou para mim. "Este homem disse que você estava morto."

Richard se coçou. "Escute, eu estou ótimo." Bateu no peito várias vezes. "Lamento muito incomodar vocês dessa maneira, cavalheiros. Ela fica perturbada de vez em quando. Estou certo de que vocês têm coisas mais importantes para fazer."

Ele nos conduziu pelo corredor até a ampla sala de estar enquanto abraçava Marge com firmeza. Ela era corpulenta, e ele talvez já passasse dos oitenta, mas ele a segurava com facilidade. Achei que ele poderia até me desafiar para uma queda-de-braço.

"Este já foi um lugar excelente para se morar." Ele mostrou os quadros sobre a lareira. "A cidade mudou. Costumávamos sair para caminhar pelo parque, à noite, de dia, a qualquer hora. Um táxi até o Harlem, ouvir a orquestra de Basie. Agora temos medo de pôr os pés para fora da porta. Eu me sinto como um prisioneiro em minha própria casa. Isso deixa Margie muito tensa."

Marge olhou do sofá. "O porteiro tentou me envenenar."

"É verdade", disse Richard. "Ele é muito esperto." Então foi até a janela e puxou as pesadas cortinas azuis. A vidraça fora coberta com caixas de cereal coladas com fita adesiva prateada. "Eles mantêm os holofotes em nós a noite toda, de um lado para o outro." Larry puxou um canto de uma caixa de sucrilhos. Olhamos para baixo, vimos uma carruagem vazia, um homem passeando com o cachorro.

"Deixam qualquer um morar neste prédio. O pessoal do andar de cima não é daqui, eu garanto a vocês." Richard andava em círculos, irritado, as mãos erguidas acima da cabeça. "Um dilúvio cai do teto em cima de nós — fezes, urina, sangue. Ninguém nos ajuda."

Marge levantou-se cambaleante e foi até o canto da sala.

"Richard construiu isto para aparar." Ela apontou para um grande funil feito com chapa de alumínio, de dois metros de altura, desembocando num sanitário portátil.

"Sente-se, Margie. Lembre-se do seu coração."

Ela quase esquecera. Desabando no sofá, levantou o seio esquerdo. "Ai, a dor! Richard, por favor, pegue um comprimido."

Richard trouxe uma caixa de pão abarrotada de remédios. Tirou um comprimido de cada frasco e deu um punhado para ela.

"Espere um pouco", falei. "Não pode dar tudo isso a ela."

"Acredite em mim, é a única coisa que funciona."

Os comprimidos eram quase todos laxantes, vitaminas, antidepressivos. Escolhi um Valium. "Pronto, dê só este."

Larry agarrou o Valium e guardou no bolso. Pegou o monitor de ECG e começou a ligar em Marge.

"Larry, sem essa — vamos embora." Eu começava a me sentir como um prisioneiro também. Examinei o teto.

"Frank, ela tem dor no peito."

"Ela tem tudo", repliquei. "Minha senhora, como é essa dor?"

"Não sei."

"É como uma pressão?", perguntou Larry. "É como um elefante sentado em seu peito?"

"Sim", ela gemeu.

"É uma dor adejante, como um pássaro batendo asas em seu peito?"

"Sim."

"Ou uma dor que queima, como se tivesse comido palitos de fósforo acesos?"

"Siiiiimmm", ela gritou.

"Ela tem o mal dos sins", falei. "Não se pode fazer grande coisa num caso desses."

Mas Larry estava decidido. Ele era paramédico. Uma mulher estava com dor no peito. Ele preparou o kit de soro intravenoso, amarrou um torniquete no braço dela e limpou a pele com álcool.

"Ela odeia injeção", disse Richard. "Ela só precisa dos comprimidos, e geralmente fica ótima."

"Ela precisa de um soro intravenoso, meu senhor, para o caso de termos de administrar alguma medicação." Larry pegou o braço esquerdo da mulher. "A senhora vai sentir uma picadinha."

Marge berrou como foca abatida e, com uma agilidade inesperada para seu corpanzil, arrancou para trás o braço esquerdo e com o direito golpeou Larry acima da orelha. Intimidado mas resoluto, ele a espetou de novo, logo acima da agora ensangüentada marca de sua última investida, e desta vez o gancho de direita o pôs de joelhos. Àquela altura, ela balia tão alto que na certa os holofotes se acenderiam, pensei. Richard e eu observamos Larry tentar pela terceira vez. Ambos os combatentes arfavam. A mulher perdera algum sangue e Larry ainda estava tonto com o último golpe, mas eu sabia que ele nunca desistiria. Sua causa era justa. Ele pegou uma agulha nova. Sagazmente, avançou em direção ao braço esquerdo ferido, mas no último segundo recuou e mergulhou por cima dela. Prendendo com o ombro o tórax da mulher, imobilizando-a no sofá, ele espetou o incólume filete azul que subia pelo braço direito de Margie. Ela arquejou e balançou o corpo, mas era tarde demais. Larry pegou a veia e, em meio aos últimos berros ensurdecedores, segurou firme o braço e prendeu com esparadrapo o cateter intravenoso.

Richard se vestiu depressa: calças amarelas largas, roupão de banho verde, chapéu de feltro azul. "Temos de ir para o Episcopal Memorial. O médico dela é de lá."

"Eles não costumam aceitar pacientes do serviço público."

"Eles nos atenderão. Eu sou praticamente o dono do hospital."

Quando chegamos ao Episcopal, a dor no peito de Marge sumira, e sua única queixa era das picadas nos braços. A entrada de emergência estava fechada; precisei virar a esquina e bater nas janelas da sala de espera. A equipe médica inteira estava lá, escarrapachada nas poltronas vazias, assistindo na TV a um drama sobre uma atarefadíssima equipe médica de pronto-socorro. Passados alguns minutos, uma das enfermeiras apareceu para nos deixar entrar.

Ela beijou Marge nas duas bochechas. "Sra. Foster. Como tem passado?"

A sra. Foster apontou para os braços, e a enfermeira meneou a cabeça compassivamente. Ela empurrou a maca para um dos seis quartos vazios alinhados na parede dos fundos. Depois fez sinal para que fôssemos embora, fechando a cortina. "Eu me encarrego do caso de agora em diante. Acho que vocês já fizeram o bastante."

Dois médicos entraram. Apertaram a mão do sr. Foster e lhe deram tapinhas nas costas, conversando sobre a nova ala cirúrgica em construção. Sentei numa das outras camas, esperando que Larry terminasse de preencher a papelada e a enfermeira devolvesse nossa maca. Ouvi a televisão: vozes discutindo sobre como salvar gêmeos siameses. Um ruído de campainha misturou-se às vozes, meu tinido voltou, tudo se movia com uma lentidão insuportável. Eu precisava deitar.

A cama era limpa e reconfortante. Dava vontade de ter médico, oxigênio e remédios à disposição e, sobretudo, ouvir meu coração bater calmamente na máquina novinha acima de mim. Imaginei-me tirando o uniforme e vestindo o singelo camisolão do hospital. Eu ficaria ali deitado, esperando que a enfermeira viesse medir minha pressão sangüínea, as pulsações, a temperatura. A médica apareceria em seguida, os olhos cansados do longo plantão, e eu a princípio ficaria carrancudo, relutante em cooperar, mas seu persistente profissionalismo conquistaria minha confiança e eu lhe contaria sobre os fantasmas que me perseguiam, as dores que encontravam um novo lar a cada noite, a inexplicável loucura que me obrigava a continuar indo para o trabalho. A médica escutaria pesarosamente, e depois dela viriam os especialistas para retirar meu sangue e coletar minha urina. Depois eu iria esperar, cochilar, acordar, pensar na morte até chegarem os resultados do laboratório e a médica retornar para me dizer que todos os procedimentos haviam sido esgotados e nada de significativo fora descoberto. Meu problema provavelmente estava relacionado ao estresse, psicossomatose talvez. Nada grave, naturalmente, e seriam feitos exames adicionais para excluir qualquer possibilidade. Obrigado, doutora, eu diria. Não por isso, meu senhor, ela responderia. Então viria a enfermeira novamente, e uma injeção que na verdade não doía tanto, para os nervos, e eu iria embora sozinho com um menu de referências no bolso, mais especialistas para consultar amanhã, um táxi para casa, uma cerveja e depois um sono hibernal.

"Você não pode dormir aqui." A enfermeira me sacudia pelos ombros, apontando para a maca, gesticulando para que fôssemos embora. "Esta cama é só para pacientes."

*Em janeiro passado, o mês dos incêndios, Larry pegou um chamado de queimaduras enquanto eu estava tomando café. Fiquei tão zangado que, para ele aprender, dirigi feito um louco até o local, mas não me senti melhor por isso, nem mesmo depois de chegar aos 140 na 12ª, com Larry em pé no banco, as costas espremidas contra o teto da cabina, murmurando, "Jesus, Jesus, Jesus". Chegamos quando os caminhões dos bombeiros estavam de saída. Entrei com a ambulância no parque atrás dos campos de beisebol, na direção das luzes do carro da polícia. O tira pegara a fita amarela da morte e a estava prendendo em arbustos. Numa clareira no centro, uma pilha grande de roupas velhas e brochuras ainda fumegava. Um braço preto saía lá do fundo. O fogo o queimara tão completamente em algumas partes que a pele se esticara até rasgar, revelando embaixo a carne branca assada. Larry e eu removemos os livros para descobrir o corpo carbonizado, o branco dos olhos amarelado pelo fogo. "Há uma lata de gasolina ali", disse o tira. "Alguém deve ter botado fogo nele e depois empilhado esses livros em cima. Vou para Aruba na semana que vem." Larry foi até a ambulância pegar sua máquina fotográfica. Fazia um livro de recortes sobre Mortos ao Chegar. Os caras de sua brigada de incêndio voluntária adoravam. "Quer uma?", ele perguntou enquanto tirava três instantâneos. "Não, obrigado, já estou satisfeito." Os olhos do homem já tinham marcado a fogo um retrato em minha cabeça. Peguei um livro no chão a meus pés.* Pescando nos Grandes Lagos, *de Robert P. Gulliver. Levei-o para a ambulância.*

# 5.

Eram três da manhã e os chamados ainda chegavam com mais rapidez do que o operador da Central de Manhattan conseguia distribuí-los. "Quinze Boy, você tem um pedestre atropelado por um táxi, rua 52 Oeste, 320, apartamento 5B, quinto andar. Ah, espere — diz aqui que ele foi atropelado ontem. Catorze Young, você vai para a parada cardíaca na rua 63 Oeste, 235, apartamento 10 Charlie. Oitenta e cinco anos, sexo masculino, ninguém o vê já faz seis dias e um cheiro ruim está saindo do apartamento, por isso você pode ir correndo direto para lá. Treze Victor, detesto fazer isso, mas preciso tirar você do seu horário de refeição. Na 45 com a Lex, em frente ao abrigo, há um indivíduo de quarenta anos, sexo masculino, em cadeira de rodas, queixando-se de pernas feridas, vômitos, sangramento retal e ataques. Divirta-se. Atenção, unidades, atualizem seus sinais: Treze Zebra, quarenta e oito minutos no pronto-socorro. Um-Três Charlie, Doze Adam — estou com trabalhos esperando aqui."

Éramos Treze Zebra naquela noite, mas o expedidor não conseguiria um sinal meu antes do café. Em algum ponto de sua tela azul, algo horrível me aguardava, emborcado e infestado de insetos. Parei em frente à loja de *bagels* na esquina da rua do Episcopal. Um café puro e sem açúcar, eu disse e repeti, mas o filho do dono só me encarava, como se eu tivesse pedido um piano. Ele ainda estava zangado devido a um chamado que tínhamos atendido naquele estabelecimento fazia mais de dois meses, um freguês de meia-idade que caíra morto no chão. Na pressa de pegar a veia para o soro intravenoso, Larry usou a tesoura para cortar o casaco do homem e, com isso, violou a regra número oito dos paramédicos: jamais cortar um casaco acolchoado. Imediatamente, as penas foram sugadas da manga do morto na direção dos imensos exaustores que retiram o ar quente saído dos fornos. Em segundos, uma nevasca de penas se abatia sobre a lojinha. Penas entraram rodopiando em nossas bocas e olhos. Cobriram cada canto, cada *bagel*. Meteram-se em barris de queijo cremoso e sacos de farinha. Ahmed, o enorme proprietário iraniano, alegava que ainda estava encontrando penas.

"Por favor, me digam", ele falou ao trazer o café, contornando o filho, e pondo o copo no balcão, "por que vocês tinham de cortar o casaco de um morto?"

Eu devia ter ido a algum outro lugar, mas aquele era o café mais próximo, e o melhor. "Preciso mesmo ir. Estamos muito ocupados."

"Meça minha pressão. Por favor. Estou estourando de dor de cabeça." Ele começou a enrolar a manga.

"Não", falei. "Não posso ficar. Vá ao hospital."

"Por favor, quem é que vai tomar conta disto? Meus filhos são estúpidos e preguiçosos demais. Só pensam em mulheres magricelas e Corvettes. O negócio já anda mal por causa daquelas penas."

Saí antes que ele terminasse. Já tinha ouvido aquilo antes. Sua pressão sangüínea estava sempre incrivelmente alta, quase incompatível com a vida. Toda vez que eu a media, dizia-lhe que fosse para o hospital, e toda vez ele me arrolava todas as razões por que não podia ir. Quando não eram os filhos, era a esposa, o clima, sua gota. Mas era um velho durão, e eu gostava de qualquer pessoa que se recusasse a ir para o hospital.

Larry estava dormindo, por isso diminuí o volume dos rádios da ambulância e da polícia e bebi o café fumegante. Cinco minutos, pensei, tirarei cinco. Fechei os olhos, mas os olhos de Burke voltaram, por isso fitei a cabeça de Larry, que, a não ser pelo botãozinho do nariz, era uma esfera perfeita. Nos seis meses em que trabalháramos juntos, eu já o vira adormecer dezenas de vezes, mas ainda me maravilhava com a transformação. Quando acordado, o corpo de Larry arremetia pelo planeta com a graça de um açougueiro em armadura completa. Sempre achei que o problema estava em seu pescoço, que era tão esguio quanto uma calha em miniatura; com apenas aquele apoio, os traços de seu crânio avantajado pareciam aumentar e diminuir conforme o vaivém de misteriosas marés cranianas. Aqueles solavancos constantes naturalmente inclinavam a cabeça de Larry na direção do apoio mais próximo — uma janela, uma parede, o volante. Assim que ele ficava em repouso, o balanço cessava, seu tronco se desenfunava, a cabeça se arredondava e o rosto assumia a expressão bem-aventurada de um bebê no seio materno.

Mais do que qualquer outra coisa, eu desejava dormir daquela maneira, fechar os olhos e deixar esta cidade assombrada, vaguear para longe, ao sol, atravessar um lago glacial cercado de pinheiros. Acordar de manhã com preguiça, fechar de novo os olhos e voltar a sonhar com uma clareira nas margens, uma casa de madeira, uma lareira, uma cama larga e macia, Mona. Fazia meses que eu estivera naquela casa, mais de três semanas que eu não via minha mulher.

Mona dizia que me conhecer tinha sido como ser atropelada por um caminhão. Na verdade, foi uma caminhonete. Quando a vi pela primeira vez, supus que estivesse morta. A motocicleta estava amassada e horrivelmente retorcida debaixo da caminhonete. Mona estava caída a uns dez metros dali, imóvel. Mas quando andei em sua direção, ela levantou a cabeça e olhou para mim, e vi não apenas que ela estava viva mas também que era bonita e de um modo geral estava incólume, a não ser por uma parte de sua perna que fazia uma curva onde deveria ser reta. Cortei as calças de couro para descobrir a perna, embora Mona gritasse comigo para não fazer isso. Era a mais linda das pernas quebradas, longa, alva e lisa, curvando-se graciosamente onde a ponta fraturada da fíbula tentava atravessar a canela, como se fosse uma nova articulação, porém muito mais bonita do que um joelho ou um tornozelo. Hesitei em pôr-lhe a tala, mantendo minhas mãos próximas da fratura, fitando o ângulo e a nova e estranha beleza que ele lhe dava, até que ela se sentou e observou também. "Endireite isso", ela disse. Primeiro me apaixonei pela perna de Mona, depois me apaixonei por Mona.

Ela me contou que era dançarina. Na ambulância, fez-me prometer que a mataria com um tiro se achasse que a fratura a impediria de voltar a dançar. Fiquei imprestável pelo resto da noite, fazendo curativos em dores de cabeça, pondo talas em ataques cardíacos. Depois do trabalho fui ao quarto dela, levando travesseiros e analgésicos. "O médico me disse que não preciso matar você."

Contei-lhe a história de como meus pais se conheceram no Miséria. Ajudei Mona a ir pelo corredor até o berçário onde eu nascera. Ela falou sobre Ohio. Em minha mente, o lugar se tornou um divino cemitério de silos vazios e fábricas falidas, uma garotinha dançando no capim. Então os analgésicos fizeram efeito e eu testemunhei um milagre, Mona dormindo, tão linda que quase caí da cadeira.

Dali a duas manhãs eu a ajudei a ir para casa de táxi, e naquele dia saí para comprar um par de botas igual ao que eu cortara na cena do acidente. Procurei pela cidade inteira até encontrar um tamanho 15 extragrande, que se encaixava certinho por cima do gesso. Levei livros e sanduíches de manteiga de amendoim. Naquela noite, no trabalho, salvei um gato que encontrei miando debaixo da cama de uma velha que morrera sozinha. Deixei-o bem limpinho e o levei para Mona. Disse que era um gato curandeiro, treinado em cura asteca.

O médico disse que seria preciso que ela permanecesse com o gesso durante pelo menos oito semanas. No final do primeiro mês eu estava levando as refeições para ela quase todas as noites. Depois de um jantar à luz de velas, sanduíches e vinho e três longos beijos, não conseguimos esperar mais. Arranquei a bota enorme. Com minha tesoura de paramédico comecei a cortar sua velha calça jeans, por cima do gesso, da coxa, até chegar aos pêlos vermelho-dourados entre suas pernas, resplandecentes como um nascer do sol, outro milagre. Eu queria ser lento, muito cuidadoso para não machucar sua perna, mas quando a beijei novamente, quando senti o seio em minha boca, senti os músculos de suas costas se retesarem para dançar, esqueci tudo o mais que não fosse trazer aquele sol até mim, ganhar terreno por entre aquele maldito gesso que era como uma âncora enganchada numa montanha, o sol lutando para nascer, dando puxões, esticando a corrente, pulando, retorcendo-se no ar.

A família de Mona tinha uma casa de veraneio no Lago Superior, e quando o gesso foi finalmente tirado fomos comemorar: partimos de carro rumo ao oeste, para passar duas semanas no lago, nossa Xangrilá. Recordo aqueles dias como uma colagem indistinta de momentos perfeitos, cada qual um alinhamento bem-aventurado de folhas, água, terra e o rosto de Mona, tudo agora transformando-se numa grande pilha que enferruja em minha mente. Os únicos quadros de que me lembro com clareza são da noite em que nos embebedamos juntos. Fomos de carro até o bar local, a trinta quilômetros de distância, chamado Edmund Fitzgerald. O exterior tinha a forma da ponte de comando de um navio, e dentro as paredes eram recobertas com figuras de embarcações famosas perdidas no mar, todas as molduras fora de posição, como que tiradas do lugar durante uma forte tempestade. Ed, o barman e proprietário, afirmava ter sido capitão de seis navios diferentes. Os moradores da região garantiam que ele nunca saíra da casa das caldeiras, mas ele usava um boné de capitão, e no fim da noite pedimos a ele que nos casasse. A coisa saiu mais como uma ordem do que como um sacramento. "Você, Frank Pierce, aceite esta mulher como sua esposa." "Sim, Capitão." "E você, Mona Olearkick" — tentando ler o nome dela num cartão — "Oleerazak... Oleoracrack..." "Olejarczyck", disse Mona. "Sim, você, aceite este homem como seu esposo." "Sim, Capitão." "Dispensados." Ficamos juntos menos de dois anos. Pouco mais do que uma viagem inaugural.

Na última vez em que a vi, Mona disse que meu trabalho estava me matando e que minha morte a estava matando. Foi na mesma manhã em que ajudei a matar Rose. Apenas um dia daqueles: uma mulher entrara em minha vida para morrer, outra saíra para viver. Em nenhum momento elas sentiram ciúme uma da outra, e nas últimas semanas tinham aprendido a me compartilhar, a me assombrar em turnos, Rose com o café à noite, Mona com o uísque logo de manhã. Quanto mais eu me esforçava para esquecê-las, mais elas não saíam da minha cabeça. O sr. Burke e a galeria de fantasmas não passavam de uma digressão. Tentei pedir demissão, tentei ser demitido. Trabalhei em turnos duplos durante uma semana e depois gastei toda a minha licença-saúde na semana seguinte. Imaginei-me em outros empregos, vendo outras mulheres, embora principalmente sonhasse dormir, um sono tranqüilo de oito horas, sem remédios, sem sonhos, repousar a cabeça e boa-noite, como Larry fazia. Em noites sossegadas eu o observava dormir durante horas. Tentava imitá-lo, minha cabeça na mesma posição que a dele, nossas respirações sincronizadas, roncando no mesmo tom. Esforcei-me para encarar a vida como uma série de momentos interligados de sono e comida. Escutei as histórias dele, querendo saber todos os detalhes para os quais ele atentava quando não estava comendo ou dormindo. Empenhei-me arduamente para superar o fato de que discordava dele em quase tudo o que ele dizia.

Larry carregava sua vida na carteira. Na primeira noite em que trabalhamos juntos, a carteira foi tirada do bolso, e quando apertamos as mãos fui embora com a imagem de sua jovem esposa vestindo um suéter branco, em pé ao lado da geladeira branca, com a cozinha branca brilhando atrás. A essa logo seguiu-se a primeira de pelo menos dez fotos que ele trazia dos filhos, a favorita, que mostrava as duas crianças dormindo em cima de um labrador com cara de bravo. Não tardei a saber tudo sobre seus problemas com a caldeira e o que os cupins tinham feito com o valor de revenda de uma casa colonial de dois andares em Bayville. Ouvi sobre seu pai doente e sua mãe que fora embora quando Larry tinha sete anos. Ele me mostrou até mesmo sua assombrosa coleção de licenças — para dirigir caminhões pesados e empilhadeiras, para vender imóveis comerciais no Brooklyn, transportar explosivos em seu caminhão, matar e esfolar alces canadenses, doar seus rins, quando ele morresse, para um primo de San Diego, casar-se em tempo de guerra.

Larry me abasteceu com a maior parte disso nos dois primeiros dias em que trabalhamos juntos, e depois de ter tirado essas informações do caminho devotou quase todos os momentos de conversa ao verdadeiro amor de sua vida, a Brigada de Incêndio Voluntária de Bayville. Ele discorria apaixonadamente sobre a camaradagem entre os homens que arriscam a vida juntos. Contou-me o que eles comiam, que filmes pornográficos viam, que tipo de luzes Twinsonic cada um preferia para o novo carro que chegaria em maio. Larry presumira que, por ser paramédico, eu automaticamente me filiava à sagrada irmandade dos combatentes do fogo. Nada disso; eu odiava incêndios, e quando ele me contou pela quarta vez sobre o "grande", o do alarme 4 de 1991, explodi. Amaldiçoei todos os incêndios e bombeiros. Desde então, nossa relação ficou estremecida.

"Ei, Larry", estendi o braço e bati na janela encostada na orelha dele. "Acorde."

"O quê?" A cabeça pulou da porta.

"Desligue."

"O quê?"

"Você sabe o quê. O rádio."

Larry vasculhou as profundezas de sua sacola e tirou seu explorador de canais portátil do corpo de bombeiros que ele tinha prometido nunca trazer para o trabalho quando estivesse comigo. Através da estática, pude distinguir uma voz feminina: "Ladder 4, atenda a um dez-vinte e dois residencial quatro andares, rua 52 Oeste, 417". Estendi a mão e desliguei o aparelho.

"Vamos lá", disse Larry. "Este pode ser bom."

"Não, não, eu já lhe disse. Não existe incêndio bom. As pessoas se queimam nos incêndios. Não conseguem respirar. Suas casas são destruídas."

"Eu sei. É por isso que precisam de nós lá. Agora vamos, Frank." Ele quis pegar o rádio da ambulância no painel. Agarrei a antena. Nós dois puxamos. "Não force, Larry."

"Você está apagado, só restam cinzas", ele disse.

"Não, Larry, ainda tenho uma chama, e se você chegar mais perto, vou queimar você."

O expedidor interrompeu. "Um-Três Zebra", ele chamou. "Zebra Três, preciso de vocês."

Larguei o rádio, Larry o puxou para seu peito. "Viu só?", disse ele. "Está dando o serviço para nós, de qualquer modo."

"Zebra, está ouvindo?", disse o expedidor. "Estou com um inconsciente na 46 com a 10ª."

O rádio caiu no console entre nós. "46 com a 10ª!", Larry gritou. Olhou o relógio. "Ah, não, são três horas. Isso só pode significar uma coisa."

"O sr. Oh."

"É o sr. Oh. Não vou responder."

O rádio jazia no painel. Eu não tinha intenção de responder.

O expedidor tornou a falar. "Responda ao rádio, Zebra. Vocês sabem que está naquela hora."

"Nós o pegamos quatro vezes esta semana", reclamou Larry. "Quatro vezes. Não existem outras unidades neste mundo? Não responda ao rádio. Eu não vou. Ele vai passar para algum outro."

"Então não vamos responder."

"Treze Zebra. Um-Três Zebra. Última chamada. Vocês serão suspensos em dois segundos."

Antes de começar a trabalhar comigo, Larry nunca tinha sido suspenso por não responder, mas nos três últimos meses fôramos suspensos três vezes. Larry fitou o rádio e depois olhou para mim;

sabendo que eu não responderia, ele o pegou. "Escute, Frank, quando eu digo não responda, significa responda. Quero dizer, você poderia fazer isso por mim, pelo menos." Ele regulou o microfone. "Três Zebra."

"Sim, Zebra. Vocês irão até o homem que dispensa apresentações, o tricampeão de chamados crônicos do ano e favorito absoluto para o tetra. O duque dos bebuns, o rei dos fedorentos, o mais assíduo passageiro do socorro de emergência — o sr. Oh!"

"Mensagem recebida", disse Larry, mas quando dei a partida na ambulância, ele segurou meu braço.

"Não vá", ele falou. "Estou mandando. Não desta vez."

Esperei, ficamos observando uma mulher que remexia o lixo na Broadway. Dois minutos, mais tempo do que eu jamais esperara por Larry. "Está bem", ele disse. "Vamos até lá, só para ter certeza de que ele está apenas bêbado, e então não o levaremos."

Estacionei em frente ao armazém de bebidas na 46. Um homem em pé no meio-fio acenava para nós, apontando freneticamente para o sr. Oh, que estava deitado de lado, enrolado em frente à sua cadeira de rodas. Outro homem debruçado sobre Oh tentava revivê-lo, e um grupo de alcoólatras solícitos, amigos de Oh, cercava-o com suas cadeiras de rodas e assentos de três pernas feitos com móveis de sala de jantar abandonados. Eles bebiam do vinho comunitário, olhando preocupados de Oh para nós e para a garrafa que se esvaziava; o homem do meio-fio veio até a janela de Larry e começou a bater no vidro. Nenhum de nós fez menção de sair.

Larry apontou para Oh. "Por causa desse vagabundo alguém vai morrer, vai ter um ataque cardíaco, e os únicos paramédicos da área estarão ocupados demais cuidando do sr. Oh."

"Relaxe", falei. "É um serviço de rua, fácil, exceto pelo fedor. Só o jogaremos na ambulância e voaremos até o Miséria. Pelo menos ele não está doente de verdade, é assim que vejo a coisa — sem sangue, sem morte. Ele está só bêbado."

“Não é minha obrigação servir de táxi para bêbados. Não o levarei para o hospital.”

“Ficarão chamando por causa dele.”

“Pouco me importa. Quatro vezes numa semana é o limite.”

A maioria de nossos pacientes daquela área eram vítimas de espancamento, doenças de rotina, overdoses de drogas e bêbados como o sr. Oh, e mesmo depois de quatro anos nesse trabalho Larry ainda ficava perplexo com o abuso diário de seus talentos de salva-vidas. A boa gente de seu torrão natal de Bayville jamais pensaria em chamar uma ambulância para um sujeito como Oh, bêbado todas as noites. Ambulâncias eram para emergências. Paramédicos salvavam vidas. O tempo todo, em cada chamado sem gravidade, Larry reclamava, fazia discurso, fazia um sermão para os pacientes sobre suas responsabilidades no sistema do telefone 911, mas sempre os levava para o hospital. Com o sr. Oh era diferente. Oh enlouquecia Larry.

“Ele está mal, senhor”, disse o homem do meio-fio. “Não comeu nada o dia inteiro. Está tendo ataques e vomitando e desmaia toda hora.”

Larry levantou as mãos. “Então o que há de diferente nele hoje?”

“Ele diz que tem dor nos pés.”

“Ora, por que não falaram antes? Vamos embora.”

O homem ajoelhado ao lado do sr. Oh olhou para cima. “Não sinto as pulsações”, disse ele, passando os dedos no pescoço e na virilha de Oh. “Mas ele ainda está respirando.”

“Parece que chegamos bem a tempo”, falei. “Com licença, meu senhor.”

Oh parecia tão bem como sempre. Usava sua capa de chuva, feita com um saco de lixo preto com buracos para enfiar os braços, e na cabeça um plástico transparente preso por um elástico. Suas calças encontravam-se na posição habitual, nos joelhos, e os globos redondos e brancos de sua bunda tinham um brilho sinistro se comparados a seu rosto e mãos enegrecidos. Mesmo dormindo, Oh sorria, balançava a cabeça e murmurava seguidamente a palavra que se tornara seu nome: "Oh, Oh, Oh".

"Ele está doente", disse um homem quase sem dentes. "Por favor, vocês precisam ajudá-lo."

"Ele está bêbado", Larry falou.

"Só levem ele para o hospital, façam o favor. Olhem só para ele!"

"Oh, olhem para ele", gritou uma mulher, como se fosse o derradeiro suspiro de Oh. "Olhem para ele, olhem para ele, olhem para ele."

Larry fuzilou-os com o olhar. "Não há nada de errado com ele. Bebeu demais e agora está dormindo. Não vou levá-lo."

Um homem com um uniforme molambento de entregador de pizza se levantou de sua cadeira de rodas e deu três passos na direção de Larry, depois voltou cambaleando. "Vou ser franco com vocês", ele disse. "Oh tomou alguns drinques esta noite, mas só vinho, e ele não pára de vomitar. Agora não conseguimos acordá-lo."

Debrucei-me sobre Oh e o sacudi. Belisquei-o atrás da orelha. "Bom dia, Oh", falei, e ele abriu os olhos e sorriu mais largo, "Oh."

"Ele está bem", disse Larry. "Hoje ele pode ir a pé para o hospital."

"A pé? Está maluco?", disse a mulher. "Ele não pode andar. Usa cadeira de rodas."

"Não comece com essa história. Já o vi andar. Ele anda melhor do que eu."

Acocorei-me ao lado de Oh, esperando Larry ceder. O *script* era o mesmo em todos os chamados para Oh. Larry argumentava para não o levar, depois insistia em que ele fosse andando, até que, tudo falhando, éramos forçados a levar Oh para o hospital, com cadeira de rodas e tudo.

Oh podia andar. Em várias manhãs, terminando nosso turno, Larry e eu o vimos sair do Miséria empurrando sua cadeira de rodas como um carrinho de supermercado. Ele não andava depressa. Na velocidade máxima, podia demorar mais de uma hora para viajar um quarteirão, mas esse era seu estilo, e não sua deficiência. Todos os dias ele fazia sua peregrinação, de sua maca no Miséria até seus compromissos noturnos na 46, um total de dez quarteirões em doze horas. Pelo caminho, ia mendigando trocados aos motoristas e juntava latas, que trocava por cerveja. Tirava sonecas. Comia biscoitos. Batia papo com seus muitos amigos ao longo da rota. Quando eu fazia hora extra durante o dia, proseava com Oh, espantava-me ao ouvir mais do que aquela sílaba com que ele conversava à noite. Ele falava lentamente, como se escolhesse cada palavra em uma lista de milhares. Discutíamos o problema das drogas nas escolas e os muitos modos de ser atropelado por um carro sem se ferir gravemente. Ele em geral chegava à 48 ou 49 antes de se sentar em sua cadeira e começar a balbuciar sílabas. Pedalava no percurso dos últimos dois quarteirões, e ali Oh começava a beber a sério, perdendo rapidamente seu vocabulário e toda a sensibilidade nas pernas. Quando a loja de bebidas fechava, suas calças começavam a descida e, quando chegavam aos joelhos, Oh principiava sua própria descida, lenta, hábil, demorando cinco minutos ou mais para atingir a calçada. Então, paz. Infelizmente, Oh dormia um sono tão profundo que sempre parecia ter dado o último suspiro.

"Levante-se", disse Larry. Puxou duas vezes o braço de Oh. "Oh", disse o sr. Oh. Larry calçou as luvas e tentou erguer as calças do homem. Fracassando, passou os braços em torno da cintura de Oh e, com grande esforço, içou-o para pô-lo em pé. As pernas de Oh não forneciam apoio algum; enquanto mal segurava o homem com uma das mãos, Larry tentou mais uma vez, em vão, levantar-lhe as calças. Os amigos de Oh rodeavam Larry, xingando-o.

"Que diabo, ele vai andar", bradou Larry, içando Oh outra vez. Oh teria tido dificuldade mesmo com as calças na cintura; com elas nos joelhos, a tentativa era ridícula. Larry e ele deram dois passos e caíram. "Oh", gritaram os dois juntos. Ajeitei a cadeira de Oh atrás dele; quando Larry o ergueu pela terceira vez, eu a empurrei, pegando Oh por trás dos joelhos; seu traseiro branco caiu direitinho no assento. Nós o empurramos na cadeira até a ambulância.

"Boa sorte", gritou a turba. "Fique bom."

Larry cobriu o corpo de Oh com um lençol. Pôs uma máscara de oxigênio em si mesmo e ligou-a. "Vamos já."

Liguei as luzes e sirenes. O fedor de Oh equivalia a uma verdadeira emergência. "Mais depressa", Larry gritou, e mais depressa eu dirigi, desviando e cortando no trânsito das putas da 10ª. Quando o cheiro chegou até mim na cabine, abri a janela e botei o rosto para fora, no ar úmido e refrescante. "Mais depressa", Larry tornou a berrar. "Mais depressa", gritei, disparando para o Miséria.

A maioria dos doentes na sala de espera do Miséria cansara de esperar e fora embora. Atravessei a sala empurrando o sr. Oh na cadeira de rodas, torcendo para que os Burke também tivessem partido, mas logo os identifiquei, de costas, sentados na primeira fila, com a habitual variedade de bêbados, hipocondríacos e vítimas de assalto espalhados atrás. Os bêbados deram a Oh uma recepção de herói. Oh sorriu e meneou a cabeça. Griss, o guarda, foi menos cordial. "Tirem da minha frente esse pilantra filho da puta piolhento de bunda fedida." Empurrei Oh pelo corredor e esperei na entrada do cubículo de triagem da enfermeira Constance. Ela estava tomando o pulso de um homem e falando com a mão dele enquanto o resto do sujeito tinha ânsias do outro lado da mesa. "Você bebe demais. Esse é o modo como seu corpo lhe diz para parar. Ouça seu corpo. Ele sabe mais do que qualquer médico. O maior favor que posso lhe fazer é não interná-lo. Você vai me agradecer depois."

A mão que ela segurava agarrou a mesa e tentou em vão erguer o resto do corpo. "Escute, minha senhora", falou a voz embaixo. "Eu só preciso de alguma coisa para comer, um sanduíche, qualquer coisa, e não a incomodarei mais."

"Eu teria de interná-lo para lhe dar algo para comer, e minha consciência absolutamente me proíbe de fazer isso. Boa sorte. Griss", ela gritou para o guarda. "Griss, este cavalheiro deseja se retirar." Ela saiu do cubículo para que Griss pudesse entrar e, ao ver o sr. Oh, botou as mãos nos quadris, balançando a cabeça. Constance era da Flórida, loura, de olhos grandes, cruel. Considerava verdadeiras emergências cerca de um por cento dos casos que lhe apareciam. O resto, acreditava ser pura inépcia moral manifestada como ansiedade do século XX. Nenhum hospital do mundo podia curar isso. Ela tentava endireitá-los antes de os mandar embora. Deblaterava contra a fraqueza em todas as suas formas — dependência de drogas, suicídio, fixações anais —, fazia sermão para os pacientes até eles partirem, confusos, ou pularem em sua garganta, mas não tinha paciência com bebuns vadios como o sr. Oh. Normalmente, ela os jogava para fora sem ao menos tomar-lhes o pulso, por isso nada explicava o amor que ela derramava sobre Oh. Sempre que o trazíamos, Constance se transformava numa mãe decepcionada, mimando e bajulando Oh, beliscando suas bochechas e afagando seus cabelos emaranhados até os dois corarem. Oh a venerava.

"Ele está tão pálido", ela suspirou. "Você não está comendo o suficiente. Precisa de mais fibras."

"Ele está chumbado", disse Larry, e apontou para seu relatório. "Meu diagnóstico é: bêbado como um gambá."

"Eu sei, mas estamos trabalhando nisso — certo, Oh?" Oh sorriu e meneou a cabeça. "Ele só precisa de um banho, um pouco de comida e roupas novas. Leve-o para os fundos e veja se consegue encontrar uma maca para ele."

"Ela é biruta", disse Larry enquanto empurrávamos Oh pelo corredor. "É por isso que ele vem para cá todas as noites. Ela o encoraja."

Larry praguejava contra a singularíssima generosidade de Constance, mas todo mundo, independentemente de quanto estivesse embotado pelo trabalho, tinha seus momentos de compaixão. Vi Larry chorar quando atestou a morte do Duque, Bill Dolan, nos fundos do Cinema Venus. Fôramos chamados para aquela última fila todas as noites durante um mês, e ainda assim Larry o adorava. Ele parecia um Mickey Rooney anão, contava histórias de suas aventuras na marinha mercante, falava sobre as garotas de Bangcoc, Manilha e Saigon. Griss, o guarda, atirara Bill para fora do Miséria dúzias de vezes. Griss despejava todo tipo de gente — velhas, crianças, contadores —, e no entanto emprestava regularmente dinheiro a um viciado em crack do bairro. Griss tentava ajudar o rapaz a se livrar da dependência; ele o alimentava, arranjava-lhe roupas e o deixou dormir na sala de espera durante três meses seguidos, até que um dia o pegou roubando. Quase o matou. O dr. Hazmat consertou os braços do rapaz sem ao menos tocar nele. Hazmat não gostava de tocar em ninguém, e sempre usava dois pares de luvas; mas tirava as luvas nos casos de insuficiência renal. Segurava as mãos deles, contava-lhes histórias de sua juventude. Nunca explicou por quê. A auxiliar de enfermagem Odette dava salsicha enlatada para as mães aflitas. A enfermeira supervisora Crupp certa vez comprou maquiagem, vestido, sapatos novos e uma peruca para uma velha que estava morrendo de câncer.

"Não ousem colocá-lo ali", gritou a enfermeira Crupp. Ela correu em nossa direção e se interpôs entre a cadeira de Oh e a maca vazia. "Esta é minha última maca. A única vazia do hospital." Espalmou as mãos sobre a cama e alisou as rugas do lençol. Dei uma olhada no cubículo onde jazia exposto o corpo de Burke, a pele descorada e exausta. Exceto pelo sobe-e-desce do peito e pelo gemido do ventilador, ele parecia pronto para o carro funerário. Fui até lá e o cobri com um lençol.

A enfermeira Crupp debruçou-se sobre Oh. Agarrou as calças dele com as duas mãos e as puxou com força para cima, de uma vez só. "Estamos ocupados demais esta noite para tomar conta do sr. Oh. Isto aqui não é um abrigo. Temos um bocado de gente que está doente de verdade esta noite. Ele vai ter de esperar lá fora."

"Nem vem, cara", explicou Griss, gesticulando que levássemos a cadeira de Oh para a saída. "Nem no canto. Griss não vai tolerar esse flagelo esta noite."

Estacionei Oh lá fora, perto da entrada do pronto-socorro, e juntos ficamos olhando a lua que acabara de retornar. Oh sorriu, mas a lua não retribuiu o sorriso. Ela soprou uma brisa de março através da noite de abril, aparentemente trazendo más lembranças ao sr. Oh, que caiu da cadeira num escorregão desgracioso. Ergui-o, acomodei-o no assento, amarrei-lhe um lençol sob os braços e prendi as duas pontas na cadeira. Antes de eu terminar ele já dormia.

Calculei que haveria tempo suficiente para um cigarro e um café, um momento de paz antes de o expedidor nos atacar com outro serviço; enquanto eu aproveitava o ar fresco, esperando que Larry preenchesse os papéis, a filha de Burke se aproximou pela trilha dos carros. Abriu um maço de cigarros e procurou um isqueiro. Olhei em volta, quis encontrar Larry, pensando que seria melhor irmos embora, oferecer-nos como voluntários para atender um chamado, para não ouvir mais.

O fósforo tremia na mão que ergui diante dela, linhas de dor contornavam sua boca. Ela tragou forte e tossiu duas vezes. "É meu primeiro cigarro em um ano", falou e tossiu de novo, com tanta força que precisou se curvar. Endireitou-se e deu outra longa tragada.

"O primeiro é sempre o melhor", eu disse.

"É essa espera que está me matando, é não saber, entende? É muito penoso para minha mãe. Fui conversar com o médico, ele acha que meu pai não vai sair dessa. Disse que ele ficou morto tempo demais, que depois de seis minutos o cérebro começa a morrer, e quando ele se vai, fecha a porta. Sei que vocês chegaram o mais rápido que puderam e tudo mais, mas só fico pensando que seria melhor se pudéssemos saber... não existe um jeito de saber quando é tarde demais? Não consigo me lembrar agora, mas tenho a impressão de que ele deve ter parado de respirar por mais de seis minutos."

"Sim, mas nunca se sabe", falei, embora eu soubesse.

"O que quero dizer é que se ele estivesse morto eu saberia lidar com a situação. Seria terrível para minha mãe, mas nós enfrentaríamos."

Encolhi os ombros. "Bem, pelo menos ele tem gente com ele. Não está sozinho, sem ninguém."

"Não tenho tanta certeza", ela disse. "Eu provavelmente nem deveria estar aqui. Meu pai e eu não nos falamos faz três anos. Ele era um grande homem, meu pai; não tinha ninguém que ele não ajudasse, exceto se fosse filho dele; com os filhos ele podia ser muito duro. Você quer mesmo ouvir tudo isso?"

Fiz que sim, ela se virou. Depois de alguns passos esmagou o cigarro no chão e pegou outro. Procurou de novo um isqueiro nos bolsos. Acendi outro fósforo. "Obrigada." Ela tossiu. "Quando meu irmão me telefonou dizendo que meu pai estava tendo um ataque, quando ele se trancou no banheiro, durante todo o caminho até a casa deles fiquei pensando em como iria dizer a ele o patife que ele era. Eu não me importava com a dor que ele estaria sentindo. Então, quando subi as escadas e ajudei a levá-lo para a cama, pensei em todas as outras coisas que gostaria de dizer."

"Mesmo quando a gente diz as coisas, sempre há mais coisas", falei.

"Bem, neste momento é minha mãe que me preocupa mais do que qualquer outra coisa. Sabe, eles não a deixam ver meu pai. Que tipo de regra é essa?"

"Vá para casa", falei. "Leve-a para casa. Descansem um pouco. Não vão descobrir mais nada agora."

"Foi o que eu disse a ela, mas ela não quer ir embora se não o vir. Se ela pudesse vê-lo apenas por um segundo, eu poderia levá-la para casa."

A sra. Burke sorriu tristemente quando eu lhe disse que poderia ver seu marido. Ajeitou alguns fios soltos do cabelo e alisou as rugas do vestido. Lado a lado, percorremos o corredor até a ainda apinhada sala de tratamento. Um homem com fratura no crânio gritava por um sanduíche e um charuto. Outro berrava por analgésicos. A esposa de Burke esperou enquanto eu ajeitava o lençol nos ombros dele e limpava a bile verde de seu rosto. Afastei-me alguns passos. Ela se aproximou do rosto dele e o fitou nos olhos por longo tempo antes de dar um salto para trás, de súbito, quase me derrubando. "Esse não é meu marido. Onde está meu marido?"

"Este é o sr. Burke", falei. "Eu o trouxe para cá."

"Pois não é o *meu* sr. Burke." Ela puxou a cortina do compartimento contíguo ao do marido, olhou lá dentro, depois andou pela sala procurando em todos os leitos. "Eu sei muito bem. Estou casada com ele faz quase quarenta anos."

A enfermeira Crupp reteve a sonda de Foley que estava prestes a inserir. "Esse é seu marido, minha senhora. Ele está muito doente."

Segurei delicadamente o cotovelo da sra. Burke. Era uma articulação muito mole, lembrava papelão molhado. Se eu puxasse, o braço sairia com facilidade. "Por favor, sra. Burke. Eles vão cuidar dele. Precisamos sair agora."

"Não, não, quero ter certeza de que alguém vai ficar com ele. Ele precisa de mim. Está sozinho."

Ela começou a chorar, *Ah, ah,* um som terrível, mas deixou que eu a levasse, com a mão em suas costas, para a sala de espera. O filho de Burke dormia no ombro da irmã. "Ele não estava lá, Mary", disse a mãe. "Não querem me deixar vê-lo."

Eu queria esquecer a sra. Burke, sua filha arruinada, seu marido morto e moribundo. Eu queria comprar-lhe flores, tortas de maçã, novenas douradas. Na tabacaria do outro lado da rua as novenas tinham acabado. O proprietário, um brasileiro maluco que venerava Dolly Parton, tinha uma freguesia muito seleta. Uma parede da lojinha era abarrotada de pornografia, a outra de lâminas de barbear, bicarbonato de sódio e butano. Um refrigerador nos fundos armazenava bebidas fermentadas e ovos. Na frente, cuidadosamente disposta em uma caixa de vidro trancada, via-se a coleção de exóticos cachimbos de porcelana do proprietário. "Tudo está à venda", disse ele, fazendo um círculo à sua volta com a mão.

O café parecia ter ficado fervendo durante vários dias, um suco concentrado de cafeína. Bebi dois goles, pus a xícara no balcão e apontei para ela. O proprietário abanou a cabeça. Apontei de novo. "Vamos lá, Manny, bem puro, complete." Ele tirou um litro de uísque escocês que estava embaixo do balcão e despejou duas doses no suco. Comprei uma caixa de sonhos de chocolate artificial e voltei para o pronto-socorro pela trilha dos carros. Pus um sonho no colo do sr. Oh, levei a caixa para dentro e a deixei com a sra. Burke, ainda chorando nos braços da filha. "Obrigada", disse ela, e deu a caixa para a filha, que sacudiu o irmão para acordá-lo e lhe deu a caixa. Tranqüilamente, ele começou a comer.

*Rose, a garota que ajudei a matar, assombrava não só as ruas onde eu trabalhava mas também a minha memória, alterando-a, apropriando-se dela. Embora o chamado propriamente dito houvesse ocorrido apenas um mês antes, comecei a acreditar que ela fora a vítima em outros chamados, de anos anteriores. Por exemplo, no meu primeiro ano neste emprego, Tom Walls e eu fomos chamados para atender a uma pessoa baleada na* 107 *com a* Columbus. *Refletindo agora, eu sei que não poderia ter sido Rose, mas ainda assim as imagens em minha cabeça são imensamente claras, a ambulância correndo cada vez mais rápido pela Amsterdam, as sirenes martelando as esquinas, pulsantes, as luzes como um escudo, a pista central uma calha erguendo-se atrás. Tom entra na contramão na 107 e eu vejo a capa de chuva brilhante, os sapatos pretos apontando embaixo. Alguém deve tê-la coberto, talvez o jovem tira que estava cercando com cordas a esquina. "Vocês não precisam disso", falou o sargento, apontando para a bolsa que eu segurava. "Um na cabeça. Pegamos o rapaz, namorado dela." Olhei para o garoto, algemado, debruçado no carro. O rosto contra o capô azul, ele grita o nome dela, Rose. Ele decididamente diz Rose. Continuo andando — não há como eu possa parar —, a voz do tira em meus ouvidos. "Nós o encontramos aqui, ainda segurando a arma e ajoelhado ao lado dela. O filho da puta a estava beijando." Mais perto, notei as meias pretas com um rasgo no joelho, sangue e cascalho salpicando o retalho branco. Acima disso, a capa cobre tudo menos sua mão esquerda, roliça, mão de menina, com dois anéis de prata e unhas vermelhas brilhantes. Os detetives já estão ali, de impermeáveis azuis-escuros, rodeando como nos filmes, falando sobre ângulos e entradas e que buraquinho faz a 22. O casaco cintila muito, é difícil chegar perto, mas obviamente eu chego. Puxo o capuz, os olhos dela estão abertos mas escuros, eu me lembro, e atrás deles o sangue ainda escorre do buraco perto da orelha. Relembro Rose. Ah, Rose.*

# 6.

Volto para a ambulância e encontro Larry no banco do motorista. "Hora de trocar", ele diz. "Eu dirijo, você cura." Fui para o banco do passageiro. Eram quatro da manhã, o meio-dia de nosso turno noturno, a vez de Larry dirigir.

Quando trabalho com Larry, sempre dirijo na primeira metade do turno, a mais movimentada, esperando que a segunda metade seja mais tranqüila — quanto menos pacientes, melhor. Não dirigindo, meu maior problema é: havendo um passageiro lá atrás, eu também estou lá atrás. As portas se fecham, fico preso na armadilha. Os veteranos me diziam que quanto mais tempo se trabalha neste emprego, mais comprido é o estetoscópio. Eu usava o mais longo disponível no mercado, e ainda assim podia ouvir, sob os batimentos, o lamento pressagiador do coração. Através do ar borbulhante no peito sufocado por fluidos, um terrível silêncio. Nenhum instrumento pode bloquear isso.

Questionar pacientes me deixa esgotado. Sempre que posso, eu os embrulho em lençóis, dos pés à cabeça, com uma pequena abertura para o rosto. Se não estão em estado crítico, apago as luzes, ergo as costas da maca e me sento atrás, fora da vista. Assim posso falar com eles confortavelmente, com distanciamento profissional, como um analista. Então, senhor, diga-me: já teve algum problema de saúde? Muito bem, agora falemos sobre alergias.

Há menos pacientes no fim da madrugada, mas eles em geral estão mais enfermos, e parece que os piores são sempre os últimos, logo antes de raiar o dia, justamente quando fomos levados a pensar que poderia ser seguro fechar os olhos por um minuto, e quando fazemos isso a luz vermelha se acende no painel de controle do expedidor, e quando você se dá conta o motorista está parando a ambulância num mercado de histeria coletiva de segunda mão. Você mal consegue sair da ambulância, tão cansado que não sente os braços, o coração gelado e o cérebro emperrado. Eu podia situar cerca de noventa por cento de meus chamados de pesadelo nas horas entre quatro e seis da madrugada. Foi nesse período meu primeiro encontro com Rose, meus olhos inchados observando seu peito subir pela última vez, minhas mãos procurando a bolsa com o equipamento para as vias respiratórias com a destreza de um recém-nascido.

Agarrei-me no painel enquanto Larry disparava pela rua 56 e depois abria um sulco pelo centro da 9ª. Através da demente estática do rádio chegava uma barragem de chamados de ambulância, com o expedidor atingindo unidades em toda a nossa volta. Chamados com ares terríveis. "Treze Boy, vá para o sanitário masculino do terminal rodoviário, 42 com 9ª, para o homem que botou fogo nas calças. Queimaduras graves em ambas as pernas. Quinze David, no número 450 da rua 53 Oeste, saindo da 9ª, há uma mulher dizendo que uma barata entrou em sua orelha. Não consegue tirá-la, diz que vai ter uma parada cardíaca. Treze Eddie, na esquina da 38 com a 9ª você encontrará um acidente com quatro veículos, três táxis e um carro de passeio. Um-Dois Henry, no 427 da 49 Oeste, transversal da 9ª, notícia de um cheiro horrível. Sem informações adicionais."

"Larry, saia da 9ª. Vamos acabar entrando num desses chamados."

Ele parou a ambulância em frente à lanchonete na esquina da 9ª com a 47. "Volto já", ele disse. O mesmo que estacionar num campo minado.

"Este é um péssimo lugar, Larry. Todo mundo está telefonando para o 911 por estas bandas. Olhe lá dentro — estão fazendo fila no telefone."

"Quer se acalmar, Frank? Só vou pegar um milk-shake."

Pousei as mãos no painel e esperei que o coquetel brasileiro fizesse efeito. Quatro da manhã é sempre a pior hora para mim, e esta noite especialmente, com os fantasmas congregando-se em massa e o expedidor atacando, a manobra mais sagaz era permanecer totalmente imóvel. Baixei o rosto até as mãos, mas dez segundos depois fui forçado a levantar a cabeça e sacudir as mãos para libertar o tremor. Tirei a jaqueta, tornei a vesti-la, saí da ambulância e entrei de novo, abaixei-me no banco até que nenhuma parte de mim pudesse ser vista da rua. Impossível me livrar da sensação de pessoas morrendo em toda a minha volta.

Do lado de fora da lanchonete, um pessoal de teatro, smokings e pérolas, bêbados, despedindo-se com beijinhos, esporadicamente rindo e gritando. A loura alta deu uma olhadela para mim e desviou os olhos depressa; apenas um segundo, mas reconheci aquele olhar, o jeito como Mona costumava se virar para mim numa festa, rolando os olhos para cima, fazendo cara de me ajude, isto aqui está uma chatice. Algo muito semelhante também em seu rosto, na forma do cabelo, mas Mona era ruiva, essa mulher é loura, e nem morta Mona usaria um vestido longo. Fitei seus pés, seus cotovelos, perscrutei o ombro direito em busca da pinta que eu conhecia. Não podia ser ela, e quando ela tornou a me olhar, não tive dúvida. Que tolo eu vinha sendo, seguindo ruivas durante semanas, virando a cabeça para todas que passavam por mim, quando o tempo todo ela estava de cabelos tingidos de louro. Como eu poderia esquecer aqueles olhos e bochechas, o nariz arrebitado, os lábios disparando fagulhas: Frank, vou embora. Ela começou a andar pela 9ª, virando-se para trás de poucos em poucos passos para acenar e jogar beijinhos para o grupo, para mim.

"Mona", gritei, mas ela continuou andando, um quarteirão à frente, virando à direita na 45. Parti atrás dela, a sessenta metros, mantendo-me junto às varandas decrépitas do principal quarteirão das putas. Alguns carros ainda patrulhavam a rua, procurando no mercado que minguava rapidamente. As que faturavam alto tinham ido para casa, sobrando apenas as *free lances*, mulheres vestidas como donas de casa, algumas de roupão e chinelos, vestidos caseiros e capas de chuva (nenhuma amarela, felizmente), saindo para um giro na madrugada. Uma delas agarrou o peito quando passei. "Me ajude. Estou morrendo." Outra simulou um desmaio, uma queda rigorosamente amadora. "Mona. Mona, espere." Apressei o passo, diminuindo a distância. "Estou pedindo demissão, Mona. Eu estava indo telefonar para você hoje, para lhe contar. Pronto, acabou." Ela andou mais rápido. "Estou arrumando outro emprego. Quero outra chance."

Uma ambulância parou perto de mim, dirigida por um milk-shake. "Frank, que diabo você está fazendo?"

"Vi uma pessoa que conheço." Entrei na ambulância e apontei para Mona. "É ela. Fique logo atrás, uns quinze metros." Ele encostou no meio-fio perto dela, tão perto que eu quase podia tocá-la. "Está próximo demais. Dê marcha à ré."

"Ora, Frank, não é ela."

"Como assim?"

"Você sempre faz isso. Eu a conheci na festa de Natal. Não parece nem um pouco com ela. E ainda por cima essa mulher é loura."

"Ela tingiu os cabelos."

"Você está doido. Ela parece aquela puta que foi jogada para fora do carro — lembra? —, a que fraturou o quadril, e o pé foi parar perto da cabeça — lembra? —, alguns meses atrás, quando todo mundo andava jogando putas para fora dos carros."

"Minha mulher não é puta, Larry." Um carrinho preto entrou na nossa frente e diminuiu a marcha até igualar a velocidade de Mona, mantendo-se um metro atrás dela. Como que em resposta, ela balançou um pouco mais as ancas, dando passos mais altos. Virou-se para o homem do carro e acenou. Furioso, liguei as luzes e sirenes. O carro se afastou. Ela me viu olhando e fechou mais o casaco, apressando o passo.

"Eu lhe disse que não era ela."

"Só vá atrás dela, está bem? Faça-me apenas esse favor." Nós a seguimos devagar, virando à direita na 10ª, deixando que ela mostrasse o caminho, o andar dela tão parecido com o de Mona, a cabeça ligeiramente jogada para trás, braço direito subindo e descendo, o olho esquerdo para a lua. Quase juntos, passamos pela loja de raviólis, pela farmácia espanhola. O mesmo carro parou perto dela outra vez e buzinou. Reconheci o motorista como um dos smokings da porta do restaurante. Desta vez ela entrou no carro. Rindo, ela o beijou no rosto.

"Siga aquele carro", falei, mas quando o feliz casal entrou à direita na 50, Larry entrou à esquerda na 51.

"Aonde está indo?"

"Para o molhe. Acho que você deveria tentar relaxar, Frank." Ele contornou a metade superior do Parque do Morto ao Chegar, os homens dormindo em caixas, nas gangorras e nos túneis de brinquedo do playground. Duas sirenes chamaram do norte, gritando em meus ouvidos. Sons lembrando tiros de revólver próximo ao posto de gasolina na 46. Mais sirenes. Num dos bancos, estavam sentados dois homens. Um era Jimmy Corcoran, meu amigo de infância. O outro era o homem queimado sob a pilha de livros. Ele se levantou e começou a andar na minha direção, provavelmente queria seu livro de volta. Cinzas redemoinhavam ao redor dele como fitas de pano preto. "Não me sinto bem, Larry. Sugiro que voltemos para o hospital e encerremos o expediente."

"Você não tem mais licença-saúde, Frank. Nenhuma licença, de tipo nenhum. Todo mundo sabe disso." Ele parou num sinal vermelho na 12ª, onde havia uma mulher deitada na rua, perto do meio-fio, jogada ali por um carro, com os quadris despedaçados. Uma perna espetava-se perpendicular ao lado do corpo, a outra subira completamente paralela ao tronco, ficando o pé a apenas alguns centímetros de seu rosto. Ela olhava para o sapato, chorando. "Você tem razão", falei. "Aquela mulher parecia a puta que foi jogada para fora do carro."

"Eu falei para você", disse Larry, e passou por ela. Fechei os olhos e sustive a respiração, dobrando-me no assento até ela ficar atrás de mim. "Leve-me de volta agora, Larry, ponha-me na cama; eu me rendo. Já fizemos estrago suficiente aqui."

"Relaxe, Frank."

"Mona me disse para desistir. Isso já faz alguns meses."

"Não posso trabalhar desse jeito, Frank. Estou dizendo que esta é a última vez." Ele passou pelo museu dos porta-aviões, pelas balsas turísticas, entrou à direita no caminho para o molhe e estacionou na ponta, o Hudson agitando-se lá embaixo. Desembrulhou os restos de seu frango e mastigou ruidosamente. "Você leva as coisas muito a sério, Frank. Lembra-se daquela semana em que você se recusou a ligar a sirene porque disse que toda vez que a usava alguém morria? Você superou isso, não foi? Quero dizer, olhe só para nós, aqui sentados vendo o rio, conversando, comendo e ainda por cima sendo pagos para isso. Nós temos um bom emprego, uma vida boa."

"Você tem razão; é ótimo", falei. Meu corpo dava a sensação de estar ligado no acendedor de cigarros, e da próxima vez que o expedidor dissesse "Três Zebra" eu pularia, atravessaria o telhado e cairia na água. "Diga-me, Larry, você às vezes pensa em fazer alguma outra coisa?"

"Claro. Farei o exame para capitão no ano que vem. E, depois que as crianças estiverem todas na escola, Louise poderá voltar para o correio, e eu pensei, que diabo, posso montar meu próprio serviço de resgate. Lá na ilha, os sistemas de voluntários estão passando a ser remunerados pelo município. É só uma questão de tempo e de ter os contatos certos. Algum dia será o Chefe Larry que dará as ordens."

A cabeça do Chefe Larry recostou-se no vidro e em segundos ele estava dormindo. Olhei dois namorados de mãos dadas na ponta do molhe. Para além deles, dois rebocadores aravam as águas rio acima, as proas altas e largas esmoendo a correnteza e jogando-a para os lados. Eu queria gritar para a figura esguia em pé na minúscula casa do leme, chamá-la com um aceno, pedir que me contratasse. Eu não precisava de dinheiro, só cama e comida. Meus talentos com as ataduras, pensei, não diferiam muito das habilidades necessárias para passar a corda num petroleiro e amarrá-lo bem forte.

O rádio estava tão quieto que eu a todo momento mexia no botão do volume para me certificar de que ele estava ligado. Passados dez minutos, senti relaxarem-se os músculos dos ombros, cessar o rangido nas extremidades dos ossos, o uísque finalmente fazendo efeito. Reclinei-me no banco, de olhos fechados, e mentalmente percorri uma lista de alternativas de emprego — advogado, barbeiro, apanhador de cachorros — eliminando cada uma até chegar à minha favorita, o trabalho para o qual eu estava perfeitamente apto: consultor de Hollywood.

Eu seria chamado para supervisionar os efeitos especiais de cada tiroteio e carnificina. Sempre que os campistas fossem esquartejados a machadadas ou o paciente terminal de câncer finalmente morresse, eu estaria lá, recebendo quantias astronômicas, para garantir que tudo parecesse autêntico. Imaginei-me deitado à beira da piscina com um uísque de um lado e uma atriz jovem e bela do outro. Meu assistente chega com as últimas amostras de sangue. "Ainda um pouco rosado demais, Steve; mais um toquezinho de iodo, eu acho. Ah, e Steve, dá para me trazer mais um drinque? Você é o máximo." A garota solta seu braço do meu e diz com voz de seda: "Um-Três Zebra, Treze Z". "Steve", eu berro, "me traga outra garota também."

Tom Walls foi meu primeiro parceiro, minha primeira noite no emprego. Ficamos juntos na fila de chamada enquanto ele reclamava ao capitão Lisa por fazê-lo trabalhar com um novato cheirando a leite. Depois que o capitão saiu, ele me puxou de lado. Disse que neste emprego há ocasiões em que a gente tem de matar ou ser morto, que ele estava pronto para morrer quando chegasse a hora e queria um parceiro que se sentisse do mesmo modo. Respondi que também esperava que ele morresse quando chegasse a hora. Demo-nos bem imediatamente.

Aquela noite foi a mais fria dos últimos anos, e quando vi um homem dormindo na Broadway convenci Tom a parar. O homem estava usando nove camisas, e tremia com tanta violência que precisamos arrastá-lo para a ambulância. Depois desse, os outros foram fáceis. Eu estava numa missão, e Tom adorava missões. Em uma hora tínhamos cinco sem-teto sentados dentro da ambulância, bebendo café e discutindo as guerras comerciais da região. A caminho do abrigo, o expedidor nos deu um chamado para um velho que sentira tontura no banheiro. Deixem-me morrer no Mount Sinai, ele implorava; meu médico está esperando por mim. Aquele homem se preparara para a morte — provavelmente viveu mais vinte miseráveis anos —, mas não poderia ter imaginado o grupo que o aguardava na ambulância. São estudantes de medicina, falei, canadenses que estão aqui para estudar nosso sistema de saúde. O paciente não se impressionou. Sem fazer caso dos estranhos porém sensatos conselhos daqueles futuros médicos, ele cobriu a cabeça com o lençol e se recusou a dizer mais uma só palavra. Eu não tinha como censurá-lo; nenhum médico podia feder daquela maneira. Entregamos o velho e atravessamos a ponte, indo para o abrigo na ilha Wards. Abrindo a porta de trás, Tom fez a chamada. Arrumou nossa brigada em fila indiana no estacionamento, mão direita no ombro do sujeito da frente, e entrou marchando com eles pela porta, subindo as escadas e parando no escritório do perplexo diretor da segurança.

Padre Francis, Tom me batizou aquela noite, e pela manhã ele conseguiu que o capitão me tornasse seu parceiro regular. Eu tinha vinte anos. Dirigíamos a Unidade Dez Sam — Rapidinha Sam —, General Tom e Padre Frank. Durante três anos disparamos pela cidade, chegando antes dos tiras na maioria dos tiroteios, pegando todos os trabalhos que podíamos, especialmente chamados para crianças — atravessávamos o Brooklyn pelas crianças, chegamos a levá-las do hospital para casa algumas vezes, nossas mãos cheias de doces. Também nos orgulhávamos de sermos durões, achávamos que nossa valentia poderia consertar a cidade. Esta é a fronteira, dizia Tom, batendo no peito. Em Dodge City, a lei começa aqui. Quando pegávamos assaltantes feridos, doentes espancadores de esposas ou quaisquer outros contraventores, Tom me arrancava da parte traseira da ambulância. É hora dos primeiros socorros psicológicos, dizia ele antes de fechar as portas, apagar as luzes e prestar os socorros com os punhos. Ele sempre sorria depois, mesmo se levasse algumas bordoadas. Administração de justiça era um tônico para Tom.

Trabalhávamos em West Harlem e Washington Heights — os maiores índices de homicídio da cidade. Tom as chamava as ruas que a alegria esqueceu. No mínimo uma vez por noite Tom e eu éramos mandados para apanhar mais uma pessoa baleada, e às vezes a violência se acirrava a tal ponto que elas morriam mais rápido do que éramos capazes de levá-las. Abriam pequenos negócios, e os cobradores de dívidas as baleavam. Vinham de New Jersey para fazer compras, e os comerciantes as apunhalavam. Saltavam de prédios infestados de demônios despertados pelo crack. Eram mortas a pauladas por seus fregueses ou estranguladas por seus cafetões. Os vizinhos reclamavam e as esquartejavam a machadadas. Velhos amigos faziam uma visita e lhes cortavam a garganta. Morriam em montes de lixo, embaixo de portas estilhaçadas, em colchões manchados de mijo, em porta-malas de Chevrolets; morriam, e seus corações continuavam batendo por mais.

Tom comandava o rádio. "Dê-nos sangue, Central. Se tiver algum sangue em sua tela, passe para cá." Dirigíamos pela cidade como se fôssemos seus proprietários, e chegávamos aos lugares com a sensação de que alguém muito mais poderoso do que o expedidor nos havia mandado, como se fôssemos os subgerentes do destino. Ninguém morre dentro desta ambulância, dizia Tom. Esta é a regra número um.

Até os piores chamados tinham algum tipo de luz especial. Passamos por um acidente automobilístico fatal na West Side Highway, o sol nascendo, três adolescentes mortos caídos na estrada. Perto de um dos corpos, encontrei uma imagem de lata de são Cristóvão, toda amassada, e depois disso, no início de cada turno, eu reverentemente depositava a imagem no painel. Disse a Tom que éramos cruzados protegidos pelo santo caído, cercados por uma redoma de magia que nos salvava, e aqueles a quem ela tocava, dos poderosos destinos infaustos do gueto. Havia ocasiões em que eu estava dirigindo para atender a um chamado urgentíssimo, uma vítima de tiros ou um suicida, e sentia o espaço ao meu redor carregado de uma energia que empurrava tudo à nossa frente. Naqueles momentos, eu me sentia invencível. Passava voando em sinais fechados sem olhar, sabendo que nada podia me atingir. Eu sabia quem viveria e quem morreria.

Tom gostava da idéia da cruzada, mas menosprezava a mágica. A mágica, dizia, nada tinha a ver com aquilo. Trabalho duro e dedicação ao dever faziam as coisas boas acontecerem. Jamais confie na sorte era um dos mandamentos de Tom, assim como nunca diga sinto muito, nunca tire os olhos do inimigo. A maioria dessas regras tinha saído diretamente do filme favorito de Tom, *Legião invencível*. Ele fez uma cópia para mim, embora eu não possuísse videocassete. Depois me disse que, se eu continuasse a atravessar os sinais vermelhos sem olhar, ele teria de me matar.

Ele se recusou a admitir nossa sorte mesmo depois de nosso maior chamado — salvar dois garotos de um incêndio. Passávamos por um velho cortiço quando uma explosão no quarto andar despejou uma avalanche de vidro partido sobre a ambulância. Quando arrombamos a porta, os garotos estavam abraçados no canto, chamas em toda a sua volta. A alegria de segurar aquela criança em meus braços, nós dois sufocando no doce ar do Harlem — a sensação mais doce que já tive.

General Tom e eu tínhamos sido heróis, talvez os mais conhecidos paramédicos da cidade, mas depois de três anos nossa boa sorte virou. Como lavradores labutando penosamente contra uma longa torrente destruidora de colheitas, Tom e eu seguíamos para um chamado ruim atrás do outro. Nada dava certo: erros de diagnóstico, falta de sincronia, brigas. O capitão Lisa suspendeu Tom duas semanas depois que ele esmurrou um bombeiro.

Entrei para o grupo de apoio matinal de paramédicos alcoólatras. Depois do trabalho, íamos a South Bronx, para o Blarney Moon, o entreposto do ódio e da autocomiseração. Eu contava ao pessoal histórias do Louco Tom, bebia demais e esperava passar a má sorte. Tom argumentava que não estávamos trabalhando com suficiente afinco, que não estávamos dirigindo suficientemente rápido. Faltando quinze minutos para encerrar nosso turno ele ainda gritava para o expedidor: onde é que estão os seus bêbados, Central, os seus fingidores de doença, os seus acidentados simuladores de lesões. Em vez de atender a oito chamados ruins por noite, estávamos atendendo a treze.

Quase no fim de um turno particularmente interminável, fomos mandados à rua 107 para pegar uma pessoa baleada. Só que não se tratava de um homem, apenas de um menino, mal fizera onze anos, caído na rua ao lado de uma bicicleta velha. Os tiras disseram que ele distribuía drogas para um chefe do tráfico local e que alguém atirara nele e cortara seus bolsos. Ele parecia um garoto qualquer que passara por um buraco na rua, caíra por cima do guidão e estava aproveitando aqueles privilegiados segundos de choque, sempre merecidos depois de uma queda daquelas, para deixar que as costas se misturassem ao cascalho por um momento, para ser como uma pedra, antes de mover os dedos e os pés, depois os joelhos e os cotovelos e, assegurando-se de que estava tudo em ordem, montar de novo e partir.

Apenas os pequenos detalhes naquele menino eram diferentes. As pulsações fracas e rápidas, a respiração arquejante, a pele fria e úmida, o pequenino orifício no lado do tronco, debaixo do graveto que era seu braço. Ele estava morrendo rápido, e nós o colocamos depressa na ambulância. Na calamitosa urgência do interior da ambulância, enquanto tirávamos suas roupas e o espetávamos com agulhas, impelindo fluido para suas artérias que secavam, ele fitava o teto e mordia os lábios, tentando ser durão como lhe dizíamos que ele era. Então ele se virou, vomitou o sangue que a bala havia levado para sua barriga e morreu.

Quando eu tinha onze anos, gostava de roubar maçãs. Toda semana, no outono, planejava elaboradas excursões ao outro lado da colina, até o pomar do sr. Wright. Eu sempre pegava mais do que precisava, muitas vezes mais do que era capaz de carregar, e deixava uma trilha de maçãs apodrecendo que chegava até o quintal de minha casa. Duvido que o velho alguma vez tenha notado a falta daquele punhado de maçãs, mas eu imaginava um pequeno exército sul-americano importado com o único objetivo de me levar, vivo ou morto. Os soldados desajeitados não eram páreo para minha astúcia guerreira, porém havia ocasiões em que eu ficava guloso demais, os sacos pesavam muito, e eu me via escondido atrás do Volkswagen abandonado no sopé do monte Killer, sozinho contra mil armas. Eu sempre morria com brio, descarregando minhas pistolas furiosas contra o fogo cerrado deles. Era assim que eu julgava que morriam os garotos de onze anos antes de voltarem para casa na hora do jantar, e não como na rua 107, onde a morte era um buraco no caminho, sem graça e breve, como cair duma bicicleta e nunca mais se levantar.

Pelo resto daquela noite, Tom dirigiu sem parar — acelerar brecar virar, acelerar brecar virar —, como um tubarão perseguindo seu próprio flanco ferido e ensangüentado. O menino transgredira a regra número um: ninguém morre na ambulância. Como para compensar isso, Tom disse que o garoto era um futuro contraventor, que tinha sido bom alguém tê-lo matado antes que ele começasse a matar os outros. Eu não disse nada.

Tom foi conosco para o bar naquela manhã. Eu o tinha visto num bar umas três vezes em três anos, e nunca o vira beber mais do que uma cerveja, mas naquele dia ele bebeu conosco, copo a copo, uísques também. Contou para todo mundo as histórias de nossa noite, e quando terminou a do menino baleado, repetiu seu discurso de como fora uma felicidade aquele garoto ter morrido. Eu estava tão bêbado que mal parava em pé, mas dei um soco nele. Sabia que só tinha direito a uma tentativa, e mesmo assim errei o golpe, raspando de leve. Tentei acertar embaixo, então, mas ele já estava em cima de mim. Era incrível como o velho Tom podia ser rápido quando queria. Ele prendeu meus braços no chão, rodeando as orelhas. Fiquei ali, só esperando o estrago. E então ele me soltou. Esfregou o queixo e começou a rir. "Padre Frank, quem diria! Estava demorando." Levantou-se, ainda rindo. "Ei, pessoal, vocês viram a cara dele? Havia morte nos olhos do padre. Só um pequeno conselho: se você pretende socar um cara de surpresa, é bom nocauteá-lo."

Na noite seguinte à de sua morte, o garoto nos seguiu de bicicleta, rodeou a ambulância duas vezes e prosseguiu pelo quarteirão. De início, recusei-me a notar a presença dele, deixando meus olhos passarem sem reconhecimento, como eu faria se o papa estivesse comendo no mesmo restaurante, vendo-o sem olhar; como uma celebridade, o menino queria ser reconhecido, a solidão de sua posição especial. Quando ele se aproximou da ambulância pela segunda vez, olhando diretamente para mim, meneei a cabeça e ele se afastou. Então alguma coisa se avariou: alguma compreensão elementar do mundo que eu jamais questionara, que fora testada inúmeras vezes antes pelo trabalho, finalmente se quebrou, e todas as vezes que vi o garoto nas semanas seguintes, sentado na bicicleta esperando por nós quando parávamos para atender a um chamado, eu senti essa compreensão quebrar de novo, como um osso singular batendo dentro do peito.

Pedi transferência, e o capitão Lisa me remanejou para a Estação Miséria, Midtown. Mais azar e depressão seguiram-se.

Um inverno frio, encharcado. Pela primeira vez em minha carreira eu não ansiava por ir trabalhar, não mais esperava fazer diferença. Quando andava pelas ruas, via apenas os mendigos e os exploradores, os vencidos e os explorados. Amantes sempre brigavam. Bebês só choravam. Escrevi uma carta de demissão, pedi meu currículo escolar na universidade, telefonei para meus primos em Chicago.

Estive mais perto do que nunca de sair do emprego, mas naquela semana salvei um jovem que estava tendo uma reação alérgica. Passei um tubo entre suas cordas vocais exatamente quando elas estavam se fechando pela última vez. Em um minuto ele era um cadáver, e no minuto seguinte, Bob, o estudante universitário, o sonhador maluco. Seguiu-se uma série de chamados bons, culminando com o melhor de todos, o encontro com Mona, ruiva, sagaz e insinuante, a incrivelmente prática Mona, ela que me arrancou das chamas para me colocar no console de sua lareira. Dois anos mais tarde ela imploraria para eu me demitir, mas quando nos conhecemos ela disse que eu tinha o emprego mais importante da cidade. Eu era um salvador de vidas, o ceifeiro da Ceifeira.

Caminhando com Mona à luz daqueles primeiros meses juntos, pensei que me livrara da sombra do menino, como de uma gripe forte, mas ele reapareceu, numa viela de Hell's Kitchen uma vez, e novamente na mesma bicicleta cruzando um estacionamento em East Side. Outros fantasmas seguiram-se, alguns apenas figuras distantes à meia-luz, de chamados esquecidos, outros aterradoramente familiares, perseguindo-me, desafiadores. Contudo era impensável deixá-los, não importava quanto eles me abalavam. Éramos parentes. Mesmo quando embrulhado num dos abraços vivificantes de Mona, eu ainda sentia o musgo grudento, os grumos de terra úmida. Eu era mercadoria avariada. Demita-se e pronto, ela vivia dizendo antes de me deixar, encontraremos algum modo de recomeçar. Eu me demitira uma centena de vezes desde então, mas ainda assim continuava voltando, como se fosse demasiado fraco e pesado para subir livremente, o emprego segurando-me como a gravidade.

"Zebra", chamou o expedidor. "Um-Três Zebra."

Abri os olhos e fitei o rádio, perguntando-me como ele falava, e por que comigo.

"Zebra, responda ao rádio. Vamos, tenho um para você."

Nas jaulas das zebras do zoológico antigo, se você olhasse da distância certa, as barras se transformavam nas listras, e as listras, nas barras. Parecia que a zebra poderia sair, que nada a segurava, e no entanto ela seria uma prisioneira aonde quer que fosse.

"Um-Três Zebra, pegue o rádio." A voz do treinador da zebra, aterradora. "Pegue o rádio, aperte o botão lateral e fale na frente."

Fiz o que me era ordenado. "Zebra."

"Sexo masculino, sangrando, esquina da 42 com 8ª. Nenhuma informação adicional."

"Mensagem recebida", falei; esmurrei o vidro da janela perto da cabeça de Larry. "Temos um chamado, Chefe. Alguém sangrando. 42 com 8ª..."

Demorou meio minuto para Larry abrir os olhos e encontrar a ignição, suas mãos escorregando da chave. Finalmente, estendi o braço e liguei o motor; pinoteamos para trás, depois para a frente, depois saímos de marcha à ré a oitenta por hora. "Freie", gritei.

Deixando de lado todas as outras razões por que eu preferia dirigir, a mais importante era que, quando eu dirigia, Larry não estava ao volante. Ele era um péssimo motorista: calculava mal, era cego — não gostava de usar óculos — e arrogante. É preciso dirigir assim para impedir esses Fords de emperrar tudo, era como ele descrevia o caótico, espasmódico acelera-freia que nos arremessava aos solavancos por Midtown. Ele adotara o estilo "dois pés" de Tom Walls, no qual o pé direito permanece pisando no acelerador enquanto o esquerdo freia para regular a velocidade. Walls era mestre nisso, o mais veloz da cidade. Ele esperava no sinal vermelho com o motor gritando em seis mil rotações por minuto. Quando tirava o pé do freio, a ambulância saltava à frente como um salmão morrendo. Ele dirigia assim nos chamados para pessoas baleadas e enfermas e quando íamos aos cafés espanhóis para os expressos duplos. Depois de dirigir com Tom durante algum tempo, eu soube que morreria num chamejante desastre de ambulância, mas ainda assim sentia um certo consolo na idéia de que ele sabia dirigir. Com Larry a morte não era menos certa, mas seu jeito de dirigir monumentalmente imprestável desvalorizava minha morte, fazia com que ela não valesse mais do que um de seus ataques de espirros, os quais ele parecia ter só quando estava ao volante.

"Saúde", falei quando por um triz não batemos num caminhão de lixo.

"Obrigado."

Paramos com uma freada de quebrar o queixo no meio da rua 42 e eu saltei, saltei em pleno trânsito, felicíssimo por sair dali, mas quando vi nosso paciente tornei a pular para dentro. Não precisávamos de informações adicionais. Era Noël, correndo na minha direção, o rosto ensopado de sangue.

"Noël", gritei, mas ele continuou a se aproximar, arqueado, com os braços estendidos como um zagueiro de futebol americano. Ele retalhara um pneu e amarrara os pedaços com barbante por cima dos ombros. Latas de sopa rodeavam-lhe os pulsos e tornozelos. Uma mão segurava uma garrafa quebrada, a outra, um violino sem cordas. "Noël", gritei pela última vez, depois fechei a porta e levantei o vidro da janela momentos antes de seu rosto se chocar com ela, quase quebrando ambos. "Me mate", ele bradava. "Me mate, por favor." Seus cabelos grudavam no couro cabeludo com o sangue coagulado. Sangue vermelho brilhante pingava-lhe das orelhas e escorria profusamente pelo pescoço. Ele batia no vidro, berrando entre as pancadas. "Você precisa me matar. Ninguém mais quer. Por favor, ajude."

O sangue no vidro, no local em que seu rosto batera, formava estranhas figuras parecidas com insetos, e através das manchas seus olhos fulguravam, como da primeira vez que eu o vi gritando no Miséria, os limites extremos do sofrimento lunático. O suicídio era sua preferência, mas ele parecia disposto a matar caso sua própria morte não funcionasse. Mais uma vez sua testa golpeou. Vi o vidro se curvar e, certo de que se quebraria, peguei o cassetete embaixo do banco. "Noël, não!"

Larry se esgoelou no rádio pedindo ajuda, qualquer uma que pudesse vir — paramédicos, polícia, bombeiros, guarda-costeira, lutadores, hipnotizadores.

Empunhei o cassetete. Noël assentiu com a cabeça e apontou. Queria que eu lhe batesse com aquilo. Dei pancadinhas na janela. "Largue a garrafa."

Ele botou o violino debaixo do braço e, com as duas mãos, pressionou as pontas quebradas da garrafa contra o pescoço. Segurou-a ali, o vidro apertando a pele porém sem rompê-la. Suspirou e jogou a garrafa no chão.

"Está vendo? Não consigo fazer eu mesmo."

Baixei o vidro. "Quer que eu lhe traga um copo d'água? Você parece estar com uma sede tremenda."

"Saí do deserto."

"Você saiu do hospital, e precisa voltar."

"Eu estava caído no deserto, morrendo de sede, Mary Burke veio e me deu água."

"Você estava amarrado na maca, com alucinações, implorando por água."

"E você me deu?"

"O médico disse que isso poderia matar você."

"Muitíssimo obrigado." Ele pegou o que restava da garrafa.

"Escute, não podemos matar você, por mais que quiséssemos. Não fica bem, paramédicos matando pessoas na rua. Algum dia você vai nos agradecer por não termos feito isso. Você está com substâncias químicas danosas na cabeça, Noël. Há remédios no hospital que podem dar um jeito nisso."

Noël recuou e sacudiu o corpo inteiro, como cachorro que tomou chuva. "Não, não, nada de remédio." Ele se embrulhou com os braços, fechou os olhos com força, os *dreadlocks* compridos e empapados de sangue açoitaram o ar em volta de sua cabeça. Fechei o vidro o mais rápido que pude, mas as gotas quentes aterrissaram-me no rosto e nos braços.

"Ele pegou você." Larry me passou uma caixa de lenços de papel. "Ele jogou todo aquele sangue ruim em cima de você. Ei, cuidado com esse cassetete."

Uma multidão se juntara na calçada, freqüentadores da rua 42, todos sangrando a seu próprio modo; gritaram "acabe com ele", "o homem está implorando por isso", "leve-o embora". Um dos garotos na esquina disparou alguns tiros com o dedo. "Eu saberia muito bem como matar esse filho da mãe. Bangue — como meu pai." Noël animou-se com isso e correu para lá, borrifando sangue por toda parte. A turba entrou em pânico, fugindo pelas escadas do metrô, com o garoto liderando a debandada, e Noël ficou ali sozinho. Voltou para a rua, pulando na frente dos carros na esperança de pelo menos quebrar uma perna, mas o trânsito, agora congestionado em meio quarteirão, movia-se com demasiada lentidão para atingi-lo. Ele se deitou nas linhas paralelas amarelas, cruzou os braços e ficou imóvel.

"Ele me parece familiar", comentou Larry.

Guardei o cassetete para não descê-lo em Larry. "É claro que ele parece familiar. Ele estava amarrado no Miséria quando levamos aquela parada cardíaca para lá. Aquele que gritava por água."

"Acho que ele quer alguma coisa um pouco mais forte."

Um dos comerciantes locais, um chinês que vendia armas de artes marciais, relógios de Jesus e maletas de mão, bateu em meu vidro.

"Aquele cara é doido", ele disse.

"O senhor acha mesmo?"

"Certeza. Faz duas semanas agora que ele entrou na loja tentando destruir tudo. Na terça-feira passada ele veio, começou a jogar no chão as espadas, a bater nas malas; quebrou quatro relógios, quase matou meu sobrinho que vai para Princeton ano que vem. Hoje à noite ele entra, pede desculpas, quer que eu o mate, mas digo não, prejudica os negócios na loja e além disso tenho problema de coluna. Então esse homem doido quebra uma garrafa de cerveja na cabeça, sangue e cerveja em todo lugar. Agora tenho dor de cabeça, dor nas costas e cortei meu dedo no vidro. Talvez eu devesse ir ao médico. Olhe."

"O senhor precisa de alguns pontos", falei, e como o homem ainda esperasse: "É melhor o senhor pegar um táxi, vai chegar mais rápido do que numa ambulância. Necessita de pelo menos uma antitetânica, depois precisa descobrir se o sangue do homem estava no vidro, nesta época perigosa, AIDS, hepatite A e B e mais um milhão de outras coisas. Precisa dos aparelhos, homem. Provavelmente é melhor cortar a mão fora aqui mesmo".

Os primeiros tiras chegaram de carro, olhos semicerrados, cabeça baixa, arrimados na moldura da porta. O motorista precisava urgentemente de um café. Ele acenou para entrar na 42 e quase atropelou Noël, que deu uma palmada no asfalto, frustrado, quando a roda desviou de seu crânio. Apesar disso, a Justa de Nova York já espancara e ameaçara Noël tantas vezes no passado que ele devia estar pensando que seus executores haviam finalmente chegado. Todo feliz, ele se pôs em pé num pulo e correu para os policiais. "Por favor, caras, vocês precisam me matar."

O motorista não baixou o vidro. Experiente e sem inspiração, ele percorreu com os olhos a fila de velhos toldos, lâmpadas quebradas e títulos safados como *Orgia dos sátiros sádicos, Caos no buraco negro.* Deve ter avaliado a burocracia acarretada por matar Noël, a burocracia mínima acarretada por ir embora e todas as possibilidades burocráticas intermediárias. Devagar, ele falou por trás do vidro, e eu sabia que ele estava fazendo para nosso paciente o discurso do eu estou aqui para protegê-lo de si mesmo, pois Noël começou a se sacudir e berrar no meio do falatório, e quando o policial chegou à parte do pegue a ambulância para consultar o psiquiatra, Noël estava em pleno ataque de cólera, sua dança da chuva sangrenta borrifando as janelas e portas do carro. Sem piscar, o tira estendeu a mão para o rádio, para chamar, eu sabia, a equipe de limpeza, a Unidade de Serviços de Emergência, para virem atacar com suas metralhadoras de arromba, seus fuzis de artilharia, jatos de combate e sacos de levar cadáveres. As coisas estavam ficando pretas.

"Com licença, senhor." Saí da ambulância, gritando para Noël o mais próximo possível mas fora do alcance do sangue. "Com licença", esperando que ele parasse de sacudir. "O senhor não me deixou terminar. Eu disse que não posso matá-lo aqui. Não disse que não o mataria. Podemos fazer isso no hospital."

"Podem?"

"Isso mesmo. Nosso regulamento proíbe matar pessoas na rua, mas existe um quarto especial no hospital exclusivamente para execuções. Um quarto tranqüilo e confortável com uma cama grande."

"Ooh, cara, está falando sério?"

"Naturalmente. O senhor tem tanto direito de ser morto quanto qualquer outra pessoa. Pode demorar um pouco. Será preciso chamar o executor pelo *pager*."

Noël me fitou por um momento, em dúvida, depois sorriu, de uma orelha ensangüentada à outra, um olhar de puro amor. "Oh, obrigado, cara, obrigado." Desviei-me de seus abraços ensopados de sangue e o conduzi até a ambulância. Ele estava tão feliz que eu também sorri. Sentia-me bem por ajudar alguém.

"E como é que vão me matar?"

"Bem, o senhor pode escolher. Pílulas, injeção, gás."

Abri as portas e ele esperou um instante, refletindo. "Acho que pílulas. Sim, pílulas, com certeza."

"Então, que sejam pílulas, Noël. Entre. Você não é tão mau sujeito."

"Ah, eu sou, sim. É por isso que vocês precisam me matar."

A ajuda que Larry pedira finalmente chegou, uma ambulância vindo em disparada pela 8ª. Tom Walls, obviamente. Tom nunca perdia uma briga. Ele encostou a ambulância no meio-fio e, num só movimento, saltou do veículo, puxou o freio de mão e parou, derrapando. Uma fumaça azul espessa se desprendia dos eixos das rodas. Ele devia estar vindo do Brooklin.

"Padre Frank, quem diria!" Pressenti seu tapa nas costas e me desviei habilmente para o lado. "Tudo certo? Larry parecia estar sendo espancado com o próprio rádio. Ei, Larry, está tudo em ordem?" Larry roncou alto em resposta. "É melhor você examinar as vias aéreas dele. Tenho o mesmo problema com meu parceiro, o paramédico Ronco." Tom apontou para a ambulância ainda fumegante, indicando o banco do passageiro, onde o Ronco dormia profundamente. "Rapaz esquisito." Tom empurrou Noël contra a porta. "Então é esse o sujeito que fez vocês me chamarem!"

"Sim, mas não foi nada. Um pouco de barulho. Você sabe como Larry faz escândalo."

"Nossa, parece que vocês já fizeram um servicinho nele. Ainda sangrando. Não deixaram muito para mim." Tom empurrou Noël outra vez. "Se você der trabalho para este meu amigo de novo, eu mato você."

"Sim", Noël sorriu. "No hospital."

"Uummm. Sabe, Padre Frank, tem alguma coisa muito familiar neste cara." Tom aproximou seu rosto a cinco centímetros do de Noël. "Ele é igualzinho a um homem muito mau que levei para o hospital faz mais ou menos uma semana. Um homem que estava fazendo dois padres de reféns com uma chave de fenda e que a polícia acertou na cabeça e depois amarrou lá no hospital."

Noël não sorria. Foi andando para trás de mansinho e entrou na ambulância, com Tom atrás dele. "Eu sabia que os padres não registrariam a queixa. Eu disse a ele que se o pegasse criando confusão de novo acabaria com sua raça de assassino."

"Não vale a pena, Tom. Ele está se rendendo."

"Nada de prisioneiros", disse Tom, e entrou na ambulância. Virou-se para mim. "Não se preocupe, Padre. Só um pouquinho de primeiros socorros psicológicos."

"Não faça isso, Tom. Não aí dentro. Vai fazer uma sujeira danada."

Tom Walls golpeou, errou, tornou a golpear. Noël se esquivava. "Fique parado, caramba!" Golpeou e errou. "Já chega." Tom tirou a jaqueta, jogou-a no chão e mergulhou, atirando sobre Noël os noventa quilos de seu corpo de cabeça calva nativo do Brooklyn amante da América ferido no Vietnã e agora servindo a seu país nas ruas de Nova York.

Os dois ricochetearam na parede dos fundos e caíram entre a maca e o banco. Walls segurava Noël com uma das mãos e tentava bater com a outra, mas suas mãos escorregavam no sangue, os punhos se desviavam inofensivos, e o tempo todo, embaixo dele,

Noël se debatia freneticamente. "Não, as pílulas, no hospital", ele berrava para mim. "Fale pra ele sobre as pílulas, cara, as pílulas."

Eu já vira Tom administrar primeiros socorros psicológicos o suficiente para saber que não era possível argumentar com ele; ou o arrancávamos dali ou esperávamos que passasse a tempestade. Nos poucos anos decorridos desde que eu deixara a Dez Sam, a causa de Tom se tornara mais fanática, seus acessos de ira mais explosivos. Ninguém sabia que garganta suas mãos apertariam em seguida. Contaram-me que ele matou um homem em Uptown por ter baleado dois tiras. Ele inundou o coração do sujeito com epinefrina, declarou que era overdose de cocaína, e o legista confirmou. Outros paramédicos temiam trabalhar com ele, e Tom com freqüência acabava parceiro do paramédico Ronco, que agora se postava do meu lado para assistir à luta. Juntos, nós dois entramos ali para puxar Tom, mas ele, não tendo ainda causado danos o bastante em Noël, se desvencilhou e o golpeou de novo. A justiça não importava mais para Tom, apenas a punição, aleatória e cabal.

"Solte-o, Tom." Puxei com toda força, mas ele envolvera Noël num abraço de urso e, naquele amplexo violento, os dois rolavam para a frente e para trás, batendo as cabeças na roda da maca. Noël ainda sangrava. Seu sangue cobria o chão e o banco. Manchara os braços e mãos brancas de Tom e deixara três borrões vermelhos do tamanho de um punho em sua camisa branca, tornando-o mais parecido com uma vítima do que Noël. Acho que os dois teriam ficado rolando agarrados assim até de manhã se Larry não botasse a cabeça pela janelinha da frente anunciando: "Há duas pessoas baleadas nesta rua, três quarteirões acima, 45 com 8ª, confirmado. Que me dizem?".

"Aceitamos", Tom gritou.

Ele soltou Noël, que engatinhou para a cadeira encostada na parede dos fundos. "No hospital." Ele tremia. "Você me disse no hospital."

Walls e Ronco pularam para fora, a ambulância já dando marcha à ré enquanto eu fechava as portas, limpava a maca e preparava meus apetrechos de soro intravenoso. Noël se arrastou para o banco da frente. "Cara, primeiro você me diz que não pode me matar, depois vai me matar mas não aqui, e então esse louco chega para me matar."

Paramos alguns segundos depois. "Fique aqui", falei, e pulei para fora, puxando a maca. Na esquina, os casacos escuros da multidão sugavam a luz elétrica da tabacaria. "Afastem-se", gritei, abrindo caminho pelo cordão de pernas. "Resgate de Emergência", Larry gritou atrás de mim, balançando à frente as bolsas com o equipamento para trauma. Dois tiras postavam-se contra o muro interno da multidão. Mantinham aberto um trecho da calçada, mais ou menos do tamanho de um Buick, onde jaziam dois jovens. Alguém da multidão gritou "O homem chegou e atirou neles. Sem uma palavra. Que sangue-frio", a voz já soava distante, fechando-se tudo o que estava fora do círculo. A vítima à esquerda segurava o ventre e tinha no rosto a expressão parada e incrédula dos baleados nas entranhas. A outra fitava as luzes dos anúncios de cigarros, tentando ser um sujeito tranqüilo, como se simplesmente houvesse escolhido aquele momento para se deitar ali na calçada, mas tinha a aparência, o acinzentado úmido de alguém à beira da morte, por isso me ajoelhei a seu lado, sentindo Tom perto de mim cuidar do outro.

"Onde você foi atingido?" Senti batimentos fortes em seu pulso, bom sinal. Peguei a tesoura para cortar o casaco, mas ele retirou o braço. Olhou para mim, e depois para além de mim, chamando alguém: "Venha cá, venha cá". Penosamente, ele tirou o casaco e o ergueu. Dois braços se estenderam por sobre meu ombro, agarraram o casaco e o levaram por cima de mim. "Você tem de pegá-lo. Foi o Bandido que fez isto. Ele trabalha para Cy. Acabe com os dois." Alguma coisa caiu do casaco, bateu em meu ombro e caiu no chão; dois frasquinhos de pó branco rolaram e pararam em meu sapato, a caveira vermelha e os ossos cruzados. Uma mão apareceu e os frasquinhos sumiram.

"Onde você foi atingido?", perguntei.

Ele olhou novamente para mim, apontou para o peito. "Estou bem."

Comecei a cortar as camisas, duas por vez; ele usava quatro. "Onde você foi atingido?"

"Eu vou estourar aquele sujeito, cara. Sei onde ele faz seus negócios. Vou matá-lo."

Não precisei perguntar pela terceira vez. Cortei fora a última camisa e vi o orifício, como um sinal de nascença gotejante, logo abaixo da clavícula esquerda. Fechei-o com um curativo plástico.

"Foi atingido em algum outro lugar?"

Ele tentava ver o ferimento. "Olhe só essa merda. Ele me fez um buraco, cara!"

Rolei-o de lado para examinar as costas. Nada. A bala ainda lá dentro. Larry ajeitou a padiola atrás do homem, nós o acomodamos, amarramos e o erguemos até a maca.

Walls estava transportando seu paciente na maca. "General Tom", chamei enquanto Larry e eu atravessávamos a multidão. "Vou para o Miséria. É melhor levar o seu para Bellevue."

"Está bem, Padre, leve o seu para o céu, que eu levo o meu para o inferno. Vamos lá, Ronco, vamos tirar esse pessoal do caminho."

Larry e eu pusemos a maca na ambulância e eu entrei. As portas se fecharam. Coloquei uma máscara de oxigênio no rosto do homem. No clarão da luz do teto, ele não tinha mais de dezoito anos, um garoto, pálido e gelado. Suor rolava-lhe da testa, descia pelo rosto. Ele tirou a máscara. "Por que isso acontece comigo, cara? Nunca fiz mal a ninguém. Só estou tentando ganhar a vida, bolas. Não quero levar um tiro."

"Você devia ter escolhido as pílulas", disse Noël. Eu me esquecera dele.

"Está tudo bem", falei. "Você vai ficar bom."

Ajustei o estetoscópio e auscultei seus pulmões, ouvi o sangue gorgolejar do lado esquerdo, hemotórax. Peguei seu pulso gelado e procurei sentir os batimentos, agora rápidos e fracos. Meu Deus, como ele estava indo depressa.

"Esta é uma cidade louca, cara. Vou cair fora, entende? Vou entrar para o exército, onde é seguro. Sair das ruas. Estou cheio. Não quero morrer."

"*Eu* quero morrer, sou eu quem quer."

"Cale a boca, Noël." Prendi um torniquete no braço do garoto, encontrei uma veia e limpei a área com álcool. Na caixa de agulhas, peguei a maior, calibre catorze. Segurei-a acima da veia, esperando para sentir o ritmo entre os solavancos da 8ª Avenida e os desvios ensandecidos de Larry.

"Você vai sentir uma picada no braço. Não se mova."

"Oh, Jesus, não quero morrer."

"Você não vai morrer."

Noël agarrou meu braço. "O que você disse?"

"Cale a boca. Você vai morrer e ele não. Entendeu?"

Espetei, bem no alvo. Introduzi o cateter, liguei no soro e abri bastante. Prendi o tubo no braço com esparadrapo.

"Segure minha mão", pediu o garoto.

"Não posso. Preciso fazer o outro braço."

"Segure minha mão, cara!"

Passei o braço com esparadrapo para Noël e empurrei a mão do garoto para a de Noël. "Segure isto. Se você soltar, juro que não mato você." Noël segurou.

Agarrei a outra mão do garoto. Sem pulsação. Rosto muito cinza, chorando, só tinha sangue suficiente para fazer isso. Prendi o torniquete e ajustei outro soro endovenoso. Novamente peguei uma agulha e procurei uma veia. No alvo. Eu nunca erro. Paramos no Miséria quando eu terminava de pôr o esparadrapo no braço.

"Está tudo bem", falei. "Chegamos."

Nenhuma resposta. Olhei para o rosto de Noël curvado sobre o garoto, sua boca apertando a do menino em um beijo longo e profundo.

Larry abriu as portas traseiras e puxamos a maca. "Noël, solte."

Um beijo que já não era um beijo. "Noël, solte." Precisei puxá-lo dali. O garoto morto, Noël gritando, derrubando-me ao pular para fora e sair correndo.

"Não está respirando, Larry. Avise que é código."

Corremos com o garoto morto para o pronto-socorro.

*Certa vez salvei um homem que caíra morto enquanto corria para pegar o trem. Segundos depois de chegar ao local, nós o revivemos com choques, e poucas horas depois, fiquei sabendo, ele estava acordado e conversando. Não o vi naquele momento, mas poucos dias depois decidi visitá-lo no andar de cima, no hospital — isso foi no tempo em que eu queria ver os pacientes depois, saber como estavam passando. Quando cheguei, o paciente estava discutindo com a enfermeira, por isso apresentei-me à família dele, todos em pé ao redor do leito. "Por que ele está tão ranzinza agora?", foi a primeira coisa que me disse o filho dele. "Não sei", respondi. "Isso é normal?", ele perguntou. "Meu pai era um sujeito tão simpático, e desde que isso aconteceu ele vive zangado e maltrata todo mundo." "Não sei o que lhe dizer", falei, e ao sair ouvi o paciente berrar para a enfermeira: "Escute aqui, sua vaca, eu disse que queria outra porcaria de travesseiro. Trate de ir buscar".*

# 7.

Preenchi os papéis na quietude da sala de espera ao amanhecer. Da área de tratamento, ouvi o cirurgião pedir um bisturi, depois sucção, separadores de costelas. Ele estava abrindo o peito do garoto para unir a artéria e forçar fluido para dentro do coração vazio. Não funcionou. Preenchi o nome do rapaz, sua idade e endereço, copiando-os de uma intimação judicial que encontrei em sua carteira: pular a roleta sem pagar. Ele portava ainda uma carteira de identidade falsificada da College of Times Square, uma instituição que tinha como orgulhosos ex-alunos a maioria dos traficantes da rua 42. Encontrei cartões de dois advogados, um DJ, um dentista do Bronx, uma licença de pesca de três anos atrás, alguns pedaços de papel com números e nomes escritos. Tentei imaginá-lo pescando num riacho e não consegui.

Dei a carteira a um dos tiras que estavam do lado de fora do compartimento de trauma. A enfermeira Crupp assinou meu papel e voltou a ajudar a auxiliar de enfermagem Odette a fechar o zíper do plástico verde que envolvia o corpo. Elas pisavam com cuidado, desviando-se do sangue que cobria o chão e passava em linhas finas por baixo da cortina que separava o compartimento do de Burke. Abri a divisória e contemplei o produto de minha noite de trabalho, minha sorte ruim por meses, a morte com vantagem no placar. Puxei o lençol dos pés de Burke e o prendi em torno de seus ombros. Examinei os cabos do ECG e do soro intravenoso, depois saí para fumar.

"Veja." Larry apontou um dedo coberto por grossa luva amarela para a luz direta das portas da ambulância. "Há sangue em tudo." Ele usava máscara de cirurgião, gorro e óculos de proteção. Enrolara lençóis nas pernas, tronco, braços, colando as pontas com esparadrapo nas luvas em seus pulsos. Pegou o esfregão e pulou para dentro.

Um táxi parou, e o ensangüentado lojista da rua 42 saltou, segurando um pano vermelho em volta do polegar. Fez uma reverência. Acenei para ele em resposta. As portas do pronto-socorro se abriram e fecharam. Um projetor de luz se acendeu com um zumbido no terceiro andar, e em seu clarão apareceu a filha de Burke, em pé a apenas alguns metros de distância, um espírito gelado, branco e trêmulo na jaqueta do irmão. Ofereci um cigarro.

"Você não devia fumar", ela disse, e pegou um.

"Não há problema. Eles foram receitados. Para os nervos."

"Seria bom você arranjar outro médico."

"Funciona melhor com um pouco de uísque."

"Essa é a cura do meu irmão. Ele está desacordado lá dentro."

"Você entendeu o que eu quis dizer?"

Fumamos. Olhei para a linha de cinco ambulâncias avariadas no canto do estacionamento — pneus furados, pára-brisas rebentados —, depois olhei o rosto dela: os sulcos da aflição, os lábios tristes, sem cor. Pensei nas fotografias nas paredes do quarto de seu pai, a rainha do baile de estudantes. Eu nunca ia aos bailes de estudantes. Talvez se a tivesse conhecido naquela época... um beijo atrás das arquibancadas, ir à praia de carro à meia-noite, dançar na maré matutina que nos carrega para um lugar diferente deste.

Larry saltou da ambulância, agitando furiosamente seu escovão. "Já chega. Não agüento mais fazer isso."

Ela riu uma vez, menos de um segundo. "Aquele garoto foi baleado, não foi?"

"Sim."

"Ele está morto, não está?"

"Sim."

"Quer saber de uma coisa? Acho que este lugar fede."

"É o Miséria."

"E meu pai, você o viu?"

"Não."

"É uma loucura ali dentro. Tenho a impressão de que não olham para ele faz horas. E o que é que há com aquele médico? Ele só resmunga, fica cutucando o olho quando fala comigo."

"Ele está trabalhando em turno dobrado."

"Pois não parece nada profissional, se você quer saber. A verdade é que não estou acostumada a ser a responsável. Estou acostumada a ser aquela que fode tudo. A pessoa naquela maca lá dentro — deveria ser eu. Que diabo, está sendo eu. Com meus pais chorando aqui fora. Eu levei muita culpa, você me entende?"

"Eu entendo."

"E meu irmão é um inútil mesmo quando está sóbrio. Agora, meu outro irmão, Patrick, era ele quem deveria estar cuidando disto tudo, o filho perfeito."

"Ele está vindo?"

"Ele está morto."

"Sinto muito."

"Esqueça. Eu estou ficando maluca, é só isso. Meu irmão desacordado, meu pai em coma, e agora minha mãe enlouquecendo, desde que você a levou lá dentro para vê-lo. E é por ela que estou aqui. Se não fosse por ela... Sabe, ela não acredita que meu pai está lá dentro. Tentei levá-la até lá depois de você a ter levado, mas ela não quer ir. É como se ela estivesse em transe."

"Sei como ela se sente." Vimos uma ambulância entrar no estacionamento e parar de ré diante das portas do pronto-socorro. Dois paramédicos tiraram um homem que não respirava, outra overdose. Um deles bombeava a bolsa de Ambu enquanto o outro empurrava a maca para dentro.

"Como é que vocês conseguem lidar com isso tudo, todas as noites?"

"Eu entro em transe."

"Eu gostaria de levar minha mãe para casa; é o melhor lugar para ela agora."

"Talvez algum outro lugar fosse melhor. Como a casa de uma vizinha, uma vizinha que more longe."

"Eu mesma a levaria para casa, mas então quem ficaria aqui? Ela está de miolo mole demais para eu mandá-la sozinha."

Fitei minhas mãos, virando-as para cima. Ela se agachou e esfregou o cigarro no chão. Desejei guardá-la em minha jaqueta, passar pela segurança do aeroporto, remeter nós dois para uma ilha tropical. "Você já esteve no Caribe?"

"Acho que se estivesse em casa ela ficaria bem. Só sei que aqui ela está enlouquecendo."

Pisei no cigarro e olhei para cima, para os tijolos cinzentos, pensando no sr. Burke na janela, a fúria dos que quase se foram. "Não sei se em casa é o melhor lugar para se estar."

Ingressei no curso de paramédicos para dirigir rápido e salvar vidas, como os heróis da TV que, num mundo cada vez mais conturbado, sempre trabalhavam pelo bem mais rápido e mais claro.

Na Emergency Medical Service Academy aprendi a reconhecer e tratar uns doze tipos de emergências. Basicamente, eu era capaz de fazer quase tudo o que um médico de pronto-socorro fazia em casos como ataques e insuficiências cardíacas, disritmias, doenças respiratórias etc. Boa parte do treinamento é repetitivo — um diagnóstico rápido, simples, uma resposta direta e controlada. A rua é um lugar muito mais imprevisível para se trabalhar do que um pronto-socorro e, a fim de me preparar para o inesperado, ensinaram-me a agir sem pensar, como um soldado raso do exército que pode montar e desmontar sua arma de olhos vendados.

Mas logo que me mandaram para o trabalho comecei a me dar conta de que meu ano de treinamento era útil em menos de dez por cento dos chamados e de que salvar a vida de alguém era muito mais raro do que isso. Eu compensava esse fato dirigindo muito rápido, um chamado atrás do outro — pelo menos eu parecia um salvador de vidas —, mas, com o passar dos anos, acabei compreendendo que meu papel principal, menos do que salvar vidas, era ser testemunha. Em muitos casos, o dano fora causado muito antes de eu ser chamado, e pouco havia que eu pudesse fazer para revertê-lo. Eu era um esfregão de limpar angústia, e boa parte de minha tarefa consistia em remover, mesmo que por pouco tempo, o desencadeador ou o produto da angústia, limpar tudo o que eu pudesse. Muitas vezes já bastava que eu simplesmente aparecesse. A maioria das enfermidades é efeito colateral de outros problemas: medo de enlouquecer, ansiedade por estar tão sozinho em meio a tantos, a falta de fôlego que sempre ocorre depois que se vislumbra a própria morte. Telefonar para o 911 é um modo rápido e gratuito de sermos apresentados a uma ordem no mundo muito mais forte do que nossa própria desordem. Em poucos minutos, alguém surgirá à nossa porta e perguntará se precisamos de ajuda, alguém que presenciou inúmeros casos piores do que o nosso e terá prazer em nos dizer isso. Quando nossa taça de angústia está cheia, ele tenta esvaziá-la.

Meu problema era que eu coletava todo esse sofrimento e não tinha onde despejá-lo. Eu estava repleto, e cada chamado que eu atendia extravasava por cima. Nos últimos anos houve muitas vezes em que fiquei farto, porém sempre acabava aparecendo um bom chamado, para compensar as perdas, reverter os meses de desgraça. Era assim que eu esvaziava meu balde, e até agora sempre tinha funcionado. No passado, eu teria chegado até o sr. Burke alguns minutos antes, e Rose agora estaria me agradecendo em vez de me lembrar como tudo dera tão errado.

Na primavera passada, por exemplo, eu tivera um mês de tragédias em março, de cheiros cegantes e manchas ensurdecedoras. Mona e eu tínhamos começado a brigar seriamente. Então, uma noite, fui chamado ao Dynamite Club para atender a uma garota de dezoito anos com asma. Ela viera de Long Island com os amigos e, depois de ter dançado durante duas horas, fumou um cigarro e parou de respirar. Da porta da frente eu a vi deitada na pista de dança, dando seu último suspiro numa floresta de silhuetas carregadas de fumaça. Peguei um tubo e uma lâmina de laringoscópio na bolsa do equipamento respiratório e arranquei na direção dela, deslizando nos últimos cinco metros como um jogador de beisebol querendo chegar à base, introduzindo o tubo com perfeição. Dois minutos depois, os olhos dela se abriram, seu rosto ganhou cor; ela estendeu a mão e agarrou meu nariz.

Durante semanas depois disso, eu me senti nas nuvens. Tudo o que eu tocava se tornava luz. Trombetas soavam em meus sapatos; flores caíam-me dos bolsos. Eu continuava a atender aos mesmos chamados, mas agora os mortos estavam circunspectos, os moribundos conservavam a esperança e o expedidor dava os piores chamados para algum outro. Mona e eu paramos de brigar e nos casamos novamente, desta vez num bar na 2ª Avenida. Dois tiras puseram o sr. Oh num trem para a Virgínia. Ele demorou mais de um mês para voltar.

Salvar a vida de alguém é como se apaixonar. É a melhor droga deste mundo. Durante dias, às vezes semanas, você anda pelas ruas vislumbrando o infinito em tudo o que vê. O tempo se retarda e distende, e você começa a achar que se tornou imortal, como se tivesse salvado sua própria vida. O que antes era tão criminosamente fortuito de repente ganha um sentido, uma razão e uma ordem em todos os detalhes. Deus estava de passagem — por que negar que, por um momento, ali, Deus foi você?

Dar-se crédito quando tudo deu certo não funciona em sentido contrário, quando as coisas dão errado. Embora você possa ficar por algum tempo obcecado a respeito do que poderia ter feito de diferente, a providência mais importante depois de uma catástrofe é transferir a culpa: a família era maluca, o equipamento quebrou, o paciente fedia, o sujeito no balcão demorou demais para servir meu café. Distribuir a culpa é uma ferramenta essencial da sobrevivência do paramédico, além de um bem valioso em qualquer carreira pós-paramédica. O deus do fogo do inferno é um papel que a maioria de nós não gosta de representar.

A garota do Dynamite Club foi a última pessoa que salvei, e desde então eu só vinha tendo azar, um ano, um período ininterrupto que nenhum paramédico podia igualar. Larry me chamava de nuvem negra, e eu não podia censurá-lo. Eu estava ocupado demais reunindo culpas, colhendo mais do que era capaz de dar, e a cada chamado ruim afundava cada vez mais no débito. Eu queria pedir demissão, deixar a porcaria que havia feito, dar a Mona uma razão para me aceitar de volta, mas, por mais uma chance de ter uma chance, eu precisava sair por cima, de uma posição de força, e não da deplorável figura que me tornara. Eu precisava salvar alguém, restaurar a ordem, e no entanto quanto mais chamados ruins eu atendia, mais receava que o chamado bom, se houvesse, não viria a ser a cura que fora outrora. Eu passara a me considerar responsável por coisas demais, coisas que eu teria descartado sem dificuldade anos atrás. Eu não devolvera o sr. Burke à vida? O legista não me dissera que Rose teria morrido independentemente do que eu fizesse? Não importava. As velhas regras não ajudavam. Nas profundezas das cinco da madrugada, só uma ordem permanecia: se eu estava disposto a me atribuir créditos, tinha de aceitar as culpas, não só por minhas ações mas também pelas inações, meus acidentes, meus pesadelos tornados reais.

A sra. Burke saiu do Miséria apoiada no braço da filha. Semiadormecida, ela segurou minha mão, e eu a ajudei a entrar na ambulância. "É muita bondade de vocês", ela disse. "Vocês são rapazes muito gentis. Meu marido está doente, sabem, e eu preciso cuidar dele."

"Está certo." Sentei-a no banco e fechei a porta.

A filha colocou a mão em meu braço. "Consegui fazer contato com ela uma vez; acho que ela entendeu. Começou a chorar, caiu no chão. Precisei pedir àquele guarda de óculos escuros que me ajudasse a levantá-la. Depois ela voltou para seu transe. Não quero passar por isso de novo."

"Deixe-a sonhar", falei. "Ela já sofreu o bastante, e vem mais por aí. Vou cuidar dela." Apenas alguns centímetros nos separavam. "Obrigada", ela disse, e apertou meu braço. Senti-me como um homem acidentalmente libertado da prisão.

Enquanto Larry dirigia, eu olhava para trás a todo momento, para ver como estava a sra. Burke, que não falara mais conosco. Sentada com as mãos no colo, ela meneava a cabeça e falava baixinho com seus botões. Entramos na 43, deserta. Verifiquei o último andar: luzes apagadas. Nada lá dentro.

"Você aceita um café?", ela perguntou. "Tenho também um bolo de maçã e, se quiser esperar, eu ia esquentar um pouco de sopa para Patrick, se ele estiver acordado."

"Não posso ficar. Obrigado." Eu a ajudei a chegar à calçada, onde ela parou, como se vitimada por uma cegueira repentina. E então saiu andando pela rua, passando por seu prédio sem erguer os olhos. "A senhora mora aqui", falei. Peguei-a pelo braço, virei-a e a acompanhei até a varanda. Ela se encostou na porta de entrada. Precisei segurá-la para impedi-la de escorregar para o chão. "Desculpe", ela disse. "Não sei o que me deu." Recuei alguns passos e olhei para o último andar. Não havia escapatória. Gritei para Larry. "Toque a sirene se tivermos um chamado." Ele estava dormindo e não respondeu.

Ela não conseguia encontrar as chaves, por isso vasculhei a bolsa preta, que devia pesar uns dez quilos. No saguão escuro ela pareceu melhorar, ficar mais forte, e quando começou a subir as escadas eu segui seu modesto casaco azul, o ritmo de suas pernas volumosas degraus acima. Eu a vi cercada de sacolas de compras, pilhas de roupa lavada, bebês chorando.

"Patrick cresceu neste prédio. Ele morava aqui no segundo andar quando era criança. Engraçado, eu morava logo virando a esquina mas não nos conhecíamos; estudávamos em escolas diferentes. Nós nos conhecemos num baile de Saint Bridget. Ele era um perfeito cavalheiro, todo bonitão no seu terno, e sabia como pegar na mão de uma moça. Depois que nos casamos ele quis morar perto de sua família, por isso ficamos com este apartamento do último andar. Sabe, no primeiro dia ele me carregou até lá em cima." Ela parou para rir. "Eu era bem mais magra na época."

Achei ótimo ela ter parado, pois eu estava sem fôlego, o ar tão denso, difícil de inspirar; quando começamos a subir os dois últimos lances, notei um zumbido no vestíbulo úmido. A princípio, pensei que poderia ser Larry buzinando lá embaixo para me chamar, mas percebi que o som vinha de cima.

"Toda a família dele morava neste bairro, três irmãos e duas irmãs, e nos almoços de domingo na casa de sua mãe todo mundo levava comida, bebida ou música, e às vezes ficávamos acordados a noite inteira, dançando. Mas todos eles se mudaram, faz muito tempo, para casas em Long Island. Não gostavam de voltar aqui. Os pais dele morreram. Nossos amigos se mudaram. Para dizer a verdade, eu também queria ir embora, mas Patrick se recusou. Disse que tinha nascido aqui, trabalhado aqui e morreria aqui. Ele pensava que poderia fazer isto voltar a ser como antes."

A luz do patamar no quinto andar estava apagada; pensei que o zumbido poderia ser da lâmpada quebrada, mas o barulho tornou-se ensurdecedor perto do apartamento, como um cano de vapor arrebentado, e havia tanta fumaça que eu mal pude enxergar a sra. Burke pôr a chave na fechadura.

"Patrick."

Tapei os ouvidos, o som era insuportável. Ela abriu a porta. Mais fumaça, uma luz prateada pálida.

"Patrick", ela chamou, "o que está acontecendo? Este lugar está uma bagunça."

O zumbido parou quando ela entrou, como se ela houvesse cortado um fio. O apartamento parecia ter sido saqueado, móveis deslocados, gavetas removidas. Como se os bombeiros tivessem chegado antes do incêndio. "Patrick", ela disse. "Patrick, você está bêbado?" A porta se fechou, e por trás dela ouvi outra voz, de homem: *"Estou morrendo, Joan. Mas não consigo morrer"*.

"Estou aqui, Patrick. Estou aqui."

Desci os degraus de dois em dois e, na rua, olhei para a luz na janela mais alta, amarela, trêmula, e o que parecia ser fumaça emergindo do último andar.

Abri a porta do lado do passageiro e entrei. “Ei, Larry, está vendo um incêndio lá em cima?”

Larry desceu da ambulância e olhou o céu por um minuto. Entrou de novo. “Não vejo nada. Você está vendo um incêndio?”

“Eu não estou vendo nada.”

Seguimos para o molhe sem conversar. Exausto demais para me importar. A loucura dos anos anteriores, das semanas anteriores, crescera em etapas. Os fantasmas que antes me apareciam nos sonhos me seguiram até a rua e agora conversavam. De certo modo, tudo aquilo parecia normal. A sra. Burke estava louca. Walls estava louco. Eu vira Noël sugar a vida de um homem. Larry nunca vira um fantasma, mas isso não o tornava menos louco. Ele tinha um livro de fotografias de Mortos Ao Chegar, imagens de corpos mutilados. Por que eu não poderia ouvir Burke, ver uma garota morta andando pela rua? Eu era a razão de eles estarem ali. Havia sanidade nisso. Eu precisava de um drinque. No molhe, Larry desatou a roncar assim que puxou o freio de mão. Observei o rio que subia do oceano. Fechei os olhos, e se o expedidor chamasse, eu não teria ouvido. Só acordei quando o sol estava atrás de mim.

*Houve uma época em que eu não corria para o bar depois do trabalho, em que, para me embriagar a caminho de casa, eu só precisava pensar no sorriso adormecido de Mona quando eu a beijava ao chegar. Eu parava no West Indian's para comprar mantimentos, às vezes na Korean's para as flores, e sempre deixava um bolinho ou um* bagel *ao lado da cama antes de me deitar atrás de Mona. Quando ela se levantava para ir trabalhar, eu ficava deitado assistindo suas preparações para o dia. "Conte-me o que aconteceu", ela pedia enquanto escovava os longos cabelos ruivos, e ria das histórias malucas, engraçadas, e depois das tristes ela sempre me beijava. Então ela saía. Demorou mais ou menos um ano para eu deixar de contar a ela as histórias tristes; eu passara a temer aquele breve abraço. Encontrava rotas tortuosas para a cama dela, necessitando de uma pausa entre cobrir um Morto ao Chegar e sentir seu corpo cálido. Ficava meia hora no chuveiro, tentando me lavar da noite, bebia uma cerveja à mesa, esperando que ela se levantasse. "Conte-me o que aconteceu", ela ainda pedia, e me lembro de querer contar a ela sobre a mulher de longos cabelos ruivos com uma faca de açougueiro no flanco e o trabalho que me deu erguê-la do chão sem deixar as vísceras caírem. "Está doendo", era tudo o que ela dizia. "Está doendo", de novo, de novo. Como é que se conta uma coisa dessas a alguém que está passando fio dental? Comecei a evitá-la de manhã, inventando chamados tardios no trabalho ou afazeres fora de casa. Eu bebia todos os dias, nunca ia para casa, até que na derradeira manhã eu a vi e não soube como impedi-la de ir embora, e ela nunca mais voltou.*

# 8.

Oito horas. Fim do turno. Deitei a cabeça no painel e ouvi Larry esquentar o motor de seu carro. Ele sempre ia embora cedo, correndo contra o sono naquela longa viagem de volta a Bayville. Toda manhã que trabalhávamos juntos, enquanto eu recolhia os rádios e minha bolsa de instrumentos e seguia para a garagem, via Larry sair de carro do estacionamento, de janelas abertas e rádio sintonizado na estação negra que ele detestava mas que o mantinha acordado, virar para leste na rua 56, para a ponte para a rodovia para a cama *king size* com as rosas e renda embaixo e a curva quente e ampla da bunda de Louise.

Coloquei os rádios na mesa. O capitão Ed fitava seu livro de registros, resmungando palavras que eu não conseguia ouvir. A chama de seu isqueiro fez um círculo a cinco centímetros do cigarro, quase acendendo a moita de sobrancelhas que descia basta na direção da orelha. As manhãs eram um suplício para o capitão Ed. Ele trabalhara à noite durante vinte e cinco anos e, em reconhecimento por sua absoluta falta de ambição, autodisciplina e atenção ao protocolo, a administração o promovera a comandante do posto. O capitão não tinha prática dos detalhes de seu serviço. Estava habituado a longas noites reclinado na poltrona, pés na mesa, conversando sobre boxe ou sobre as diferentes maneiras de fritar banana-da-terra, mas como comandante do turno diurno ele se esforçava para ter um bom desempenho. Sabia que, se relaxasse um pouco mais, acabaria promovido a chefe.

Entrei na sala do pessoal, Luther dormindo no sofá. Dei-lhe um tapa nos pés e, como ele não se movesse, sentei-me em cima deles. Luther gemeu e dobrou as pernas; juntos, assistimos aos mapas da meteorologia na televisão. Uma densa mancha branca que lembrava pneumonia num raio X de tórax havia consumido Ohio e o oeste da Pennsylvania e estava devorando o caminho em nossa direção. Do outro lado da sala, o pessoal do turno matutino entrava em fila. Rodeavam a mesa e bebiam café em xícaras extragrandes, cuidando para não manchar a camisa.

Stanley entrou, seguido por seu parceiro, um garoto novo do Meio-Oeste que ainda não tinha nome.

"Acho que ela está nos chamando." O garoto estendeu o rádio.

Stanley o agarrou. "Pois ela que trate de chamar algum outro para variar. Não vou pegar mais nenhum serviço." Levantou o rádio acima da cabeça. "Boa noite, Dolores." Deixou o aparelho cair na mesa. "Sabe, garoto", disse ele, apontando para o pessoal da manhã, "você parece um deles. Não pode trabalhar à noite assim. Quando você for para casa hoje, quero que lave sua camisa com café puro e use suas calças como travesseiro."

"Stanley, não diga isso a ele", falou Suzette, a líder do pessoal da manhã. Ela estava sentada à mesa, limpando uma mancha no sapato.

Stanley sentou-se ao lado dela. "Sabe, o garoto aprendeu algumas lições hoje. Aprendeu a se agachar, para início de conversa. Fomos mandados para um traficante com dois tiros na cabeça em Uptown, um verdadeiro filho da puta, tinha frascos de Morte Vermelha suficientes para matar todo um quarteirão da cidade. Estou lá ajoelhado perto do sujeito, examinando os buracos, quando começam os tiros, parece uma semi-automática ali no quarteirão, e você me conhece, eu me espremo numa fenda na calçada, e então levanto os olhos e vejo esse garoto em pé como uma estátua chamada garoto branco, assim, como se estivesse esperando o ônibus na 5ª Avenida. Ei, garoto, eu digo, para sua informação, isso aí são balas zunindo perto dessas orelhonas. Este filho da puta aqui tem duas na cabeça e ainda está respirando, mas sei que ele vai pifar daqui a trinta segundos no máximo, e quando o garoto chega correndo com a padiola para carregar o homem eu falo para ele levá-la de volta. Você devia ver a cara que ele fez. Essa foi a lição número dois: às vezes é preciso deixar que se vá mesmo alguém que ainda tem batimentos. Estou querendo dizer que o homem morreu."

"Não escute nem uma palavra do que ele diz", falou Suzette.

"Você pode mostrar a ele como deveria ser, Suzette. Eu mostrarei como é."

O garoto, em pé, segurava as bolsas de instrumentos cor de laranja, a sua e a de Stanley. Não sabia ao certo como responder, por isso ficou ali parado, sorrindo, até que Hector irrompeu pela porta, com as mãos no ar. "Não vou mais trabalhar com esse homem."

Veeber entrou devagar, comendo um kiwi, o sumo verde escorrendo-lhe pelos lados do rosto largo.

Hector virou-se para Luther e para mim. "Tivemos um chamado para uma facada no WestCheap, quarto andar. O elevador está quebrado como sempre e por isso temos de subir pela escada e demoramos dez minutos porque o Veeber aqui precisa parar três vezes para tomar fôlego. Quando finalmente chegamos lá em cima vejo a porta da sala aberta e olho lá para dentro e lá está um grandalhão gordo sentado lendo jornal. Ele me vê e acena. 'Eu chamei', ele diz. 'É minha mulher. Dei umas facadas nela.' Como se ele fosse um encanador e ela estivesse vazando.

"E ela está deitada na cama, segurando os buracos na perna, apontando para o marido com a outra mão. 'Estamos casados faz dez anos', ela diz, 'e todo ano ele me esfaqueia.' Meço a pressão, Veeber corta as calças dela e vejo logo de cara que vai ser um problema. Ele chega na metade da perna dela e começa a tremedeira — você sabe como ele fica com mulheres —, e quando vai chegando perto da calcinha ele está tremendo tanto que eu fico achando que vai espetá-la com a tesoura."

"Ela era bonita", diz Veeber.

"Não era, e isso não vem ao caso", replicou Hector. Assentimos com a cabeça. Ele era um paramédico sério, e toda manhã voltava com mais uma história sobre a incompetência de Veeber. Todo mundo gostava de Veeber, exceto quando trabalhava com ele. Veeber tinha um coração de ouro. Daria alegremente seu último centavo, sua última hora de vida para um estranho. Era o pior paramédico que eu já vira.

"Então sou obrigado a cortar as calças dela e pôr as ataduras e cobri-la com o cobertor, e Veeber, ele vem suando e arfando escada abaixo. Na ambulância ele vai pegar a veia mas ela sente náuseas quando vê a agulha tremer. Ela vomita, e Veeber, ele está com aquela agulha na mão, começa a ter ânsia de vômito. Eu sabia que ia acontecer, mas fui lento demais; ele me atropela ao passar pela porta. Ela está vomitando lá dentro. Ele está vomitando lá fora. Não consegue voltar. Tenho de pegar a veia e ligar o soro, e você sabe como ele dirige, acelerando no sinal vermelho, freando no meio do quarteirão."

"Ele aprendeu a dirigir com Larry", falei, e empurrei Luther para Hector se sentar.

"Peguei três esfaqueados a noite passada", comentou Hector.

"Está uma loucura lá fora", disse Stanley. "Durante três meses não vi sangue nenhum, mas nestas últimas semanas, caramba, as balas estão voando!"

"Lua cheia", acrescentou Veeber.

"Uma daquelas luas cheias de três semanas", falei.

Luther abriu um olho e ergueu-se sobre um cotovelo. "A CIA anda trabalhando com as gangues de cocaína colombianas para abastecer os guetos com vício e violência."

Suzette olhou para nós do espelho na parede oposta. "Os homens já esfaqueavam mulheres muito antes de a CIA se envolver. Isso não é novidade nenhuma."

"Não escutem nem uma palavra do que ela diz", falou Stanley.

"Na verdade", disse Veeber, "não fosse pela agressão, eles formavam um belo casal. Quando chegamos ao hospital, o homem estava segurando a mão da esposa. Ela o xingava, mas de um jeito carinhoso, vocês entendem."

Hector se levantou. "Você está maluco, cara. Não viu todos os frascos no chão? Estavam os dois para lá de dopados. Ela me contou que tem três filhos e nem sabe onde eles estão."

"Ela disse que estava tentando trazê-los de volta."

"Escute, meus filhos em primeiro lugar. O que está errado nesta área é que os pais não põem os filhos em primeiro lugar. Acham que têm tantos problemas e por essa razão estão sempre se dopando ou se embriagando e então não podem suportar o que isso está fazendo com seus filhos, portanto se afastam e se drogam. Não entendem que os filhos são a única coisa que vai tirá-los dessa. É preciso se concentrar nos filhos."

"Muito bem dito, Hector." Levantei-me do sofá. "Agora, vamos tomar um drinque."

Ele olhou para Veeber. "Sim, cara, eu bem que preciso."

Stanley me deu um tapa nas costas. "Isso é que é um produto de um sólido ambiente familiar."

"O melhor", falei. "Meu pai era uma garrafa de gim e minha mãe, uma caixa de lenço de papel." Eu precisava tão desesperadamente de uma bebida que minhas mãos estavam mordendo meus bolsos, meus dentes cerrando os punhos na boca. Antes, beber me ajudava nas noites ruins, mas desde que Mona se fora elas eram todas ruins. A única coisa boa em sua partida foi ter deixado uma dor tão forte que suplantava todas as outras. Mona era a dona de minhas manhãs do mesmo modo que Rose era a dona de minhas noites. Eu só precisava iniciar o processo com um drinque e uma rápida reprise do dia em que nos separamos, depois me sentar e assistir enquanto ela expulsava da cidade os outros fantasmas.

Seguimos pela 10ª em dois carros. Contemplei pela janela a manhã que crescia. Muitas vezes eu tinha a impressão de que o sol nascia numa cidade estranha, diferente daquela que eu percorria de ambulância. À noite, os muros subiam e os portões desciam, e o medo caçava todos lá dentro, exceto os que o semeavam, os que ele pegava e aqueles, como eu, trazidos para testemunhar. Eu sempre me surpreendia quando o novo sol revelava uma região pobre e decrépita como qualquer outra, repleta de gente que acordava toda manhã e caminhava pelas ruas conhecidas, indo para o metrô que as levava ao centro da cidade ou para os ônibus escolares em fila na 53.

"Estão vendo aquele lugar?" A mão de Stanley apontava para uma série de *brownstones*. "Tive um chamado ali na semana passada. No último andar eu entro no apartamento, só um colchão no assoalho, à direita, e três homens sentados em volta, tão dopados que nem conseguem se mover. Estão debruçados sobre um outro deitado, morto, gelado, roxo como este chapéu. Eles tinham enfiado alguma coisa entre os dentes dele, e então eu ouço, um secador de cabelo, estão ligando e desligando, ligando e desligando. Vejam vocês, todos eles estão usando a mesma agulha mas ninguém quer fazer a boca-a-boca. Eu o declaro morto e os viciados ficam umas feras, mas o homem estava gelado, exceto na garganta — deviam ter usado o secador ali por uma hora; queimaduras de segundo grau na língua."

Luther levantou a cabeça da janela atrás de Stanley. "Uma coisa eu lhes digo: ninguém me pega beijando um homem morto. É claro que se eu encontrasse uma mulher morta bonitinha, seria diferente."

O garoto espichou a cabeça até o banco da frente. "Você já fez boca-a-boca?"

"Muito tempo atrás", respondeu Stanley, "quando eu estava começando, assim como você. Nunca mais, garoto. Você se arrisca a acabar com a boca cheia de vômito. Lembre-se de que sempre você tem tempo para pegar uma máscara."

"Eu faria, se fosse preciso. Faz parte do trabalho." O garoto se virou para mim. "E você? Já fez?"

"Uma vez, num bebê."

"Ah, bebês", disse Stanley, sacudindo a cabeça. "Bebês são outra coisa, muito diferente."

Sacolejamos juntos em silêncio pelos malcuidados bulevares de Upper Manhattan, evitando os locais de construções abandonadas e as crateras de profundezas negras do asfalto, até que uma súbita interdição da 3ª Avenida nos obrigou a enveredar por ruas estreitas que margeavam o rio, ruas com fileiras de oficinas vazias e destroços de carros roubados, ruas que nos levavam em círculos até a ponte de cavaletes recoberta de fuligem estendida através das águas preguiçosas do Harlem. Abaixo de nós, à direita, jaziam as ruínas de South Bronx, os ossos espalhados de uma região, tijolo por tijolo.

* * *

Depois de nos casarmos, Mona e eu mudamos para um apartamento na rua 51, próximo à 12ª Avenida, um quadrado bambo de tijolos às margens do rio. Na primeira semana fiquei sem as chaves, por isso toda manhã, ao chegar do trabalho, eu tocava a campainha infinitas vezes até que Mona aparecia no patamar, de vestido branco, profundamente adormecida, deslizando escada abaixo como um espírito de poema antigo. Ela era sonâmbula, e sempre usava aquela camisola simples porque se parecia com um vestido — Mona tinha medo de alguma noite sair andando pelas ruas, acordar numa estação de metrô. Ela abria a porta, me dava um beijo, sem fôlego, e deslizava de volta para a cama. Eu podia lhe dizer qualquer coisa naqueles momentos. "Mona, a casa está pegando fogo." "Está bem." "Mona, você precisa me beijar vinte mil vezes." "Está bem." A noite inteira, no trabalho, eu pensava nela descendo as escadas, e mesmo depois de ter minhas próprias chaves eu tocava a campainha e esperava.

"Onde estamos?", perguntei. As ruas pareciam iguais, quarteirões de paredes sem janelas, terrenos vazios atulhados de cinzas e tijolos quebrados.

"A delegacia é logo em frente", disse Stanley, "o bar fica a dois quarteirões dali."

O Blarney Moon vinha embebedando tiras fazia mais de três décadas. Fora outrora um próspero bar da região, agora era o único bar irlandês em South Bronx, o único edifício ocupado no quarteirão, mas a *happy hour* ainda começava às sete da manhã, e os lugares estavam todos ocupados às oito.

"Ralph, me dê uma grande e uma pequena, por favor, uma cerveja e um *bourbon*."

Engoli a bebida de um trago, pedi outra e olhei em volta. Os trabalhadores diurnos estavam terminando seu desjejum de cerveja e saindo. Seus lugares eram ocupados pelas turmas noturnas, que se punham a beber a sério. Atrás de mim, um grupo de uns dez tiras repreendia duas moças dominicanas que um deles provavelmente ludibriara com uma infração de trânsito. Os bebedores em tempo integral ainda estavam trabalhando, George Russo, Don Vigarista, Bob Danado, mas eu percebia em seus lábios embalsamados, em seus sorrisos de caixão aberto que a hora de encerrar o expediente estava próxima.

Hector se sentou ao meu lado e pediu cerveja. "Como vai, Frank?"

"Eu bebo aos fantasmas esta manhã."

"Parece saudável."

"Acredita em fantasmas, Hector?"

"Claro, meu velho, e toda vez que vejo um ele sempre me diz a mesma coisa. 'Hora de tirar férias, Hector.'"

"Você tem fantasmas bonzinhos."

"Vamos lá, cara, tire umas férias. Você está precisando."

"Aonde eu iria?"

"Puerto Rico, meu irmão. Tenho parentes lá que cuidariam muito bem de você. Mar, areia, palmeiras, as mulheres mais lindas do mundo."

"E quem vai tomar conta dos meus fantasmas?"

"Não brinque com a hora de tirar férias, cara. Todo mundo precisa de descanso. Até o Super-Homem tira férias. Ele tem uma casa perto de San Juan."

"Ah, pois sim, você deveria saber que levei o Super-Homem para o hospital não faz muito tempo. Super-Homem entra na estação do metrô, vai para a plataforma, começa a tirar a roupa e deve ter esquecido seu traje de Super-Homem porque não está vestindo nada por baixo. Por isso ele fica ali em pé, pelado, parece que está esperando o trem, e quando o trem sai do túnel Super-Homem pula nos trilhos e fica na frente dele com os braços bem esticados como se quisesse pará-lo, gritando sou o Super-Homem, sou o Super-Homem. Felizmente, o condutor o viu a tempo."

"Não foi o condutor. Foi a força do Super-Homem."

"Pois é, só que o Super-Homem agora está em Bellevue."

"Está vendo? Ele deveria ter ido para Puerto Rico." Hector se levantou e terminou de beber a cerveja. "Preciso ir."

"Vamos, beba mais uma. Você acabou de chegar."

"Não posso. Preciso levar as crianças para a escola. Escute, Frank, você está indo para o inferno, cara. Meus parentes hospedarão você. Eu tenho três primas deslumbrantes. Vamos, diga que sim."

"Obrigado, Hector, mas este banco em que estou sentado são as minhas férias, o Cruzeiro Blarney Moon."

Hector se afastou assobiando, como se tentasse imitar o som de uma bomba que cai, e quando chegou à cadeira perto da porta onde Marcus dormia, ele bateu palmas e gritou "Bam!", depois saiu. Marcus levantou devagar a cabeça recostada na *jukebox*. Ainda de olhos fechados, ele tirou um punhado de moedas e cuidadosamente inseriu cada uma na máquina. Apertou os botões sem olhar, em seguida baixou a cabeça até a posição anterior. Marcus trabalhava no mesmo turno que o restante de nós, mas sempre era o primeiro a chegar ao Moon, e geralmente conseguia engolir cinco vodcas e tirar uma breve soneca antes que se começasse a beber a sério. Gostava de se sentar na cadeira ao lado da *jukebox*, para poder pôr as moedas sem se levantar. Havia manhãs em que ele escolhia "My way" infinitas vezes, até começar uma briga — o único negro apreciador de Sinatra que conheci.

Luther estava desacordado no canto, a cabeça deitada sobre um exemplar da *Constituição Irlandesa*. Veeber falava ao garoto sobre parasitas intestinais. Nos fundos do bar, um dos mexicanos da construção civil parara de falar e estava derrubando seus amigos dos banquinhos, um a um. Os amigos não protestavam. Depois de cair, cada um se levantava, sacudia a poeira e tornava a se sentar, só para ser novamente derrubado.

"Ralph, meu chapa, me traga escória de ferro lá da mina e uma dose de querosene, por favor."

Era a maior cama que já tínhamos visto. Precisei cortar um buraco no batente da porta e abri-la no sentido oposto, para dentro da sala. O quarto era a cama, a cama era o mundo. Olhando pela janela, tudo o que conseguíamos ver era o céu. Em nossas raras tardes juntos, levávamos a cama para todos os lugares com que sonhávamos. No outono, ficávamos horas ali deitados, a janela aberta, esperando que uma folha caísse dentro do quarto. No verão, deixávamos que a chuva nos ensopasse. Comunicados e outras notícias importantes eram sempre guardados para a cama. Contei a ela sobre o parto de um bebê que eu fizera, como sua cabecinha era uma jóia tenra. Fomos juntos ao hospital, e a mãe nos deixou segurar o bebê, um de cada vez.

Ao meu lado, Slinkowsky chorava com seu olho de vidro, e ao lado dele a velha que nunca ia embora chorava também. Sua peruca caíra para trás, deixando à mostra uma careca lisa e marrom, como um seixo ribeirinho. Um dos tiras caiu na escada para o banheiro. Veeber começou a cantar: "Sim, às vezes, muitas vezes, tive esperanças vãs". Marcus contou uma história de seu primeiro divórcio para Stanley, que estava às voltas com seu segundo.

"Ralph, meu rapaz, Ralph Edward, meu rapaz, aqui. Liberte os espíritos. Sirva o suco do sepulcro."

Todos os dias Mona ia à academia de ginástica; em poucos meses, sua perna machucada parecia tão forte quanto a outra. Mas não estava. Não consigo erguê-la bem alto, ela disse. Uma dançarina tem de levantar a perna lá em cima; é a coisa mais importante. O médico recomendou repouso. Avisou-a de que a perna talvez nunca voltasse a ser o que fora. Mona dobrou o empenho nos exercícios; seis meses mais tarde estava sendo operada, outro gesso. Passávamos nossos fins de semana no sofá, ao lado de uma caixa de vinho, Mona chorando de manhãzinha. "Você devia ter me dado um tiro quando eu lhe pedi, Frank."

Eu disse a ela que a vida era mais importante do que levantar, que às vezes uma parte precisa morrer para que o resto possa viver. Ela se ofereceu para dar um tiro em mim. Procurei nos classificados de emprego. Fui com ela ao minúsculo teatro que anunciara uma vaga de assistente de relações públicas. Fui a alguns ensaios, à noite de inauguração, à festa depois, em pé no canto esperando para ir trabalhar, vendo Mona rodopiar de um grupo a outro. Às onze horas eu estava contando histórias sanguinolentas para um círculo de atores e escritores que desejavam conhecer todas as diferentes maneiras como as pessoas morriam.

Mas não lhes contei sobre a mulher com a faca na ilharga, o quanto ela se parecia com Mona, como ela dançava em meu sono do mesmo jeito que Mona dançava antes, lugares diferentes, danças diferentes, mas o fim sempre igual: ela cai, eu me abaixo e abro o roupão para ver a ferida à qual ninguém sobrevive. Não era um sonho que eu tivesse com grande freqüência, mas sempre parecia bem perto, como um sonho atrás de um sonho, como a faca que eu tocaria nas costas de Mona, nas raras noites em que dormíamos juntos, se não tomasse cuidado para não pôr a mão ali, onde o aço se enterrava entre suas costelas.

Conte-me o que aconteceu, ela pedia nas manhãs em que eu ainda voltava para casa. Conte-me o que vai por dentro. Converse comigo, Frank. Nosso tempo é tão pouco. Ela estava no teatro quase todas as noites. Jantávamos juntos uma vez por semana. Meu trabalho me ajudou bastante, Frank. O mundo agora é tão maior que posso enxergar para além do fato de ser apenas uma dançarina. Há muitos papéis a representar nesta vida, Frank. Há muitos modos de representar um papel. Mas quando você deixa que um papel represente você, ele o sufoca. Você é um paramédico, uma coisa boa para alguém ser, exceto se isso estrangular você, e Frank, acho que você está afundando pela terceira vez.

Ela me salvaria. Eu precisava ser salvo. Porém, quanto mais ela tentava me fazer falar, menos eu queria dizer. Eu não gostava do modo como meus sentimentos apareciam ao sol, tão pálidos e frágeis. Gostava que ficassem trancados num cofre, enterrados sob cimento, minados e patrulhados, armados para explodir quando abertos. As coisas vão melhorar, eu dizia; esta má sorte não pode durar para sempre. Ela apontava os sinais clássicos da depressão, o sinistro vírus do auto-engano. A bebida e a insônia, os problemas que eu tinha para tocá-la eram sintomas de estresse por trabalho. Minha recusa em admitir isso também era. Ela recortava artigos de revistas. Comprava livros grossos e pesados de auto-ajuda e os jogava em mim. Cresça, Frank, abra-se, supere isso e continue sua vida. Tire uma licença. Termine a faculdade. Eu posso pagar as contas por uns tempos. Você está tão tenso, Frank, que um dia desses vai arrebentar. E foi exatamente o que aconteceu no dia em que ela foi embora.

"Ralph, um moribundo chega do deserto, e isto é tudo o que você tem para dar? Onde está a picada de escorpião, os tumores do cérebro e da espinha? Onde está o leite de bruxa?" Um dos tiras pulou em cima do bar, dando socos no ar. "É grande como meu braço. É um carvalho, um navio de guerra. Girarei cada um dos filhos da puta aqui presentes em cima dele, como um pião." Os outros tiras bloqueavam a porta, tentando persuadir as moças de Heights a tomar mais um drinque, mas elas haviam se retraído, e seus sorrisos atemorizados só conseguiam deixar todo mundo mais bravo. Veeber dormia ao lado do garoto, que por sua vez jazia desacordado na mesa diante de Luther em estado de coma. Stanley jogou Marcus contra a parede e o ameaçava com uma garrafa. Marcus só ria, cantando "As testemunhas afirmam que eu suportei os golpes e...".

Eu estava chegando às melhores partes àquela altura, o auge da separação, mas a cena que eu mais queria recordar não surgia direito — a viagem de volta ao lago para salvar o casamento, a noite em que não consegui passar o braço em volta dela e fiquei tão bêbado que caí do molhe, rachando a cabeça. Por um momento o quadro quase ficou perfeito, como aquele de Mona me levando para o hospital, seus olhos fechados, com uma das mãos segurando a toalha ensangüentada em minha cabeça, mas, quando me viro, Burke e Rose estão sentados no banco traseiro e atrás de nós a filha Mary vem dirigindo o velho Ford preto e as pessoas sentadas no bar parecem cadáveres dando o último suspiro juntos e elas estão mortas, algumas há dias, e começam a feder. Tudo rodopiando.

Tentarei de novo. Era a manhã depois de eu ter ajudado a matar Rose. Eu estava bêbado quando entrei e encontrei Mona sentada no sofá de dois lugares, chamando um táxi. Ela havia tirado o dia de folga para me comunicar. Imaginei-a esperando horas ali, fazendo e desfazendo a mala, vestindo e desvestindo o casaco, ensaiando as palavras.

"Vou embora."

"Adeus", falei, e virei as costas. Fui para o quarto, fechei a porta, sem bater. Cheguei à janela e tirei a primeira vidraça com o punho. Esperava que ela partisse naquele momento e não me dissesse por quê. Ela chutou a porta. "Eu pedi para você se demitir. Você não consegue. Pedi para você procurar ajuda. Você não quer. Já que é assim, decidi não esperar até que você se mate. Está me ouvindo? Decidi que minha vida vale mais do que sua morte." Soco de esquerda. Falou bem, Mona. Outro chute na porta. "Eu tentei, mas você não quer se ajudar, e eu não tenho mais nada para dar." Murro de direita, sangrando na esquerda. E continuou. "Você simplesmente desistiu, Frank, de nós, de você mesmo, de tudo. Pois bem, Frank, você me venceu — também desisto." A buzina do táxi lá fora. Partindo. Belo discurso. Soco de esquerda. Também desisto. As mãos dela batendo na porta. "Seu desgraçado, quem lhe deu o direito de sofrer? Todas as pessoas que você viu tão piores do que você. Você deixa tudo morrer. Tudo o que você toca. Deus do céu, odeio este lugar." Outro gancho de direita. Sangrando ali também. A buzina do táxi. Um vaso quebrado. A porta da frente batendo. Sangue na janela e no chão. Sangue no travesseiro e sob os cobertores, a cama que carregamos juntos para casa.

Veeber, Luther e o garoto derrubam Stanley no chão. Marcus está em pé ao meu lado, rindo, Ralph estende a mão e agarra seu colarinho, curvando-o para trás por cima do balcão. "Se tocar essa música mais uma vez, você vai para o hospital. Eu adorava essa música." Um dos tiras saca a arma, aponta para Marcus e explica às moças como atirar. "Ralph", grito, "traga minhas túnicas, minhas vestes."

Stanley está deitado no chão, de olhos fechados. Puxo uma das toalhas de mesa vermelhas e brancas manchadas de marrom e jogo em cima dele. Pego outra e me embrulho nela. Veeber e Marcus me ajudam a chegar ao balcão. "Abençoe-nos, Padre, porque pecamos." Ergui minha cerveja e borrifei a multidão. "Que o

Senhor os perdoe com esta santa unção por todos os pecados que tiverem cometido, amém. Que o Senhor os perdoe com esta santa unção por todos os pecados que tiverem cometido, amém. Que o senhor os perdoe."

Stanley se levanta, agarra minhas pernas, puxa-me para o chão, as túnicas cobrindo-me o rosto e o peito.

"Ralph, vamos lá. O Super-Homem precisa de mais kriptonita."

*Duas semanas depois da partida de Mona fui chamado para atender um homem debaixo do trem. Detesto homens debaixo de trens — a imundície ensopada lá embaixo, os pedaços ensangüentados gemendo —, por isso dirigi até a estação com a aversão habitual, a cabeça latejando enquanto eu atravessava a multidão aglomerada perto do primeiro vagão, mas quando os alcancei encontrei um homem deitado nos trilhos, perfeitamente intacto. O trem, ao que parecia, havia parado logo antes de atingi-lo. "O que aconteceu?", perguntei, e a mulher ao meu lado respondeu que o homem estava dormindo na plataforma, rolara durante o sono e caíra nos trilhos. Pulei lá embaixo e fiz-lhe um exame completo — nem uma marca nele. Sacudi-o para que acordasse e ele olhou para mim. "O que houve?", ele perguntou. "Você estava dormindo na plataforma", respondi, "rolou e caiu nos trilhos." Ele olhou para cima, balançou a cabeça exasperado e disse: "Não, outra vez!".*

# 9.

*Estou morrendo*, disse-me a voz. Abri os olhos. *Mas não consigo morrer.* Levantei a cabeça do chão da sala. No vazio de paredes escuras, nada se movia. *Não estou morto*, a voz estava na minha cabeça, *mas tudo em que acredito está.* Uma voz que eu conhecia, ríspida e branca, o cano de vapor no apartamento de Patrick Burke. Rastejei até a cozinha e pus a cabeça na pia. *Se tenho de morrer para sempre* — a água fria correndo sobre as palavras — *não será sozinho.* Embrulhei as orelhas nas mãos, apertando, tentando fechar a porta interna. Respirei fundo, curvei-me e segurei até sentir a porta se fechar. O relógio na parede dizia quase doze — toquei-o com as mãos para ter certeza. As janelas escuras me diziam que era noite. Um jeito duro de começar o dia — doente e sem licença-saúde, louco e sem licença-loucura. Na pilha de roupas sujas no chão encontrei uma camisa de uniforme com apenas duas manchas, café puro no colarinho, pingos de sangue coagulado na manga. Troquei por ela a que estava usando, ainda com o ranço do bar. No espelho do banheiro, fitei a escrita do rosto, o nariz intumescido, a boca fechada com tijolos, sr. Burke. *Deixe-me ser o primeiro a dizer, basta.* Apertei novamente a cabeça, respirei fundo e segurei até passar a dor. Saí de fininho pela porta, fechando-a depressa para manter a voz lá dentro. Desci as escadas. Só uma hora atrasado para o trabalho.

"Bom dia, capitão." Eu estava em pé diante de sua mesa, a meio metro de distância.

O capitão Barney olhou seu relógio. "Pierce, chegou cedo."

"Eu não deveria estar aqui."

"O que é que eu vou fazer com esse cara?" Virou-se para a srta. Williams, sua secretária e confidente, sentada a uma mesa perpendicular à dele. Ela não ergueu os olhos, e o capitão continuou. "Pierce, eu tinha acabado de falar ao telefone com o Comando Distrital. Nos doze turnos deste mês, você chegou atrasado em nove, ficou doente em quatro, e isso inclui o turno em que você chegou atrasado e foi para casa doente."

"Eu estou doente, capitão. É o que estou lhe dizendo."

"Você está me matando, Pierce, sabia? Você não tem licença-saúde, você não tem licença nenhuma e ponto final, disse o Comando Distrital. Mandaram que eu o despedisse."

"Tudo bem. Eu entendo. Só vou pegar minhas coisas no armário."

"Nunca despedi ninguém em toda a minha vida."

"Sinto muito, capitão. Não fique triste."

Ele deitou a cabeça na mesa. A srta. Williams deu uma olhadela para nós. Então ele ergueu seus olhos pesados e me fitou por longo tempo. O rosto do capitão era o sonho de todo órfão: bochechas de lenhador, bigodes de bombeiro, olhos de um azul profundo, que se preocupavam mas nunca choravam. O rosto ficaria bem num *outdoor*, fumando um cigarro numa tempestade de areia ou alertando os proprietários das casas contra os perigos dos relâmpagos. Era fácil vê-lo assim, só um rosto, ou ver apenas o resto dele, que era espaço. O capitão tinha um traseiro do tamanho de Staten Island.

"Escute, Pierce, ninguém vai me obrigar a despedir pessoa alguma. Foda-se o chefão, eu disse a eles. Queira desculpar, srta. Williams. Não vou servir de lixeiro para vocês, falei. Se querem despedi-lo, venham até aqui e façam isso pessoalmente."

"O senhor sabe que não vão fazer isso, capitão. É tarefa sua. O senhor precisa ser forte."

"Pierce, vou lhe dizer uma coisa: você sempre foi como um filho para mim. Está atravessando uma fase ruim no trabalho agora. Quero que saiba que estou do seu lado. Mas hoje não depende de mim. Estamos em meio a uma emergência aqui. Todo mundo pediu licença-saúde. Larry, Veeber, Stanley. Precisamos de corpos lá fora. Nosso dever para com a cidade. Tive de pôr Marcus no Doze Young. Você sabe que ele não deve trabalhar duas noites seguidas."

"O senhor jurou que me despediria se eu chegasse atrasado outra vez."

"Despedirei você amanhã. Que diabo, melhor do que isso, quem sabe eu consiga adiantar algum tempo de licença-saúde para você, uma semana, duas semanas de folga — que tal? Vou lhe dizer o que farei. Há um restaurante polonês 24 horas que acabou de abrir na 1ª com a 20. Foi elogiado no *Times*. O *pierogies*, se você conseguir, com molho extra. Traga aqui, e conversaremos. Conseguirei para você a semana de folga."

O capitão dava jeito em praticamente qualquer coisa para quem lhe trouxesse boa comida a altas horas. Ele detestava lanchonetes. Certa vez, bati duas ambulâncias na mesma semana e tive de dirigir até Brighton Beach para buscar um arenque ao *brandy* que ele descreveu como um tesouro caspiano.

"Não acho que uma semana vá resolver. Não o que eu tenho."

"Sinto muito, Pierce." Entregou-me as chaves, que tilintaram em minha mão. Fiquei ali ouvindo Luther berrar para a TV na sala do pessoal. "Dê um tiro na cabeça dessa cadela idiota, cara." Eu sentia o rosto quente, as mãos em brasa. Ergui os braços à frente; pareciam dois pedaços de pau encontrados na praia. "Acho que é febre", falei. "Estive mal o dia inteiro, espirrando, sangrando. Não deveria estar aqui."

A srta. Williams franziu o cenho. "Você deveria tomar uma sopa."

Mudei o pé de apoio. "Sopa, isso mesmo, sopa quente e repouso. Que tal o sofá? Luther está lá faz anos. Não é justo. Ele está credenciado para trabalhar. Pode sair com Marcus."

O capitão Barney riu. "Luther trabalhar com Marcus? Ouviu isso, srta. Williams?" Ela não sorriu, e o capitão prosseguiu. "Luther está muito mais doente do que você jamais ficará, e além disso eu já escrevi a escala, que a srta. Williams já datilografou. Você conhece a regra."

A regra era que a srta. Williams datilografava as coisas uma vez só, sem apelação. Depois de datilografar, ela colocava os relatórios, com erros e tudo — e ela cometia muitos —, na caixa rotulada "Saída". Por fim, Luther se levantava do sofá, pegava os papéis e levava de carro até um arquivo central em Queens, onde os relatórios eram ordenados e avaliados. A seguir, escriturários especiais de Queens convertiam essas estatísticas em programas. Mais relatórios eram escritos, depois examinados por mais escriturários. Copiadores profissionais vinham copiá-los. Arquivistas profissionais tentavam trabalhar mais rápido do que os copiadores, correndo pelos corredores e arquivando tudo o que encontravam, depois arquivando as cópias. Chefes de departamento rechaçavam os relatórios entrantes e elogiavam a si mesmos em memorandos. Vinham profissionais para desarquivar e despejavam os arquivos em alto-mar. Caixas de relatórios trazidas pelas ondas atracavam na orla de South Brooklyn, Battery Park, Jamaica Bay. Algumas acabavam, não sei como, encontrando o caminho até Luther, que as devolvia ao capitão Barney. Freqüentemente Luther entregava ao capitão um relatório que ele enviara meses atrás. O capitão suspirava, balançava a cabeça e mandava o papel para a caixa rotulada "Saída".

Havia outras regras concernentes à datilografia da srta. Williams — o que ela datilografaria, as horas em que datilografaria —, e no entanto, nos anos em que trabalhei no Miséria, nunca a vi tocar numa tecla. Sua máquina de escrever estava sempre coberta, um acessório permanente juntando poeira no canto. Jamais a questionei sobre isso; ninguém fazia perguntas desse tipo a respeito da srta. Williams, que estava sempre à sua mesa com um sorriso, uma palavra bondosa, uma pergunta sobre nossa saúde e nossa família. Ela era uma avó que enxergava apenas o melhor em nós, para quem de bom grado mentiríamos sobre ter faltado à igreja. Nisto residia seu poder.

Observei-a fazer careta enquanto lia sua revista, uma reportagem trágica sobre bebês abandonados para morrer numa planície deserta da Somália. Depois de ler ela cuidaria novamente das unhas e então talvez tomasse um pouco do caldo de galinha que sempre mantinha em banho-maria na última gaveta. Puxei uma cadeira para perto dela, apanhado na teia viscosa de seu perfume. Se eu não conseguir que ela me troque com Luther, pensei, pelo menos poderia ganhar um pouco de sopa. Toquei em seu braço. Ela ergueu os olhos, estavam marejados.

"Vá em frente, Pierce, o dever chama. Vá lá para fora. A cidade precisa de você."

"A cidade precisa de mais sofás, capitão."

"A solicitação está feita, Pierce. Bem aqui. Agora é só uma questão de tempo."

* * *

Marcus roncava no banco do motorista, as mãos tremendo mesmo durante o sono. Marcus não devia dirigir devido ao tremor e ao tique em seu olho esquerdo, que o fazia entortar a cabeça para o lado e o deixava cego por vários segundos sucessivos. Ele também não devia tratar dos pacientes, em razão de suas convicções religiosas. Se Deus quer você, dizia Marcus, não tenho o direito de interferir. Sempre uma decisão difícil, deixar ou não deixar que ele dirigisse. Felizmente, Marcus se recusava a fazer qualquer outra coisa além de dirigir. Na maioria dos chamados, recusava-se até mesmo a fazer qualquer outra coisa além de se sentar no banco do motorista e manter o motor funcionando. Ele era o paramédico com mais tempo de casa depois de Luther, e trabalhava só duas ou três noites por semana. Quase todas as noites ele e Luther passavam seus turnos vendo televisão na sala do pessoal. Luther estava com a aposentadoria marcada para dali a seis meses, e Marcus estava sendo preparado para o cargo, embora ninguém soubesse realmente de que cargo se tratava. "Doze Young", disse Marcus durante o sono. "Um-Dois Young."

Sacudi seu ombro, ele abriu os olhos, olhou para mim e piscou vinte vezes antes de dizer "Ah, minha santa mãe de Deus, cara, você está um horror. O que é que andou bebendo?".

"Não é só uma ressaca. É como muitas ressacas, cada uma acrescentando alguma coisa diferente. Tenho ouvido vozes. Ponha a mão na minha cabeça."

Ele pôs a mão escura e trêmula sobre meus olhos e me deu um tapinha. "Ela só está quente porque você está louco lá por dentro. Sobrecarga emocional. Já notou que as pessoas que tendem a ouvir vozes são todas malucas? Quantas vezes vou ter de dizer esfrie ou morrerá, como todos esses anos em que venho falando sozinho. Muitos circuitos em curto, zumbindo nessa cabeça branquela." Marcus fez uma demonstração mirando-me com seu olho doente e agitando a mão doente diante dele.

"O capitão quase me demitiu esta noite. Estou de saída. A qualquer momento, agora."

"Ninguém é demitido, Frank. Veja o meu caso. A única coisa que podem fazer é transferir você para o Bronx."

"Acho que o pior já passou, principalmente porque piorar mais não pode, imagino. É como se eu estivesse flutuando num grande tanque, suspenso, como em formaldeído, esperando a hora de ir para o laboratório. E há também um zumbido constante, e meus dedos parece que estão descolando."

"Ah, cara, sempre pode piorar. Essa é a questão. Você não pode mudar o que vem para você, só de onde você vem. Deixe para o Senhor as coisas lá fora, cuide você das coisas de dentro." Seu dedo tremia na frente do meu nariz. "Você envelheceu dez anos desde a última vez em que trabalhamos juntos."

Fazia dois anos que tínhamos trabalhado juntos, o último ano em que permitiram a Marcus dirigir, quando ele bateu todos os recordes de colisões. Lembro de estar sentado na ambulância tratando um asmático em estado gravíssimo, com Marcus levando-nos para o hospital. A viagem demorou muito, mesmo para os padrões de Marcus, que sempre parava em todos os sinais vermelhos; em determinado momento, percebi que não estávamos rodando, que, na verdade, não nos movêramos pelo equivalente a no mínimo cinco sinais vermelhos. Olhei pela porta e vi Marcus lá fora, comprando sua comida chinesa. "O restaurante estava fechando", ele explicou. "Se eu não tomar conta de mim em primeiro lugar, como vou tomar conta de outra pessoa?"

Marcus se formou na segunda turma de paramédicos, 1976, época em que os conhecimentos adquiridos no Vietnã começavam a ser reunidos em um programa para a cidade. Havia então uma única unidade paramédica para a metade norte de Manhattan, Dezoito Xray, e Marcus era conhecido como o Xman. Tal qual um herói de história em quadrinhos, o Xman estava sempre lá, irrompendo em meio a balas e sangue. Ninguém no Harlem jamais vira um paramédico, muito menos um paramédico negro, e nunca mais veriam um paramédico tão bom. Quando comecei a trabalhar em Uptown e tinha êxito em algum trabalho que julgava especial, sempre havia alguém para me dizer ah, sim, Marcus fez isso, só que melhor. A garagem do Harlem tinha uma parede chamada Xwall, um monumento a Marcus, coberta de fotografias de jornal amareladas do homem saindo de um parapeito com um bebê nos braços, pegando uma veia no fundo de um poço de elevador, fazendo curativo num refém sob a mira dos seqüestradores.

Não conheci o Xman. Na época em que trabalhei com Marcus ele já encontrara Jesus e deixara o Harlem, e eu tinha ódio dele pelo que ele se tornara, o ex-Xman. Em nosso primeiro turno juntos, ele se recusou a me dizer qual era nossa unidade. Dormiu no parque durante três horas, acordou de repente reclamando de cheiro de diesel, quase bateu três vezes no caminho de volta para a garagem. Não senti nenhum cheiro de diesel naquele dia, mas nos últimos meses tirei a ambulância de circulação uma dúzia de vezes por causa de cheiros.

"Doze Young", disse a expedidora. Era a expedidora Love, que tinha sido amada por todos nós, cada um a seu modo. "Vamos lá, Doze Young. Responda ao rádio."

"Ei, Marcus, é Love. Faz meses que não a ouço."

"Ela só trabalha quando estou em ação. Eu a faço esperar, e isso a deixa maluca."

"Doze Young", disse a expedidora Love. "Não tenho tempo para suas brincadeiras. Agora me responda, ou terei de ir aí pessoalmente?"

"Passe o rádio, Frank. Em geral não atendo a chamados antes do café, mas estou achando que poderá fazer bem a você. Expulsar essas vozes." Marcus pegou o rádio com a mão boa. "Doze Young está aqui e vou tomar conta de você, docinho. Não se preocupe mais, ouviu, pois Marcus está vivo e a caminho."

"Não sou seu docinho, Young. Também não sou sua mãe. Você vai para a parada cardíaca no Salão de Baile Graceland, entrada dos bastidores, 54 Oeste, 350."

"Mensagem recebida, benzinho." Marcus guardou o rádio. "Sente-se melhor agora, Frank?"

"Eu me sinto pior."

"Que bom, cara. Estou fazendo isto por você."

Marcus parou em todos os sinais vermelhos no caminho. Parou em todos os verdes também, olhando à esquerda e à direita para se certificar de que nenhum veículo de emergência estava atravessando. Quem o visse dirigir ficaria imaginando como era possível acontecerem todos aqueles acidentes, mas entenderia se o visse no fim do turno, quando chegava a hora de ir para casa, Marcus correndo feito um louco para a garagem, a única ocasião em que ele usava a sirene.

Estacionamos, Marcus agarrou a bolsa com o equipamento repiratório e deixou para mim as três cargas mais pesadas. Na porta do camarim, o costumeiro bando de modelos e lutadores gesticulando para que entrássemos e bloqueando nossa passagem. Leões-de-chácara empurrando-se uns aos outros para cima da multidão, empurrando a multidão para cima dos paramédicos. Saiam do caminho — abram passagem para eles.

"Tomara que não seja tarde demais", disse Marcus quando finalmente chegamos à porta, "porque vocês aí nos atrapalharam."

Um anão de terno preto com um rádio na mão nos conduziu através de fumaça e vidros quebrados a um salão cheio de overdoses em pé, passando por uma salinha abarrotada de overdoses em pé e sentadas, até o homem que não respirava no chão. Ele parecia estar morto fazia horas, mas quando finalmente senti as pulsações em seu pescoço, a veia pulava, e quando me agachei ao lado dele descobri que era a maquiagem, azul e cinza, que o fazia parecer-se com um Morto Ao Chegar. Tirei minha lanterna e a acendi sobre seu peito, a respiração tão fraca que era impossível vê-la a menos que se soubesse como olhar. Levantei uma pálpebra untuosa, deixando à mostra a pupila do tamanho de uma pulga: heroína.

Marcus estava em pé, de costas para mim, falando para a sala. "Muito bem, o que aconteceu?"

Um dos poucos que conseguiam ficar em pé — um moço de camisa branca que parecia ter sido profissionalmente rasgada — falou: "Foi assim. Ele terminou a última música e mergulhou na bateria como de costume, depois voltou para cá e caiu, simplesmente. Ele vai ficar bom, não vai?".

"Não", Marcus respondeu. "Ele está morto."

"Sem essa, cara. Acabamos de assinar nosso primeiro contrato de gravação."

"Ele está morto e não há nada que possamos fazer. Vamos embora, Frank, está terminado."

Levantei-me e cochichei no ouvido bom de Marcus. "Ele não está morto. É overdose de heroína."

Marcus se virou novamente para a multidão. "Como eu estava dizendo, ele está morto, a menos, naturalmente, que vocês parem de me embromar e contem o caso direito. Então, se o Senhor assim o desejar, talvez possamos trazê-lo de volta."

"Ele acabou de se separar da patroa dele", falou um homem deitado sob o radiador.

"Não é uma separação", soluçou a mulher atrás de mim. "Estávamos só namorando outras pessoas como um teste para nos casarmos."

"Eu continuo esperando", disse Marcus, "e este jovem continua morto."

"Ela acabou com ele", falou a voz debaixo do radiador, e isso desencadeou uma saraivada de negações confusas que fez Marcus levantar as mãos para o céu. Eu não podia esperar mais. Abri a caixa de remédios, tirei o frasco de Narcan e uma seringa; extraí 10 cc, levantei a manga, prendi o torniquete e procurei a veia. O Narcan é o pior pesadelo do *junkie*, é como mil tiras dando uma batida em seu corpo, fechando lojas, confiscando cada lata, agulha, colher, fósforo, prendendo tudo o que se move, até que cada célula de seu corpo esteja sentada na cadeia tremendo, fungando, arranhando as paredes. O Narcan é o amigo do paramédico, o grande ressuscitador, sempre um arrebatador de multidões, de cadáver a pessoa em pé em aproximadamente vinte segundos.

"Está bem, está bem, cara, ele andou cheirando a Morte Vermelha. Vem cheirando há dias; ele acha que está no céu."

Marcus juntou as mãos como se rezasse. Fechou os olhos e balançou a cabeça. "Muito bem, qual é o nome dele?"

"Triunfo."

"Como assim, Triunfo? Que tipo de nome é esse, Triunfo?"

"Não sei. É o nome dele."

"É Frederick", disse a noiva do homem. "Frederick Smith."

"Muito bem, Freddy."

"É Frederick."

"Muito bem, Triunfo, nós vamos trazer você de volta. Agora, todas as pessoas aqui presentes peguem a mão da pessoa ao lado, segurem firme e orem, Volte, Triunfo. Volte para nós, Triunfo." Todos os olhos estavam pregados em Marcus enquanto ele percorria a sala unindo as mãos dos que não conseguiam fazê-lo. A ressurreição com Narcan era a cerimônia favorita de Marcus, e ele a presidia melhor do que qualquer paramédico da cidade. Virei para cima o braço de Triunfo, espetei a agulha numa protuberante linha azul sob o cotovelo, puxei um pouco o êmbolo até o vermelho emergir na seringa. Removi o torniquete e empurrei o vermelho de volta para dentro.

Fiz para Marcus o sinal com o polegar para cima, e ele ergueu as mãos. “Oh, Senhor”, ele clamou, “aqui estou novamente para pedir-vos uma vez mais que deis outra chance a um pecador.” Marcus caiu de joelhos, pôs as mãos sobre o peito de Triunfo. “Trazei Triunfo de volta, Senhor. Somente vós tendes esse poder, essa capacidade, a superluz para poupar este homem imprestável. Ainda que sejamos indignos, nós vos imploramos, Senhor, apenas piscai seu todo-poderoso olho e trazei Triunfo de volta para nós, por favor.”

E Triunfo abriu os olhos e ergueu as mãos.

“Frederick”, a mulher gritou e caiu sobre o rosto do revivido.

“Uau, caramba!”, disse o camisa rasgada. “Uau, caramba!”

Marcus se pôs em pé, girando os braços para trás e juntando-os à frente, em movimentos repetidos. “Levante-se, Triunfo. Levante-se e comece sua nova vida.” Fechei e tranquei a caixa de remédios, Marcus e eu pegamos as mãos de Triunfo e o erguemos.

“O que aconteceu?”

“Você morreu”, respondeu a noiva, e começou a esmurrar Triunfo no peito. “Você morreu, seu imbecil desgraçado.”

O camisa rasgada arrancou-a dali. “Vocês são demais, caras.”

“Nós, não”, disse Marcus, conduzindo Triunfo para a porta, de pernas já trêmulas pela supressão da droga. “O primeiro passo é o Amor. O segundo passo é a Misericórdia.” Pelo salão até os leões-de-chácara, na rua. Pusemos Triunfo na maca, sua noiva entrou na ambulância.

Ele olhou para ela. “O que aconteceu?”

"Oh, Frederick, eu te amo tanto."

"Eu também te amo, Margareth", disse ele, e caiu num sono trêmulo.

"Como você pode ver, Frank", gritou Marcus do banco do motorista, "o Senhor cuida de tudo."

"Acho que seu colega é doido", falou Margareth, e deslizou para perto de mim no banco, nossas pernas se tocando sem se tocarem. "Mas você até que é bonitinho."

Na televisão da sala de espera do Miséria, uma mulher careca de quadris encolhidos e malha de ginástica dourada dobrava-se toda para trás e segurava os tornozelos, transformando o corpo numa roda. Rolava pelo estúdio de TV, ganhando velocidade à medida que falava frases curtas, uma para cada rotação, seguidas de uma pausa quando seu rosto passava pelo carpete. "Participe." "Busque a verdade." "Seja você mesmo." Enquanto empurrávamos a maca, examinei as fileiras da platéia extasiada — unheiros mutantes e celulites insanáveis, olhos roxos e escarros com sangue. E nem sinal de Mary Burke. O guarda Griss tirou os olhos de suas publicações militantes contra o futuro branco.

"Sabe, parceiro, a revolução virá quando menos esperarmos, quando o país inteiro estiver dormindo."

"Ninguém vai saber o que aconteceu", repliquei.

"Só que tudo estará diferente."

"E exatamente igual."

Deixei Triunfo com a enfermeira Constance e, na área de tratamento, vi o compartimento vazio que eu passara a considerar o quarto de Burke. Três macas depois, encontrei o dr. Hazmat bombeando um fluido transparente por um tubo ligado a um nariz. "Aquele sujeito que eu trouxe ontem", falei, "a pós-parada cardíaca. Não está mais lá."

"Você não vai acreditar", disse Hazmat. Ele tirou a seringa tamanho um quarto e bloqueou a mangueira. "O homem está apresentando alguns sinais cognitivos. Começou a respiração espontânea esta noite, e agora está lutando para tirar o tubo. Foi preciso sedá-lo. Agora ele está na tomografia computadorizada." Hazmat tirou dois dos três ou quatro pares de luvas que usava. "Venho telefonando lá para cima desde que cheguei. Eles antes tinham lugar mas não queriam aceitá-lo porque parecia que ele não sobreviveria até o fim do dia. Agora ele parece melhor, mas estão lotados de novo. Pois se não vão ficar com ele, pagarão por ele. Estou pedindo todos os exames possíveis. Além da tomografia computadorizada, ele tomou trombolíticas, esteróides, nitroglicerina, heparina. Que diabo, eu mesmo farei um cateterismo aqui se for preciso. Até mandei Milagros fazer sua cura pelas mãos."

"O que você acha realmente?"

"Quem sabe? É tudo atividade do tronco cerebral inferior, e o coração se recusa a estabilizar-se — ele foi código onze vezes desde que chegou aqui —, mas uma coisa eu lhe digo: esse sujeito é um lutador. Toda vez que cessa o efeito do Valium ele começa a querer arrancar aquelas amarras como o diabo preso no céu."

"A família sabe?"

"Eu quis trazê-los aqui antes, para ver se ele reagia às suas vozes, mas não estavam na sala de espera; é bem típico: a filha do sujeito esteve em meus calcanhares a noite passada todinha, e quando finalmente eu tenho algo positivo para informar, ela desaparece."

Voltei ao compartimento da triagem e medi minha temperatura enquanto ouvia a enfermeira Constance passar um sermão em Triunfo. "Então você injetou o veneno em suas veias e parou de respirar e agora que fizemos você respirar de novo você mal pode esperar para dizer muito obrigado e voltar lá para fora para comprar veneno. Muito bem, já que salvamos sua vida, talvez você pudesse nos fazer o favor de, da próxima vez, parar de respirar em outra cidade. Não bata a porta, está bem?"

O indicador do termômetro disparou para os 36,5 e ali esperou, procurando uma direção. Saí da sala de espera. Ainda nada dos Burke. No estacionamento, acendi um cigarro. Minhas mãos tremiam, porém não mais que o habitual, e a pele havia inchado um pouco nas articulações. Mãos normais de neuróticos-alcoólatras. Lá em cima, a Lua estava pálida e embaciada, como na noite anterior, mas a Terra fizera uma volta. Burke estava lutando para retornar. Para morrer de novo, pensei, tentando me sentir pior. Morte e mais morte, falei, ligeiramente embaraçado com o claro anseio que me subia das entranhas e que eu reprimira tantas vezes que quase nem lembrava o que era. Fome. Eu estava faminto.

*Durante dez anos, o velho Sal foi o pizzaiolo mais gordo e barateiro de Midtown. Era sovina com o molho, os temperos e o queijo, e trabalhava dia e noite para não ter de gastar dinheiro com ajudantes; Larry e eu não nos surpreendemos quando o descobrimos certa noite no chão, com parada cardíaca. Foi um daqueles chamados em que tudo dá errado e o paciente fica bom. Sal estava entalado entre o forno e o lixo; não podíamos intubá-lo, o desfibrilador desligava toda vez que tentávamos aplicar-lhe o choque. Dez minutos de confusão e conseguimos aplicar umas faíscas nele, e seu coração batucou como se nunca houvesse parado. Quando o levamos para a ambulância ele ainda estava inconsciente, mas respirava por conta própria e lutava contra as amarras como se tentasse voltar para o trabalho. Três meses depois, entramos para comer uma fatia de pizza e tomar um refrigerante e o encontramos novamente varando a noite no trabalho. Ele passou os braços ao redor de nossas cabeças e gritou para os velhos que jogavam dominó no compartimento dos fundos. "Ora, vejam só, estes são os caras que me salvaram a vida. Sentem aqui mesmo. O que vão querer?" Ele jogou as pizzas no forno e voltou. "Já sei, vocês estão se perguntando como é que eu sei que foram vocês que me salvaram, certo? Porque fiquei inconsciente o tempo todo, certo, e antes disso eu estava morto, mas o que vocês não sabem é que eu ainda podia enxergar, não com os olhos mas talvez aqui dentro." Apontou para sua orelha e depois para o chão atrás do balcão. "Eu estava caído ali no chão e sabia que meu coração tinha parado. Tudo ficou branco e eu podia sentir que estava subindo, muito devagar de início, como aquela bosta de ônibus espacial, vocês sabem como ele sobe quase sem se mover, e então estou lá acima do forno e é como assistir a um filme de mim mesmo. Vejo vocês chegando e muito obrigado por aquela costela partida que ainda dói, brincadeirinha, e então eu estava lá fora disparando por aquela coisa que era como um espaço branco, mais depressa, mais depressa, tudo ficando maior. Garanto a vocês que foi o maior passeio desta minha vida de merda e quem diria que eu estava morto o tempo todo. Então vocês me deram um choque com aquela máquina e foi assim, bum!, a bosta do ônibus espacial explodiu e eu acordei no chão com uma dor danada no peito. Loucura, hein?" Ele nos trouxe a pizza e duas Cocas. "Aquilo é que foi acordar, eu não sei mesmo como agradecer a vocês o suficiente." Ele nos deu o troco no caixa. "Ei, as Cocas são por minha conta."*

# 10.

"Pare de fazer essa cara", disse Marcus.

"Cara de quê?"

"De quem parece ter acabado de transar com a expedidora Love."

"Quero ir à 43, entre a 9ª e a 10ª."

"Você não está me ouvindo, Frank, eu conheço essa cara, essa cara de esta noite é uma nova noite e as coisas vão melhorar. Marcus já passou por isso, e ele quer que você saiba, você está preparando um tombo muito feio para si mesmo."

"Eu já caí, Marcus. Muitas e muitas vezes. De fato, não há lugar em que eu não tenha caído."

"Já lhe contei sobre aquela vez anos atrás em que eu estava num parapeito de edifício em Uptown tentando convencer aquele maluco a vir para dentro?"

"Quando o cara pulou, certo, e você quase caiu. Não, você nunca me contou essa história."

"Não, você nunca ouviu. Subo dezessete andares e estou do lado do maluco em pé numa pedrinha de merda de cinqüenta centímetros. Nem liguei; eu iria a qualquer lugar naquela época. Tudo vinha dando certo, sabe como é, nada que eu não pudesse fazer, como se eu fosse capaz de voar, cara. E então o babaca pula."

"E você voou atrás dele e o pegou bem na hora em que ele ia aterrissar."

"Você acha engraçado. Eu estava indo, cara, se alguém lá em cima não me tivesse puxado para dentro. Eu dei tudo de mim para salvar aquele sujeito e quando ele caiu fiquei tão transtornado, era como se eu tivesse estragado tudo, eu devia ir também, e claro, havia uma outra parte de mim que tinha escapado de tantas no passado que por um segundo pensei eu posso salvá-lo na descida, aquele marginal suicida cretino. O Senhor me puxou para dentro, e foi então que eu despertei."

"Foi quando você ganhou esse tique no olho."

"Que tique?" Ele se virou para mim, mantendo os dois olhos abertos durante o maior tempo possível.

"Escute, Marcus, não estou a fim de salvar o mundo. Cheguei ao fundo, e agora só quero voltar para algum terreno intermediário onde eu possa descansar e comer alguma coisa."

"Já ouvi isso tudo antes, Frank, mas essa cara, ela não mente. Se não quer me ouvir, então escute Love. Ela diz a verdade. O que está lá fora. O que sempre estará." Marcus tirou o rádio de trás do banco, colocou no painel e aumentou o volume, a beleza violenta da voz de Love: "Muito bem, unidades, tenho chamados para distribuir. Um-Três Zebra, você tem um homem tentando jogar uma mulher e o cachorro dela pelo décimo andar na 50 Leste, 220. Um-Quatro Boy, na esquina da 20 com a 8 há uma senhora idosa amarrada no porta-malas de um táxi cinza de cigano. Doze Eddie, você vai para a 33 Oeste, 55. No apartamento 28 Adam há uma mulher de casaco de pele com a cabeça dentro do forno. Dezesseis Xray, vá para Uptown, 125 com Douglass. Mais ou menos na metade do quarteirão você vai encontrar uma mulher grávida sendo apedrejada por uma turba."

"Não é o que ela diz", falei. "É como ela diz. Ouvi dizer que ela só se veste de preto e trabalha com um chicote."

"Ela é mulher demais para você." No entender de Marcus, toda mulher era mulher demais para mim, e para demonstrar ele começou de novo a história de seu encontro com Love, marcado sem que os dois se conhecessem pessoalmente, uma noite que todo mundo no trabalho sabia ter terminado com uma garrafa quebrada no nariz dele. Mas para Marcus aquela noite não foi o fim, mas o começo de um caso de amor jamais consumado porém mais profundo do que qualquer outro entre duas pessoas que apenas se viram por breves e violentíssimos momentos. "Ela me ama como nenhuma mulher jamais amou", disse ele, e se virou para me mostrar o pequeno afundamento entre seus olhos, no qual ele podia acomodar caixas de fósforos, tampas de garrafa, seringas.

Tanta esperança por causa de uma cicatriz tão pequena, e enquanto seguíamos pela 9ª Avenida pensei em todos os encontros com desconhecidos para os quais eu havia sido despachado, as pequenas lágrimas que cada um deixava lá por dentro, e a esperança também, embora a esperança fosse o inimigo. Eu não podia evitar; é como este trabalho nos faz pensar — que aquele que nos corta é o único que tem poder para nos salvar, ou que aquele que salvamos é aquele que nos fere, ou aquele a quem ferimos é... ou eles nos salvam e... Se Burke viver, as coisas vão mudar, eu rezava, sabendo muito bem que otário eu era por fazer isso, a lição nunca aprendida, e enquanto lutava com essas preces eu olhava para os demais fiéis da 9ª Avenida, *junkies*, viciados em crack, bêbados, os sem-teto e os sem-amor, todos rezando também — para que a próxima dose os levasse até o amanhecer: um novo dia, uma nova chance. Como rezar para que um cofre caísse em sua cabeça. Se eu sobreviver a isso, Senhor, serei rico.

* * *

"Entre à direita aqui", falei quando chegamos à 43, e apontei para um espaço vazio na frente de um hidrante, do lado oposto ao prédio número 414. "Volto já." Saí na calçada e olhei as nuvens ensopadas de luar que rolavam acima do prédio de Burke, as luzes do último andar acesas, movimento lá dentro. Esperei pela dor de cabeça, a voz atrás da porta, mas o medo me deixou quando Mary Burke apareceu na janela, de vassoura na mão, fazendo os movimentos de varrer. Apertei o botão do 5A, falei no interfone. "Olá, aqui é Frank Pierce, da ambulância. Levei seu pai para o hospital e acabei de ter uma notícia."

"Já estou descendo" — o que era muito melhor do que "suba", e da calçada vi a luz se apagar e fiquei pensando em como eu deveria ter falado, acabo de ter uma *boa* notícia sobre seu pai, quando a porta da entrada se abriu e ela parou na varanda, vestindo um suéter branco e uma blusa cinza simples como as colegiais católicas costumavam usar. A maquiagem desaparecera, e pela primeira vez desde que a conheci ela parecia contente, e eu esperei na calçada, vendo-a descer a escada, a galocha preta, a curva branca da barriga da perna. A um metro de distância ela disse "Ele está melhor, não está?".

"Bem, o médico disse que ele está apresentando alguns movimentos. Ainda é cedo, pode não significar nada, mas achei que você gostaria de saber."

"Eu já sabia. Soube quando estava lá em cima, no apartamento."

Dei uns passos para trás e penteei os cabelos com os dedos. Os olhos dela pareciam ervilhas novas, seus dentes perfeitamente tortos. "Você está tão diferente."

"Eu sei. Estou horrível, não é?" Ela deu um puxão no suéter, olhando para si mesma incrédula. "A noite das animadoras de torcida mortas-vivas."

" Eu acho que fica bem."

"Eu estava ficando maluca naquela sala de espera, o dia inteiro, e esta noite, finalmente, não agüentei mais e voltei aqui para ver como estava minha mãe."

"Como ela está?"

"Dormindo." Ela se virou para olhar o quinto andar. "Exausta como todos nós. Estranho. Juro que apaguei a luz. Ela deve estar acordada. Sabe, quando cheguei lá em cima estava uma bagunça tremenda, roupas por toda parte, comida deixada na sala. Isso não é típico da minha mãe, por isso comecei a arrumar tudo. Fazer arrumação geralmente melhora meu ânimo. Botei outro disco do Sinatra, e foi como se ouvisse meu pai falar comigo. Na verdade, não converso com esse homem faz anos, mas me lembro de quando eu era pequena, as coisas que ele costumava me dizer quando eu desanimava. Ninguém derruba um Burke. Levante a cabeça. Não chore sem antes ter lutado. Esse tipo de asneira. Enfim, encontrei uma caixa velha com roupas minhas, e estou pensando que talvez não devesse usar roupa preta, sabe, não importa o quanto tenhamos brigado no final." Ela balançava os braços enquanto falava, boxeando com minha orelha direita.

"As coisas dão um jeito de nunca acabar", falei, pensando como, em poucas horas, tudo o que estava acabado não estava, o corpo morto de Burke acordando, essa reunião de pai e filha, a fome nada familiar em mim. Pizza, pensei. Eu poderia comer uma inteira. "Eu estava indo comprar alguma coisa para comer", falei. "Talvez pudéssemos..."

"Sabe, percebi que não se pode matar meu pai assim tão facilmente, ainda mais se ele resolver lutar contra isso — ele lutará para sempre. Como no meu caso: ele não falou comigo durante três anos.

Não que eu tivesse alguma coisa para dizer a ele. Mas tudo bem. Às vezes é preciso esquecer o passado. Ele vai ficar bom. Acredito nisso agora. É como se tivéssemos outra chance. Preciso voltar."

Ela correu para a rua, acenando para um táxi, quadris, cotovelos e ombros movendo-se simultaneamente em direções diversas. Uma limusine preta passou devagar, o motorista pendendo para fora da janela, arrastando a mão no asfalto.

"Difícil conseguir um táxi aqui", falei. "Podemos lhe dar uma carona, se quiser."

Ela olhou para mim como se me visse pela primeira vez e eu tentei endireitar os ombros, eternamente caídos. "Está bem."

Abri as portas traseiras, ela subiu e entrou, um ligeiro odor de pêlo de gato. Quando entrei na cabine, ela pôs a cabeça na janelinha que dá para a parte de trás, Marcus olhando para mim e depois para Mary no retrovisor. "Quem é essa?"

"É a filha de uma parada cardíaca que levei ontem à noite. Eu disse que lhe daríamos uma carona até o Miséria. O pai dela está com sinais de melhora."

"Ah, Frank, você está mal demais, muito pior do que eu pensava."

"E estou com fome, ainda por cima. Precisamos comer depois disto."

"Deus nos ajude, ele está com fome, ainda por cima!" Marcus sacudiu negativamente a cabeça, e aquele estado raro na ambulância, esperança, fome e incredulidade reunidas deve ter acendido uma luzinha vermelha no painel da expedidora Love.

"Doze Young, Um-dois Young, para a parada cardíaca."

"'Estou com fome ainda por cima, Marcus. Estou com fome ainda por cima, Marcus.' Viu só no que deu?", bradou Marcus. Ele ajustou o rádio. "Ei, Love, como sabia que estávamos indo comer? Ficou com medo que Marcus estivesse a caminho de seu porãozinho para comer você?"

"Você que experimente, Young, sabe muito bem o que vai ganhar, logo depois de ter ido à 10ª Avenida, 757, cruzando a 52, em frente à loja de vídeo, sexo masculino, casa dos setenta, ressuscitação cardiopulmonar em andamento."

Virei-me para a filha. "Isto fica a apenas dois quarteirões do hospital. Você poderá ir a pé dali."

"Tudo bem. Eu quero ver isso. É o máximo."

Marcus manteve a velocidade constante até a 10ª, parou junto ao meio-fio como se estivesse indo comprar jornal. Debaixo de um cartaz branco um homem e uma mulher estavam debruçavados sobre outro homem, um lençol branco amontoado em volta dos pés tremendamente inchados cujo tamanho aumentara substancialmente desde que eu os vira pela última vez, 24 horas antes, o homem que desamarrara Noël no Miséria. Eu reconheceria aqueles pés em qualquer lugar.

O casal, branco e bem vestido, trinta e poucos anos, ergueu os olhos quando Marcus e eu nos aproximamos. Abaixei-me e procurei as pulsações do velho, fortes e regulares, vi o peito subir e descer. "Não é parada", falei.

"Ele está vivo?", a mulher perguntou.

"Ele está bem."

"Ora, quem diria — funciona mesmo!", disse o homem, e passou o braço em torno da mulher. "Susan, nós o salvamos."

"Você estava fazendo todo o trabalho duro, Bill. Eu só precisei soprar algumas vezes." Ela se virou para nós. "Apenas seguimos os procedimentos da ressuscitação cardiopulmonar."

"Não brinque!", disse Marcus.

"É verdade. Estávamos voltando de carro para casa, vindos de uma estréia em Downtown, e enquanto parávamos aqui no sinal vermelho notei que o homem estava imóvel demais. Acho horrível que as pessoas tenham de viver desse modo."

Puxei o lençol para cobrir os pés do homem. Ele estava com os olhos fechados. "Vamos lá, abra", falei, mas só depois de muitos beliscões no nariz e puxões nas orelhas ele finalmente ergueu a cabeça, semicerrando os olhos para a lua como se a luz que vinha dela lhe provocasse dor. "Mas que inferno, vocês todos querem fazer o favor de me deixar em paz? Estou tentando dormir."

Susan se debruçou sobre nós. "Há mais alguma coisa que possamos fazer?"

"Não", respondi. "Obrigado por tudo."

"Boa sorte", disse ela ao homem. "Posso ver que o senhor está em boas mãos agora. Adeus." Ela se afastava quando o velho a chamou. "Senhorita. Volte. Por favor, senhorita. Segure minha mão."

Ela acedeu prontamente, envolvendo carinhosamente com as duas mãos os dedos encardidos do homem, sacudindo-os delicadamente. Ele deu um puxão e a trouxe para perto, os vapores internos. O velho levantou a cabeça. "Beije-me outra vez."

Ela arrancou sua mão e se pôs em pé depressa, alisando a saia preta. "Sim, bem, obrigada, cavalheiros. Vamos, Bill." Nós os vimos partir no carro.

"É incrível", disse Mary. "Eles só estavam passando."

"Incrível não o terem matado."

Marcus me entregou o equipamento. "Devíamos segui-los até a casa deles para garantir que não salvem mais ninguém."

As ruas estavam praticamente vazias: dois táxis trombavam um no outro enquanto procuravam passageiros nas calçadas desabitadas. A cidade que nunca dorme tinha acabado de tomar uma pílula. Luzes apagadas, portas trancadas, persianas fechadas contra as luzes da rua, céu recoberto de creme de noite. Segurei abertas as portas traseiras, mas Mary Burke ficou ali parada, confusa. "Ele não estava morto, estava?", disse ela. "Só dormindo."

"Nem sempre é tão fácil distinguir."

"Sim, mas é preciso ter certeza sobre uma coisa dessas."

"Nós nos sentimos bem melhor quando temos", falei, e ela riu, lembrando um pouco Greta Garbo se ela tivesse sido um dos irmãos Marx. Até que isso era bonito, e quando me sentei no banco dianteiro botei o som para funcionar com um soco, uma velha canção dos anos 60, e Mary começou a murmurar o refrão, eu batucando no painel e Marcus tendo seus tiques no ritmo, e logo a música estava altíssima, nós três cantando juntos, murmurando as partes que não sabíamos.

A enfermeira Constance estava descansando e não queria tirar os olhos da revista porque poderíamos ser pacientes procurando ajuda, e ela estava em sua hora de descanso. Na área de tratamento apenas metade das macas estava ocupada, mas as enfermeiras pareciam mais ocupadas do que nunca. Ninguém nos viu entrar, nem viu Mary Burke correr para perto do pai e agarrar sua mão. "Papai, pode me ouvir?" Puxei o lençol até cobrir o peito de Burke e me afastei, fechando a cortina. "Abra seus olhos se puder me ouvir", ela pediu.

Dr. Hazmat estava em pé, próximo ao mais magro dos pacientes com AIDS, suas mãos lá em cima na floresta de tubos. Ele apertava as bolsas coloridas alternadamente, verde branca amarela, branca amarela verde, forçando o fluido a entrar, como se procurasse a combinação correta que preenchesse os vazios entre pele e ossos.

Dr. Stark grunhia do outro lado da sala enquanto tentava pôr no lugar o ombro de um homem no compartimento 10. A enfermeira Crupp se apoiava do outro lado da maca, segurando uma tipóia que envolvia o tórax do homem enquanto o médico puxava o braço do paciente para baixo e para fora.

"Não posso dançar com o diabo como costumava fazer", disse o homem. Seus cabelos ruivos estavam chamuscados, seu rosto vermelho fervia, cheio de cicatrizes fumegantes. "Mas não posso evitar. Eu o vejo em pé sozinho ali na esquina, tenho de convidar."

"Segure-o firme, enfermeira Crupp", ordenou Stark. Ele se agachou e se inclinou para trás, puxando o braço até seu rosto ficar tão vermelho quanto o do homem, seus olhos pulsando. "Vamos, vamos!" Ele emitiu uma série de ruídos primitivos, seguidos por um estentório peido.

O homem gritou "Pronto, está no lugar. Onde é que eu assino?".

Mary Burke também gritou. Abri a cortina e a vi ajoelhada no chão. "Ele apertou minha mão. Eu disse que o amo e pedi para ele apertar se me amasse."

Dr. Hazmat se aproximou, seguido por Milagros. Mary tornou a berrar. "Ele fez de novo. Ele fez de novo", trazendo Stark, Crupp e o ombro recolocado no lugar para perto de seu pai. "Ele está se mexendo, doutor. Ele segurou minha mão." Milagros examinou os pés de Burke, enquanto o dr. Hazmat segurava a outra mão do velho.

"Mexa a mão, papai. Vamos, mais uma vez", ela pediu, e gritou de novo. "Vejam, vejam."

"Macacos me mordam!", falou Hazmat. Examinou as pupilas de Burke. "Façamos outra gasometria. É movimento, está certo, mas não posso dizer se é voluntário."

"Ele me ouve", disse Mary. "Quantas vezes tenho de mostrar?" Virou-se para o pai. "Abra os olhos, papai."

Os olhos de Patrick Burke, que nunca haviam estado realmente fechados, arregalaram-se e se desviaram da filha para o extremo direito de seu campo de visão. Em seguida, as pálpebras inferiores e as bochechas tremeram, e os lábios, como se falassem alguma língua estranha, começaram a estalar de encontro ao tubo enfiado entre eles. A cabeça virou para o lado, acompanhando os olhos, e todo o corpo se sacudiu com força, costas arqueadas, braços puxando as amarras, querendo se erguer como que para arrancar os fios e tubos. Luzes verdes tracejavam loucamente pela tela do ECG, e então os alarmes soaram, primeiro o monitor cardíaco, depois o ventilador.

"Ele está dançando com o diabo", gritou o paciente do ombro, e começou sua própria dança.

"Enfermeira Crupp, preciso de dez miligramas de Valium."

Os dois médicos seguravam os braços de Burke enquanto a filha permanecia atrás deles, aturdida e curvada, como se quase houvesse caído de um trem. Delicadamente, peguei em seu cotovelo e a guiei até o corredor. "Por que não vamos lá para fora um pouco, esperar até que isso passe?"

Ela dava dois passos de lado para cada passo à frente; à porta da sala de espera, recostou-se na parede. "Por que ele está lutando daquele jeito?"

"Ele quer arrancar aquele tubo. Dói bastante — é por isso que eles o mantêm sedado —, mas para ele é um bom sinal."

"Tem certeza? Sei que meu pai detestaria ficar amarrado. Nem ao dentista ele queria ir."

"Mas é assim que se faz. É preciso manter o corpo funcionando até que o cérebro e o coração se recuperem o suficiente para prosseguir sozinhos." A porta estava aberta, mas ela não queria passar. Puxei seu braço com mais força, minha mão escorregou para baixo e segurou a dela, e então ela passou facilmente. Chegamos à primeira fila de cadeiras, eu a ajudei a sentar-se, mas ela ainda segurava minha mão, não queria soltá-la. Fiquei ali por um momento, sem me incomodar realmente por ela estar segurando minha mão, e contudo sabendo como eu estava ridículo ali em pé, por isso me sentei ao lado dela, porém do lado errado, e tivemos de esticar nossos braços e ainda assim ela não largava. Eu gostava da sensação limpa e escorregadia que me subia pelo braço até o queixo, embora soubesse que minha mão não era verdadeiramente importante para ela — era mais como uma amurada de navio numa tempestade, uma taça de vinho num casamento condenado. "Mas ele está melhor, não está?"

"Ele está melhor."

Ela terminou com minha mão e a deixou cair. "Escute, me desculpe, mas é muito importante para mim que ele sobreviva. Quero dizer, é muito importante porque apenas uma semana atrás eu estava desejando que ele estivesse morto. E agora eu queria ouvir a voz dele novamente, só mais uma vez — você me entende?"

"Claro", respondi, embora a voz dele fosse a última coisa que eu queria ouvir.

Persuadi Marcus a dirigir até a Pizzaria do Sal, embora fosse preciso ouvi-lo cantar "My way" três vezes; e depois, na pizzaria, Sal gritando "Ora, vejam só, é o cara que me trouxe de volta à vida". Tentei em vão me esquivar de seus abraços de urso. Eu tinha parado de ir àquela pizzaria por causa disso, e precisava ficar repetindo para mim mesmo que valia a pena, era a única pizzaria aberta, pensando apenas em dividir uma pizza com Mary. Que preços temos de pagar, ouvir Marcus reclamar do preço da pizza e comentar sobre os avisos do inferno que Deus manda àqueles que cobram mais do que um dólar o pedaço — e Sal responder que ele iria para o céu, não para o inferno, me contar como ele sabia disso — a história inteira: a dor no peito, a luz branca, o ônibus espacial subindo. Deitei a cabeça nos braços e fechei os olhos, bloqueando as vozes deles e encontrando a outra voz. *Não vire as costas para mim agora. Sei o que você está fazendo.*

"Está pronta", falou Sal, e eu paguei pela pizza inteira. "Ei, tome isto, são por minha conta." E entregou duas Cocas.

Na sala de espera havia apenas Mary Burke e um trio de pés inchados. Sentei-me deixando um lugar vago entre mim e ela e coloquei nele a caixa de pizza. "Não estou com muita fome", ela disse, e quase mordeu meu dedão quando lhe passei uma fatia. Eu segurava a minha sem morder, ocupado demais observando Mary, uma eficiente máquina de comer pizza, o nariz perfeito baixando, o ângulo suave de seus dedos se aproximando, os dentes brancos abocanhando como uma princesa canibal. Dei uma mordida e lhe passei mais uma fatia.

Ela desacelerou um pouco enquanto falava. "Meu pai era um grande homem, sabe. Não havia quem ele não ajudasse. Trazia crianças da rua para nossa casa. Estava sempre cuidando do bairro. Sabe aquele sujeito maluco, Noël, para quem eu dei água ontem à noite? Ele morou em nossa casa durante quase um ano. Um completo estranho por quem ele faria qualquer coisa. Mas sua própria família... Devíamos ser perfeitos, e quando tínhamos problemas era como se de repente ele se esquecesse de como ajudar, você sabe como é, como se ele absolutamente não pudesse aceitar. John começou a beber e eu tive alguns problemas com drogas, e então, quando meu irmão mais velho, Pat, foi morto na porta de um bar três anos atrás, meu pai se mudou para sua poltrona e não se levantou. Quero dizer, ele acaba de se aposentar e seu filho é morto — isso foi pior do que qualquer coisa. Quando meu irmão morreu, foi como se *ele* morresse, e a noite passada, quando ele apertou o peito e trancou a porta do banheiro, foi como se morresse de novo, por isso fico pensando que talvez seja preciso a gente morrer umas duas vezes para voltar, porque quando estou perto dele ali dentro eu sinto aquela luta voltar nele, e alguma coisa a mais também — o que tivemos antes de começarem todos os problemas."

"Provavelmente é melhor não ter esperança de que as coisas voltarão a ser como antes, só esperar por um novo começo. Na verdade, provavelmente é melhor não esperar muita coisa", falei, mas ela estava com aquela cara, como diria Marcus, e nos olhos dela vi o reflexo de minha própria cara, e eu queria enganchar aquelas duas caras uma na outra, pensando que seriam melhores as nossas chances de levantar, começar, conseguir, desprender, sem passado ou futuro, apenas um longo momento. Eu gostava de vê-la comer pizza, e as Cocas eram grátis. "A pizza está boa, não está? Nada melhor do que pizza saída do forno às quatro da manhã."

"Não tão boa quanto a do Nino."

"Lembra daquela pizzaria, a do Joe, entre a 10ª e a 52, talvez uns quinze anos atrás?", perguntei. "Quando se pedia uma pizza ela vinha com uma pequena Nossa Senhora de plástico no meio?"

"É, ou um santo Antônio. Você morou por ali?"

"Cresci na 52. Estudei no Blessed Sacrament."

"Ah, sim. Eu estudei no Holy Name. E o secundário, você fez onde?"

"Nós nos mudamos antes. Para o Norte do estado."

"Como todo mundo — certo? — menos nós. Sempre na calçada, acenando em despedida para os caminhões de mudança. No fim, não sobrou ninguém."

"Acho estranho nunca nos termos visto."

"Ora, a 52 era como o Norte do estado para nós."

"Você nunca brincou no Clinton Park?"

"De vez em quando. Era como uma viagem de férias. Quase sempre brincávamos no playground da rua 45."

"Nós destroçávamos vocês em todos os esportes inventados."

"Só porque você quer."

Ela cruzou, descruzou, esticou as pernas e deu uma olhadela para Griss, como se estivesse pensando se deveria voltar lá para dentro. Eu queria estar sentado em três bancos ao mesmo tempo, para olhar sua boca, seus joelhos e sua nuca. Ela olhou para a pizza e para mim, e eu lhe dei um pedaço com o queijo escorrendo, que ela recolheu na palma da mão e habilmente devolveu para seu lugar em cima da massa. "É sempre assim tão ruim por aqui? Quero dizer, como é que alguém sobrevive?"

"Tem sido ruim ultimamente, mas é ruim sempre."

"Há quanto tempo você faz isso?"

"Cinco anos."

"Uau, você deve ter visto cada coisa, hein? Então preciso perguntar — qual a pior coisa que você já viu?"

"Caroços de lima numa pizza."

"Credo, isso é terrível."

"Não gosto de falar sobre isso."

"Você deve recolher muitas overdoses. Aposto que já me recolheu algumas vezes."

"Acho que eu me lembraria."

"Talvez não. Eu era uma pessoa diferente. Disseram-me que eu morri uma vez. Um de vocês me ressuscitou no caminho do hospital. Isso foi muito tempo atrás. Agora estou diferente."

"O que conta é o que fazemos depois." Olhei lá para fora, a voz de Burke esperando por mim no estacionamento. "E antes que aconteça de novo."

Ela limpou os dentes num guardanapo e se levantou. "Diga-me uma coisa — todo mundo que você conhece sempre despeja os problemas em cima de você desse jeito?"

"Todo mundo", falei. "Deve ser a minha cara. Minha mãe sempre dizia que eu parecia padre."

"Ora, nem me fale. Minha mãe pensava que eu seria freira porque fugi para um convento aos treze anos. Eu não queria ser freira. Só queria fugir. Sempre tentando escapar. Irmã Mary ou *junkie* Mary. Para mim, tanto fazia." Ela olhou para Griss e depois para mim, seus olhos nos meus pela primeira vez. "É melhor eu ir ver como está meu pai. Obrigada pela pizza. Eu lhe devo uma. Talvez quando ele melhorar, você sabe, quando tudo isto terminar."

"Claro." Estendi a mão, mas ela já estava a caminho da porta. Dei o último pedaço para o guarda. "Tome conta dela, Griss, está bem?"

"Você parece estar fazendo isso direitinho."

"Tome conta de mim também, Griss. Está bem?"

*Certa vez, Tom Walls e eu fomos chamados para atender uma mulher em trabalho de parto na rua 42. Os tiras já estavam no local, e enquanto seguíamos para lá nós os ouvíamos no rádio da polícia. "Depressa com a ambulância", diziam, "depressa com a ambulância. O bebê está saindo." Os tiras sempre ficam histéricos quando uma mulher está prestes a dar à luz. Eu também. Quando chegamos, porém, a mulher estava sentada tranqüilamente na calçada. Disse que as contrações ainda vinham de cinco em cinco minutos. A rua estava cheia dos malucos da rua 42, por isso eu a cobri com um lençol. Tom trouxe a maca. Fui até um dos quatro ou cinco tiras que mantinham a multidão afastada. "No rádio vocês deram a impressão de que ela já estava dando à luz", falei. "Ela estava", disse o tira, "o bebê estava saindo. Vi a cabeça dele. Ele olhou em volta por alguns segundos e depois entrou de novo." "Você está brincando", falei, embora pela cara dele eu percebesse que não estava.*

# 11.

Marcus dirigia pela 9ª em velocidade de caminhada, caminhada de um velhinho de bengala, olhando à frente o melhor que podia, resmungando alto. "Regra número um: não se envolva com pacientes. Regra número dois: não se envolva com filhas de pacientes. Você entendeu?"

"E o que me diz da regra número três: não se envolva com expedidoras?"

"Você não sabe nada sobre a regra número três, não tem capacidade nem para começar a entender as complexidades dessa regra. Vamos, está ficando tarde; vamos ver as putas."

Com Marcus era fácil acreditar que passear pelas ruas olhando as putas era o que lhe pagavam para fazer. Ele só respondia ao rádio quando lhe dava na telha, o que raramente ocorria. Não toque no rádio era a regra número seis, embora Marcus afirmasse que os números em si mesmos eram irrelevantes e que a regra número seis era, na verdade, a mais importante de todas. Ele mantinha o rádio atrás de seu banco no volume exato, garantia, para que ele o ouvisse e nós não. Só quando a expedidora Love entrava no ar Marcus aumentava o volume acima de um murmúrio, e mesmo então ele a obrigava a chamar uma dúzia de vezes antes de responder, uma deferência a ela. Três chamados eram o limite para seu turno. Ele nunca atendia mais de três.

Segundo Marcus, as melhores putas de rua eram encontradas na área da 30 com a Park, diligentes e não magricelas em demasia. As de preços mais exorbitantes, que usavam casaco de pele mesmo no verão, na 6ª com a 58. Viciadas em crack na 45, *junkies* logo dobrando a esquina, na 11ª. "Cuidado", disse Marcus. "Jamais chame uma *junkie* de viciada em crack; elas ficam umas feras." *Junkies* travestis na 14, travestis viciados em crack na 10ª, donas de casa fazendo um bico na 48, filhas de padres na 65, passeadoras de cachorro na 53 e as trazidas dos mortos na 49, que era por onde ele sempre começava.

"Veja só essas mulheres. Hoje em dia nem é possível distinguir quem é puta. O que terá acontecido com as botas de cano alto e os shorts curtinhos? Agora elas usam qualquer coisa, saem de casa com o que estão vestindo no momento. E nem ao menos andam direito, ficam paradas nas soleiras das portas como se tivessem perdido as chaves ou coisa parecida. Também não olham para a gente. Veja aquela garota de capa de chuva." Ele apontou à frente, na rua, embora não fosse necessário. Eu a vinha observando desde que dobráramos a esquina, a capa de chuva amarela, os sapatos pretos. Quem mais? "Não permitem que você tenha a mínima idéia do que há por baixo, nenhuma indicação do que existe ali; poderia ser um esqueleto e você nem saberia."

Mas eu sabia o que havia lá, sob o capuz: Rose, em todas as suas permutações. Aparecendo para me mostrar o quanto eu ainda estava doente, o quanto eu claramente estava sendo partido em dois. Fechei os olhos e tentei me concentrar em Mary Burke, mas seus olhos verdes e seu nariz afilado sempre se metamorfoseavam em Rose. O problema era que eu não conseguia lembrar exatamente como era Rose, por isso qualquer moça de casaco amarelo automaticamente suscitava a questão: é ela? Eu sabia que se conseguisse recordar seus traços com clareza, por mais doloroso que isso viesse a ser, eu seria capaz de distinguir as diferenças uma a uma; porém, sempre que eu tentava, uma dúzia de imagens me atravessava, todas elas diferentes e todas elas Rose. Abri os olhos quando Marcus passava por ela e a vi tirar o capuz amarelo, olhar para mim, linhas de tristeza ao redor da boca. Passamos.

"Mas isso é bonito", disse Marcus, "tirar o capuz assim quando passamos por ela. Há mistério nisso, entende, você imagina todos os tipos de rosto que poderiam estar ali, e então ela lhe mostra, e é como se fosse metade do rosto que você desejava e metade dessa outra coisa boa."

"Ela não é puta, Marcus."

"Todos nós somos, Frank. Mas você sabe do que eu estou falando, do jeito como ela olhou para mim."

"Ela não estava olhando para você, cara, era para mim." Só porque eu estava louco não significava que eu não tinha direitos. Rose podia estar desgraçando minha vida, mas ela era minha. Eu a ganhara.

"Vá com calma, Frank. Uma moça como essa é demais para você."

Mas talvez ela *não* fosse demais para mim. Se Marcus a vira e não hesitara em dizer que ela era uma coisa boa, então o problema estava todo em minha cabeça e podia ser controlado. Uma doença. Ela passaria, os traços desapareceriam pouco a pouco, como todos os outros haviam desaparecido, o poder de Rose sobre mim fraquejando quando o sr. Burke saísse do hospital com a esposa ao seu lado, a filha esperando no carro, abraçando-o pela primeira vez depois de anos. E então, algumas semanas mais tarde, eu por acaso encontro Mary Burke do lado de fora de seu prédio. Ela me convida para o jantar de domingo na casa de seu pai, o que se tornou novamente uma tradição, e a família inteira está lá, John reconciliado com a esposa e os filhos, primos em segundo grau retornando de Long Island. Brindamos aos milagres e aos fazedores de milagres. Eu até lhes conto sobre as vozes malucas que costumava ter na minha cabeça. Todo mundo ri. Estamos todos muito melhor agora. Acompanho Mary Burke até sua casa, a pé, e na varanda eu a seguro pela cintura, puxo seu rosto para perto com a outra mão, beijo a vida. É isso que fazem os milagres: nos dão tempo e espaço para esquecer que estamos condenados.

Infelizmente, as ruas de Hell's Kitchen às quatro da manhã não são o lugar nem a hora para esquecer, na verdade são o oposto de esquecer. Marcus dirigia por um círculo que se ampliava, descendo a 11ª, depois a leste pela 44, subindo a 10ª, a oeste pela 45, 11ª, 42, 10ª, e em toda a minha volta eu sentia os abismos cada vez maiores entre querer e necessitar, desejar e desesperar. Ele dirigia tão devagar que eu podia ouvir os prédios afundando, o meio-fio ondulando. Homens e mulheres palmilhavam as calçadas como anjos em fogo. Lâmpadas de rua amarelas bruxuleavam em meus polegares, o olho de Marcus tinha o dobro dos tiques, e naquela hora de trevas, entre a lua próxima ao horizonte e o sol ainda por nascer, muitos outros estavam à espera da desintegração. A expedidora Love lia a lista. "Catorze Will, na 53 Oeste 330, a Igreja do Filho Jesus, para possessão demoníaca. Doze Victor, você vai para rua 70 com 3ª Avenida. Na esquina há um homem de quarenta anos ouvindo vozes de celebridades. Dezesseis Xray, vá para Uptown, 135 Oeste 521, apartamento 16, para a senhora idosa seqüestrada por seu gato."

"Preciso voltar para o hospital", falei. A súbita necessidade desesperadora de ver Mary Burke outra vez, de conversar e esticar nossas pernas no refúgio privado de nossa aflição.

"Eu estava rumando para o Lap Club", disse Marcus. "As dançarinas saem do trabalho às quatro e meia."

"Eu preciso mesmo ir, Marcus. Não estou brincando."

Assim, Marcus encolheu os ombros e inclinou a cabeça algumas vezes, como se respeitasse a urgência em minha voz, e lentamente foi subindo a 10ª na direção do hospital; de repente, mudou de direção sem dar sinal, entrou à direita na 50, rumou para o Lap Club, onde as mulheres saem do trabalho vestindo pouco mais do que as meias e a bolsa de dez galões e às vezes param e acenam para Marcus antes de entrar nos táxis. Na metade do quarteirão, ele foi forçado a parar onde havia uma ambulância estacionada, com um carro de polícia atrás. À nossa volta, latas de lixo vazias jaziam na rua como vítimas de acidente, o conteúdo despedaçado e explodido pela calçada. Marcus tentou dar a ré, mas outro carro de polícia estacionara atrás de nós. Dois tiras saíram e passaram correndo por nós, de armas na mão. Desapareceram na frente da ambulância estacionada.

"Cara, que azar."

"Você devia ter ficado na 10ª."

"Mas as garotas estão saindo bem agora. Leva dez minutos", ele replicou. Esperamos e ouvimos os gritos lá na frente — Você o pegou, Você o pegou — seguidos de um berro que parecia vir de um homem sendo espancado com seus próprios membros recém-amputados. Reconheci destacando-se da algazarra a voz de Tom Walls: Deixem-me entrar lá, Segurem-no. Os uivos pararam, e os tiras apareceram do lado da ambulância, seguidos por Walls que puxava uma maca na qual jazia o amarrado e derreado Noël. Quando ele estava sendo posto na ambulância, vi seus olhos se abrirem. Novo berreiro. Tom pulou para dentro, puxou um lençol sobre os gritos e esmurrou o que estava embaixo. Depois fechou a porta e correu para o volante, eu ouvi o motor roncar, e a ambulância virou a esquina.

* * *

Quando chegamos ao Lap Club, o néon estava apagado, as portas baixadas e as moças indo para casa ou sabe-se lá para onde. Marcus levantou as mãos e sacudiu a cabeça como se os seus melhores amigos o tivessem abandonado com a conta.

"Pensei que estávamos indo para o hospital", falei, ciente da inutilidade de dizer a Marcus aonde ir. Ele desceu a 46 e estacionou perto da ilha pavimentada onde a Broadway se encontra com a 7ª, o centro de Times Square, agora semideserto, os rostos dos cartazes gordos e envelhecidos sem suas luzes. Marcus saiu para buscar café, eu fechei um olho e com o outro observei as placas se apagarem — a garrafa de uísque do tamanho de uma garagem encerrou o expediente inclinando-se sobre o copo, a caneca de café de dez metros cuspiu uma última nuvem de vapor e congelou. Na escuridão galopante, a voz retornou — *É só conversa fiada que escuto de você* — soando bem distante e muito perto, como um condutor de metrô furioso, o alto-falante na minha cabeça. *Responda-me apenas uma pergunta.* Minhas mãos cobrindo as orelhas. *Por quê?* Respirei fundo e prendi o ar até estar tudo girando ao redor do centro escuro onde eu me sentava. Soltei o ar, e no espaço vazio outra voz, de uma moça morta, outra pergunta: Por que você me matou, Frank?

"Eu não matei você."

"Não, você não matou", disse Marcus, "eu agradeço, Frank." Entregou-me um copo de café. "Embora ainda faltem duas horas para terminar o turno."

"Marcus, diga-me uma coisa: há quanto tempo você está neste emprego?"

"Você provavelmente estava segurando na mão da sua mãe para atravessar a rua na noite em que eu atendi a meu primeiro chamado."

"E nesse tempo todo você com certeza teve sua cota de chamados ruins. Já me contou sobre alguns deles, você sabe, aqueles em que você comete um erro ou pensa que cometeu um erro ou talvez não tenha feito nada de errado e mesmo assim acontece uma coisa terrível para alguém e isso realmente o incomoda de um modo como outros chamados, até piores, não incomodam."

"Não sei o que você está querendo dizer. Não me lembro de ter acontecido nada parecido."

"Ah, claro. Que besteira. Você sabe do que eu estou falando. Aquele chamado que você atende sem parar. Ele segue você, rostos na rua, em outras pessoas, vozes na sua cabeça."

"E o que essas vozes lhe dizem, Frank?"

"Elas dizem 'Mate Marcus', viu? Não preciso de tratamento de choque, não estou tão doente, só atravessando uma fase difícil. Você deve ter atravessado algumas fases difíceis; não significa que é louco. É uma coisa pela qual você tem de passar de vez em quando — estou certo?"

"Não significa que você é louco, Frank, não." Marcus pôs um dedo sob o nariz enquanto me estudava com seu olho bom. "Mas significa que está seguindo rápido o caminho para o manicômio. Quero lhe contar uma história."

"Preciso de um drinque, só isso, e umas dezesseis horas de sono. Vamos abrir o bar." Estendi a mão para pegar a sacola atrás do banco de Marcus, mas ele agarrou minha mão.

"Uma que só contei para Love e para uns cinqüenta parceiros com quem trabalhei nestes últimos dez anos. Quando eu estava no fim de meus dias de corre-corre, mais ou menos o mesmo tempo de serviço que você tem agora, fui designado para atender a um homem de quarenta e oito anos com problema respiratório e era muito tarde, eu estava cansado, não ouvi direito o endereço, pensei que fosse 48 com 11ª e era 48 com 7ª, ou coisa parecida, você sabe como isso acontece. E lá estou eu sentado dizendo que não há paciente ali, e então Love fala para mim pelo rádio, naquele seu jeito todo especial, estou no quarteirão errado, e quando chego ao endereço certo o cara parou de respirar agorinha mesmo. Não sei se eu o teria salvado ou não, mas eu não conseguia parar de pensar naquilo. Sabe, meu pai morreu com quarenta e oito anos. Eu não o conhecia na época, não o via desde meus doze anos e só conhecia seu rosto de fotografias, a maior parte de quando ele era moço, e então aquele cara, bem, poderia parecer com ele, era ele de certo modo, pelo menos na minha cabeça não era difícil fazer com que fosse ele. Eu voltava àquela esquina todas as noites de ambulância e depois do trabalho, perguntando a mim mesmo como eu podia ter cometido aquele erro. Não parava de pensar naquilo, e realmente depois disso comecei a ser mandado para aqueles homens de quarenta e oito anos com problema respiratório mais ou menos uma vez por semana, e o estranho é que todos eles se parecem com o cara que tinha morrido, que eu acreditava ser parecido com meu pai. Eu ouvia a voz dele às vezes. Eu o via andando pela rua no canto de meu olho, você sabe, era um delírio total. Durou dois meses, tudo porque às quatro da manhã entendi errado um endereço, porque demorei um pouco demais para atender a um chamado."

"Mas Marcus, você vai devagar em todos os chamados."

"Hoje em dia eu vou, está certo. É meu modo de lidar com isso. Todo mundo precisa encontrar seu próprio modo de lidar com as coisas, senão se torna um filho da puta como Luther ou fica doido como eu estava antes e como você está ficando, Frank. O que acontece com os outros é a vontade de Deus, não há nada a fazer. Meu pai me deixaria quando eu tinha doze anos e viria morrer aqui na rua 48 pouco antes de eu poder salvá-lo, por isso eu nunca poderia tê-lo salvado. Love sabe disso, ela compreende, e se você chegar a compreender, cara, poderá fazer este trabalho eternamente."

Marcus discorreu profusamente acerca das sutis diferenças entre a vontade de Deus e a dele próprio, como as duas eram sintonizadas, separadas e no entanto uma só. Empregou várias analogias — futebol, prisão, gincanas de televisão. Recostei a cabeça na moldura da janela e olhei para as ruas semidesertas, as multidões de momentos antes agora dormindo em seus quartos de hotel, em suas caixas de papelão à beira do rio. Quando se apagou o último outdoor, os vendedores de cachorro-quente fecharam seus guarda-chuvas e empacotaram seus refrigerantes e pães. O cego que trabalhava na esquina da 46 tirou os óculos escuros, levantou-se e dobrou sua cadeira de rodas. Guardou a xícara na sacola, andou até o meio-fio e chamou um táxi. O aleijado que passava a noite inteira arrastando seu pé torto e sua xícara vazia de motorista em motorista pela pista central da Broadway desistira dos poucos táxis que ainda passavam correndo e agora estava correndo ele próprio, com passadas largas e perfeitas na calçada, caçando um dos traficantes de crack da 8ª. O reverendo Scythe, que pregava contra todas as formas de vício de sua igreja na calçada da 42, encerrara o expediente e estava sentado no meio-fio com uma garrafa de Early Times, brindando aos milagres da manhã de Páscoa em Times Square, onde os cegos vêem, os aleijados andam e tudo o que Jesus pode fazer é sentar e assistir. A vontade de Deus não tinha mais sentido para mim ali do que a voz de Burke em minha cabeça, o que naturalmente estava certo, creio, já que a voz só podia ser a vontade dEle. Eu não era louco, era abençoado.

*Tenho de arrasar esta casa e aproveitar.*

"Você está ouvindo alguma coisa do que estou dizendo, Frank? Pode ouvir?"

"Eu ouço, Marcus. Ouço a expedidora Love. Ela nos chama."

Ele tirou o rádio de trás do banco. "Doze Young, responda ao rádio. Doze Young, tenho um para você." A voz da carcereira num filme de prisão feminina.

Marcus aumentou o volume e depôs religiosamente o rádio em seu colo. "Ela não está nos chamando; ela está me chamando. Lembre-se disso. Mesmo quando ela está falando com outras unidades, está falando comigo. Ela me disse isso uma vez. Eu costumava telefonar para ela nos seus intervalos para descanso. Ela é muito diferente quando está ao telefone e não distribuindo chamados. Ela me disse, Marcus, adoro o modo como você fala no rádio."

"Não posso esperar a noite toda, Young. Estou com chamados prioritários. Suspenderei você se não me responder agora, e você sabe que não estou brincando."

Marcus ajustou o rádio. "Não se preocupe, benzinho. Young está aqui e vai ajudar você. Só não se esqueça de que fica devendo uma a Marcus quando tudo isto acabar."

"Estou com a garrafa aqui agora mesmo, Young. Pagarei assim que você estiver pronto. Você vai para 9ª Avenida 508, altura da rua 38, para parada cardíaca, sexo feminino, dezoito anos, no quinto andar. Sem informações adicionais."

"Mensagem recebida, Love."

Cuidadosamente, Marcus entrou com a ambulância nas pistas vazias da 7ª Avenida, e eu me mantive teso, balançando para a frente e para trás. "Todo chamado é uma parada cardíaca", gritei. "Que diabo aconteceu com dor no peito, dificuldade para respirar, perna fraturada?"

Marcus ligou as luzes e sirenes e diminuiu a velocidade. "São as operadoras do 911. Elas têm medo de ser despedidas se disserem que é perna fraturada e o sujeito acabar tendo parada cardíaca, por isso transformam tudo em parada cardíaca. Assim fica mais simples."

"Mas por que é sempre dezoito anos sexo feminino de capa de chuva amarela que já morreu uma dúzia de vezes? Que diabo é isso?"

"Essa merda é cíclica. Não há nada que você possa fazer", disse ele, e parou num sinal vermelho. Buzinou três vezes e começou a avançar, parando ao ver um carro que se aproximava na metade do quarteirão.

Paramos em frente ao 508, um prédio que deveria ter sido condenado no dia em que assentaram o primeiro tijolo. Metade das janelas estava fechada com tábuas, a outra sem iluminação, janelas quebradas, vazias, com exceção de uma lâmpada amarela pendurada num fio no apartamento à direita no último andar, sempre o último. "Detesto este quarteirão", disse Marcus. "Só *junkies*. Não vou entrar lá sem os tiras."

"Pois eu vou. É mais fácil do que esperar. É melhor acabar logo. É o nosso trabalho."

"Então trabalhe sozinho."

Embora soubesse que não faria diferença alguma, muni-me de todo o equipamento, catorze quilos suspensos por correias em cada ombro. A porta da frente estava semi-aberta e eu a chutei para abri-la por completo, clangor de aço contra pedra. "Socorro de emergência, ambulância", gritei, para dar aos de dentro tempo mais do que suficiente para carregarem as armas, afiarem as facas. Adentrando o vestíbulo negro, avancei aos tropeções, tateando com os pés em busca da escada. Sob o peso do equipamento inútil e da escuridão impenetrável, procurei fósforos, um bolso vazio atrás do outro, até que, desistindo e me enchendo de coragem para subir às cegas, ouvi um rangido leve acima de mim, em seguida o riscar de um fósforo na parede, uma vela que se acendia, um rosto moreno virando-se para mim. "É minha esposa", disse o homem. Não parecia ter mais do que quinze anos. "Por favor, depressa."

Segui-o escada acima, e quase no topo do primeiro patamar ele baixou a vela para me mostrar uma falha de dois degraus.

Segurou minha mão e me ajudou a transpô-la. No segundo patamar, frascos plásticos se esmigalharam sob minhas botas, as caveiras vermelhas pintadas retorcendo-se à luz da vela. "Espere aí, Frank", veio uma voz lá de baixo. O homem direcionou a luz da vela para Marcus, que subia devagar. Apontei para a falha em seu caminho. "Você me deixa lá embaixo e depois quer que eu me mate nestas escadas", ele disse. "É assim que age um parceiro, simplesmente esquece a regra mais antiga, a número cinco, os parceiros antes dos pacientes? Ajude-me." Agarrei um braço, o rapaz pegou o outro, puxamos, sombras em convulsões nas paredes, uma luta de unhas e dentes para fazê-lo passar pelos degraus desaparecidos. "É assim que os paramédicos são mortos e perdem a pensão", ele disse.

"Por favor, depressa", disse o rapaz, já no patamar seguinte.

"Qual é o problema?"

"É minha esposa. Ela está morrendo."

"Eu não sabia que ela era casada", falei, certo de que era Rose quem me esperava lá em cima. Segui a vela até o terceiro andar, Marcus mandando que fôssemos mais devagar, a dor em mim agravada pela espera. Três degraus faltando no quarto lance, dois buracos pontiagudos no teto, do tamanho de janelas. Escalei o espaço dos degraus faltantes, calculei que Rose devia estar penando, morar num pardieiro desses. A vida dela era espinhosa agora, morta e morrendo vezes sem conta — que dureza esses mortos têm de agüentar! Em seguida, enquanto ajudava Marcus, pensei no quanto eu precisava controlar meu pensamento. O sujeito provavelmente dissera à operadora que sua esposa era Rose, e eles naturalmente transformaram a coisa numa parada cardíaca. Segui na direção da luz baça no fim do corredor, pensando que aquele era nosso terceiro e último chamado. Tudo o que eu precisava fazer era passar por ele, e então Marcus e eu poderíamos inaugurar mais cedo a bebedeira.

* * *

Em um colchão sem estrado, no meio de um quarto cujas únicas outras peças de mobília eram uma caixa de roupas sujas e um crucifixo, jazia uma moça gigante coberta por lençóis manchados, uma montanha de roupa de cama. Só apareciam as mãos, grandes e brancas, segurando o meio do corpo enquanto ela gritava em espanhol. Aproximei-me, peguei seu pulso com uma das mãos e com a outra puxei o lençol que lhe cobria o rosto; baixei a cabeça, pois, por mais desesperado e demente que eu me tornasse com respeito àquele assunto, não havia a menor possibilidade de em algum momento eu pensar que aquela era Rose. Ela era grande demais.

"Vejam só", disse Marcus. "Uma *junkie* gorda. É a primeira."

"Qual é o problema?", perguntei à garota, que parecia mais jovem do que seu marido, e mais temerosa do que doente.

"Não fala inglês", disse o portador da vela. "Ela sente uma dor terrível na barriga. Diz que está muito inchada, grande." Ele parecia um coroinha numa corrida de *stock car*.

Pus a mão no estômago da garota, ela berrou e empurrou minha mão. "Ela está grávida", falei.

"Não, não. Isso é impossível." O garoto sacudiu a vela.

"Você está grávida?", perguntei à moça. *"Está embarazada?"* Ela virou a cabeça para o outro lado, sem responder, e precisei perguntar mais duas vezes até ela finalmente olhar para mim e balançar a cabeça como se eu tivesse indagado se ela beijara o diabo recentemente ou se estava dirigindo um bordel. Depois tornou a cobrir o rosto com o lençol.

"Uma *junkie* gorda que cora", falou Marcus. "Não acredito." Ele pegou o outro braço da garota e mediu a pressão sangüínea. O marido agarrou meu ombro. "Não, cara, não usamos drogas, e não fazemos sexo, nada de álcool, cigarro, TV ou rádio, nem roupas de baixo. Somos muito devotos."

"Bem, os sinais vitais são bons", disse Marcus. "Ela não está com hemorragia. Os pulmões estão limpos, não há sobrecarga de fluido. Apêndice? Pedras nos rins? Na minha opinião, ela está com gases."

"Ela está grávida."

"Diga isso a ela."

Não havia cadeiras, nem mesa ou cômoda, só uma janela, sem cortinas, e o outro canto, onde eu pensei que poderia me sentar por um momento e pensar no caso — na verdade, pensar em Mary Burke —, parecia um parque de baratas. Carregar a garota escada abaixo era impensável, mas, eu tinha certeza, inevitável. O único adorno do quarto ficava no teto, uma mancha d'água que lembrava um batelão de prisão. "Você consegue andar?", perguntei. "*Puede caminar?*"

A garota berrou e deu um golpe de mão aberta na direção do meu rosto. "Ela diz que está com muita dor", falou o marido.

"Obrigado pela tradução." Segurei as mãos dela para impedi-la de me bater e, sem hesitar, puxei os lençóis, um por um. "Preciso ver", falei. "Você tem de deixar." Debaixo de tudo havia um vestido branco. Levantei-o, revelando um ventre inchado e teso.

"Ela está grávida", eu disse. "Gestação completa, ao que parece." A mulher gritou novamente e segurou o estômago. "Precisamos olhar", falei; Marcus e eu seguramos um joelho cada um e, devagar, separamos suas pernas. Ela uivou como se estivesse sendo serrada ao meio, depois ergueu-se para olhar entre as pernas; olhamos todos então e, à débil luz da lâmpada amarela, apareceu um pé minúsculo, seguido por um joelho e uma coxa de bebê.

"Jesus, é melhor nós irmos."

"Eu vou", disse Marcus no corredor. "Vou buscar a padiola e pedir ajuda. Chamarei os bombeiros e o exército. Não se preocupem."

A garota estava espancando o marido agora, golpeando com força no rosto e nos braços, alguns golpes baixos. Tirei da bolsa um lençol esterilizado e o enrolei debaixo dela e do pé do bebê, que estava flexionado para baixo no tornozelo como se verificasse o ar com o dedão para saber se estava bom para sair. Fiquei esperando que ele fosse puxado outra vez para dentro, para nunca mais ser visto, mas em vez de tornar a entrar, outra perna juntou-se a ele, as duas agora suspensas no mundo. "Está bem, então, vamos fazer isso", berrei. "Vamos lá, faça força, faça força para fora." Ela fez força, gritou, fez força, bateu em nós, gritou, tentou alcançar lá embaixo para puxar as duas pernas para fora dela. "Segure-a", falei para o rapaz. "Acho que está vindo." Nós dois prendemos seus ombros no chão quando Marcus entrou, largou a padiola e caiu no chão exausto atrás de nós. Ela deu um berro que ficará comigo eternamente, e juntos todos nós fitamos o lugar onde antes havia duas pernas e agora se viam três. Foi quando ela começou a ficar transtornada.

"O que é isso, Frank?"

"Três pernas agora."

"É perna demais."

"E quanto à ajuda?"

"Love disse que queria me ajudar, que a primeira unidade disponível..."

Pusemos um lençol na padiola e cuidadosamente rolamos a moça para cima dela, prendendo-a com as correias da maneira apropriada. Ela ficou ali aturdida como se houvesse dado à luz uma ninhada de bebês, embora não estivesse mais magra pelo trabalho nem mais leve; Marcus e eu quase a perdemos duas vezes no primeiro lance. Nós a pusemos no chão na escuridão do quarto andar, o marido segurando a vela sobre o rosto da esposa, perguntando-me "Ela está morrendo?".

"Ela vai ter um bebê."

"É impossível."

"Você pode crer no que estou lhe dizendo."

Ela começou a berrar no terceiro lance da escadaria, mais buracos do que degraus, e no meio do caminho conseguiu libertar um braço, golpeando furiosamente Marcus, que também estava aos berros. "Temos de colocá-la no chão, agora." A garota usou o braço livre para impelir-se para a frente e agarrar as minúsculas pernas que saíam dela, e quando chegamos ao segundo lance a correia se partiu e todos nós caímos. Minha cabeça jazia em algum lugar ao lado do joelho da moça, e quando o marido ergueu a vela, notei que uma quarta perna saíra para ficar com as outras três e que a garota decidira que quatro era demais. Ela agarrou duas pernas em cada mão e as forçou para trás e para a frente, para cima e para baixo, como se estivesse tirando água com uma bomba. Marcus e eu tentamos fazê-la soltar, mas ela puxava com tamanha veemência, gritava tão forte que nós dois desistimos e nos curvamos ao lado dela como numa prece. Ela berrou mais uma vez, o grito mais impressionante até aquele momento, que ecoou por toda a ilha e voltou para apagar a vela.

Na escuridão, ouvi vozes atrás de nós; uma porta se abriu e se fechou, e no fim do corredor três pontos de luz apareceram e flutuaram em nossa direção. Curvei-me novamente e quando ergui a cabeça as luzes estavam acima de mim, três chamas delgadas de isqueiros nas mãos de dois homens magérrimos e de uma velha. Um dos homens se abaixou e despejou água de uma garrafa na boca da garota. Ela cuspiu um pouco, depois engoliu, gemeu e pediu mais. Arrastei-me até sua secção média e espiei por sobre a vastidão de sua coxa, e no espaço onde antes ficavam as quatro pernas agora havia dois recém-nascidos, um menino e uma menina, ridiculamente pequenos.

Ergui a minúscula menina até onde o cordão umbilical podia ser esticado. Sacudi-a duas vezes; como nada acontecesse, dei-lhe tapinhas nos pés e na bochecha. Meu Deus, falei, e com a fralda de minha camisa limpei a gosma da boca do bebê, debrucei-me sobre ela, cobri sua boca e seu nariz com minha boca e comecei a soprar, sopros leves e rápidos, sopros de camundongo. Olhei por cima da moça para Marcus, que estava fazendo o mesmo com o outro bebê. Durante meio minuto respirei daquela maneira, até que me senti à beira de um desmaio e precisei parar. A minúscula menina estava respirando agora, mas uma respiração tão fraca e lenta que quase não se percebia. Então Marcus riu, eu olhei e vi o menininho contorcendo-se nos braços dele, golpeando-o; o bebê deu um gritinho feroz que provavelmente deixou sua mãe orgulhosa.

"Como está a sua?", perguntou Marcus.

"Está respirando", falei, "mas não muito."

"Vamos cortar os cordões e ir embora. É melhor você usar seus cadarços." Limpei os cadarços de minhas botas com álcool e amarrei os cordões. Fiz o melhor que pude para esterilizar minha tesoura de paramédico antes de cortar. Marcus entregou o menino à mãe, que o aninhou em seus braços grossos. O marido baixou a vela e estendeu os braços em volta de mãe e filho. "É um milagre", não parava de dizer.

"Vocês dois se conhecem há muito tempo?", perguntou Marcus.

"Dois anos", disse o pai. "Desde que deixamos a ilha juntos."

"Esta é uma pergunta pessoal, mas preciso fazê-la. Durante todo esse tempo, vocês nunca fizeram sexo?"

"Nunca."

"Quem sabe vocês tenham tomado umas cervejas em alguma noite do verão passado. Você sabe que isso acontece."

"Nunca. Sem drogas, sem cigarros, sem cervejas."

"Sem roupas de baixo."

"Somos virgens."

"Está bem."

A mãe do bebê, ela própria pouco mais do que um bebê, segurava o menino com força perto de seu pescoço e rosto, sorrindo e cantarolando baixinho. Tentei mostrar-lhe a menininha, levei a recém-nascida para perto de seu rosto, mas ela não ergueu os olhos, e quando tornei a aproximar o bebê de mim vi que novamente parara de respirar. "É melhor irmos agora, Marcus. Não podemos esperar que chegue mais ninguém."

Sem falar, os dois homens que tinham estado em pé em volta de nós com seus isqueiros se abaixaram e cada um ergueu a maca com uma das mãos e carregou degraus quebrados abaixo a agora menor mas ainda bastante avantajada mãe. A última dos carregadores de chama, a velha magricela que, percebi, provavelmente tinha a minha idade, segurou seu isqueiro sobre mim enquanto eu avançava, degrau por degrau, soprinhos de ar na boca do bebê, pela rua, para a ambulância, meus sapatos sem cadarço abanando ruidosamente. Acomodei-a no banco, minha orelha perto de seu narizinho roxo para ouvir as pequeninas bolhas de ar subindo do fundo de um arroio. Deixei-a ali, peguei a padiola da mão de um dos *junkies*, ergui-a sobre a maca na ambulância. Agora a mãe estava pedindo seu bebê; Marcus acomodou o recém-nascido sobre o estômago da moça e ajudou o marido a se sentar no banco ao lado dela. "É um milagre", dizia sem parar o garoto enquanto virávamos na 37.

A mãe segurava o filho com tanta força que eu temi que o sufocasse, mas o bebê chorava como se todo o ar dentro da ambulância fosse só dele. A mãe chorava também, baixinho agora, ambos tremiam. Enrolei os dois em cobertores e, quando me virei para enrolar minha recém-nascida, notei que ela havia parado de respirar. Novamente respirei por ela, e passado meio minuto ela se mantinha por conta própria, melhor do que antes, tão melhor que, por um momento, pensei que ela poderia dar um grito como seu irmão. Passei um lençol ao redor dela, prendendo-o com cuidado debaixo das pernas, sem apertar demais ao redor dos braços. Ergui-a e a levei para perto da mãe, querendo que ela visse como a menina respirava melhor agora, mas ela virou o rosto para o filho, quase como se quisesse protegê-lo, como se fosse uma nuvem de tempestade que eu estivesse segurando. Devolvi a recém-nascida ao banco e observei atentamente o esforço de seu tórax, o cinza retornando pouco a pouco ao rosto. Este bebê não é dela, pensei. É o bebê de Rose, ou Rose quando bebê — a razão por que fui chamado.

Antes de Marcus ter terminado de estacionar a ambulância, eu passava pelas portas do pronto-socorro, o bebê aninhado em meu cotovelo como uma bola de futebol americano. Apliquei-lhe duas respirações enquanto atravessava correndo a sala de espera, mais uma enquanto esperava que o guarda Griss abrisse um olho e sacudisse a cabeça antes de dar um soco na campainha. "Ela parou de respirar", eu disse à enfermeira Constance, que se aproximou e arrancou a menina de meus braços para deitá-la na maca de lençol branco. Ela tateou o braço, depois o pescoço. "Ela tem pulsações", falei. A enfermeira Constance levou rápido a maca para a sala de tratamento, gritando "*Código*, Código Azul", quase atropelando a enfermeira Crupp, que conseguiu empurrar a overdose para fora do compartimento 1 exatamente a tempo.

"Deus do céu", disse Hazmat. "Vamos pô-la no monitor. Onde está a porcaria do carrinho de código pediátrico?", ele berrou, embora a auxiliar Odette já houvesse empurrado o carrinho de emergência para trás dele e estivesse pegando o laringoscópio tamanho bebê, um tubo respiratório com diâmetro não maior do que o de um fio de antena. "Atenção, Odette. Dê-me esse tubo.

Muito bem, linha reta — vamos fazer massagem cardíaca aqui. Frank, quantos meses?"

"Não sei dizer", falei. "A mãe só soube que estava grávida há uns quinze minutos. Foi caudal, gêmeos. Mas o outro parece bem. Marcus está levando o bebê e a mãe para a Maternidade." Eu ia recuando enquanto falava. Outras pessoas do hospital preenchiam o espaço que eu deixava: Mishra, a pediatra, Stark, o cirurgião. Vi Hazmat introduzir o tubo, depois ministrar epinefrina através dele. Dra. Mishra tirou do carrinho um osteocateter, empurrou-o no queixo do bebê, com força para atravessar o osso e chegar à medula. Quando conseguiu retirar sangue com uma seringa, ela instalou o tubo intravenoso, mais epinefrina. A enfermeira Constance usava dois dedos no tórax, para cima e para baixo; meia polegada era o bastante. Ela parou por um segundo e tateou o pescoço do bebê. "Acho que há batimentos", disse, mas a linha verde reta acima de sua cabeça dizia outra coisa. A linha nunca fingia ser alguma coisa que não podia ser. A enfermeira aplicou dois dedos no tórax, para cima, para baixo.

*O inferno é aqui. O inferno é agora mesmo.*

Fui até o compartimento de Burke e abri a cortina. Lá estava ele, a voz que não queria morrer, o paciente que nunca ia embora. Quieto agora, nenhum movimento, sem mãos sacudindo. A longa noite de melhora o esgotara, levara-o de volta para onde ele havia começado. No monitor, as linhas verdes pareciam em guerra uma com a outra, uma série de batimentos normais marchando contra ritmos rebeldes de aparência maluca, o coração trabalhando arduamente sem grandes resultados, o rosto voltando ao arroxeado de calçada noturna de quando nos conhecemos. Somente a voz em minha cabeça não dava sinais de colapso. *Vá ao banco, rapaz, e retire tudo o que puder.* Fitei o ECG, o coração de Burke perdendo a batalha, a linha verde uma série de solavancos baixos seguidos de surtos de espigas altas. Procurei as pulsações no braço; nada.

Aumentei a amplitude do ECG, as linhas acima mais uma medida da voz em minha cabeça do que do sangue no rosto do homem. O som dilatando-se e murchando na tela, pulsante. *Estou indo. Estou farto.* O coração perdera e tremeu com a capitulação, uma linha fina oscilante. Os alarmes dispararam, o ECG berrando primeiro, seguido rapidamente pelas campainhas do monitor de saturação de oxigênio, depois pelo zumbido baixo do ventilador.

A cortina se abriu atrás de mim. Milagros entrou. Olhou os monitores, desligou os alarmes, procurou as pulsações no braço de Burke e virou a palma da mão para cima para examiná-la. Balançou a cabeça e tirou as palhetas do desfibrilador de suas bolsas ao lado do ECG. Ergueu-as a fim de passá-las para mim.

"Ah, não", recuei. "Você faz isso."

"Não alcanço. Não consigo uma boa pressão. Você é mais alto."

"*Não faça isso*", disse Burke, e eu devia ter saído naquela hora, ido direto ao capitão Ed, dito a ele que estava me demitindo. "Pensei que ele estivesse melhorando."

"Está tudo bem", Milagros replicou. "Ele está melhor. Estava tentando falar antes. Aplique o choque. Ele voltará. Ele sempre volta."

Peguei as palhetas, coloquei-as no peito de Burke, pus todo o meu peso e gritei "Afastem-se", como era a praxe, embora Milagros estivesse bem distante. O que me esqueci de fazer foi olhar para baixo, para me assegurar de que nada tocava a pessoa que eu estava eletrizando, porque se olhasse, teria visto a mão de Burke encostando em meu flanco, e quando apliquei o choque com força total o mundo não teria ficado preto e me atirado para trás, a um metro da grade. Tive a sensação de que alguém me golpeara no peito com um bastão de beisebol. *Ai*, gritei com a voz de Burke em minha cabeça. *Seu filho da puta.* Os batimentos no monitor retornaram à formação. Milagros ajustou-os com os batimentos no pulso de Burke. Com a outra mão ela pegou um dos quatro tubos intravenosos ligados àquele braço. "Devo aumentar a lidocaína?", ela perguntou, mas eu estava andando para trás, de cabeça baixa, as mãos esfregando em vão a dor no peito, a cortina que separava as unidades subindo-me pelas costas e passando sobre a cabeça, caindo na minha frente. Subitamente a voz de Burke desapareceu, substituída por outro som familiar, não em minha cabeça, mas atrás de mim. "Com licença, senhor, com licença, pode fazer a gentileza de me dar um copo d'água? O favor mais simples de se pedir neste mundo, água. Um homem está morrendo, e sou eu."

Mãos amarradas chocalhando as grades, olhos dardejando de um lado para outro, nariz inchado dos murros de Walls, sangue seco nos lábios agora gretados e partidos, como se ele verdadeiramente estivesse deitado no deserto e não em uma maca ao lado da de Patrick Burke. "Há dias nada como além de areia. Oh, Senhor, há quanto tempo espero por vós." E Noël, sedento como estava, pôs-se a uivar.

"Jesus!", veio a voz de Hazmat do outro lado da sala. "Quem foi que o acordou?"

*Fui chamado certa vez ao Plaza Hotel para atender um embaixador de um diminuto país produtor de petróleo. Ele se queixava de uma esmagadora dor no peito. Eu lhe disse que o levaríamos ao Nossa Senhora da Misericórdia. "É um bom hospital?", ele indagou, uma pergunta que preferi não responder. Dei-lhe nitroglicerina e morfina, que aliviaram um pouco a dor, e nós o levamos para lá, rolamos a maca para o compartimento 1 da sala de tratamento e o ligamos aos aparelhos do Miséria. Notei que a cortina entre os compartimentos 1 e 2 estava aberta e que na maca do compartimento 2 havia uma parada cardíaca que eu trouxera algumas horas antes, fora declarado morto e estava à espera de ser ensacado e levado para o necrotério. Notei, também, que o morto era extraordinariamente parecido com o embaixador. O embaixador também reparou. "Sou eu?", ele gritou. "Sou eu?" Essa pergunta, igualmente, preferi não responder.*

# 12.

"Não me olhe com essa cara", falei.

"Que cara?" Marcus parou embaixo de um sinal verde, o trânsito matinal voando ao nosso redor. Pacientemente, esperei o baque de um dos caminhões de jornal batendo em nossa traseira, dez toneladas de palavra impressa, então as trevas.

"Você sabe do que estou falando", eu disse. "Está escrito na sua cara. Cara de eu salvei aquele bebezinho. Não quero ouvir nada sobre isso. Entendeu? Foram-se os três trabalhos desta noite; encerramos."

"Está certo, Frank, mas deixe-me dizer uma coisa. Quando você tem uma criança como aquela morrendo em seus braços e lhe sopra a vida de volta, a sua vida nela..."

"Não ligo para essas coisas. Três trabalhos, hora de um drinque. Seis horas. Hora do coquetel. Passe a garrafa, Marcus; sei que você está escondendo." Pus a mão atrás de seu banco e tirei a sacola de gim marrom e verde que ele devia ter comprado em 76.

"Calma, calma." Ele agarrou a sacola. "Eu faço isso." Retirou dali meio litro de vodca, um frasco de suco de laranja, dois copos de café nas cores marrom e verde, que tinham vindo junto com a sacola e não podiam ser jogados fora, pois eram cerimoniais. "O bar agora está aberto."

"Não preciso de nada além disto." Agarrei a garrafa, desatarraxei a tampa e despejei o máximo que podia agüentar. "Detesto vodca."

"Vá com calma, Frank. Hora do coquetel. Um pouco de decoro, fazendo favor."

*O tempo já aconteceu. O tempo acabou.* Tomei outra dose, a vodca fazendo seu trabalho. Os gritos de Burke haviam mudado da parte posterior de minha cabeça para algum lugar na bochecha esquerda, não mais incômodos do que as buzinas dos táxis na 9ª Avenida, o novo dia arrotando sobre Midtown. Marcus se apoderou da garrafa e encheu os dois copos devastados. Bloqueei com as mãos a luminosidade crescente.

"O que estou dizendo, Frank, é que estou segurando aquele bebezinho, soprando minha vida na dele, e então vejo aquela criança ganhar vida por minha causa, em meus braços. Eu me sinto como se tivesse vinte e um anos de novo, como quando segurei meu filho pela primeira vez. Está certo, você não sabia, mas eu tenho um garoto, deve ter uns quinze anos agora. A minha cara, já me disseram." Ele ergueu o copo. "Ao melhor trabalho do mundo."

*Vivi por alguma coisa e morri por nada.*

A voz de Burke era apenas um sussurro, os tiques nos olhos de Marcus haviam cessado e o sol estava decididamente alto, atravessando a cidade aos trambolhões. Este dia não me mataria, não mais do que qualquer outro. "Ao melhor trabalho do mundo." Entornei tudo em dois goles. "Estou pronto para outra."

Marcus serviu, da esquerda para a direita, vodca e suco, suas mãos marrons menos trêmulas a cada minuto. "Um chamado como esse me leva a pensar, talvez eu faça uma viagem para o oeste, ver meu filho novamente. Talvez até volte a trabalhar três noites em vez de duas. Recomeçar a correr, diminuir a bebida."

"Eu bebo a isso." Batemos nossos copos acima das cabeças e despejamos o suco na boca. Marcus disse algo que soava como hebraico e se reclinou no banco, instantaneamente perdendo dez anos do rosto. Embora seus traços não pudessem ter sido mais diferentes dos meus, a expressão de seus olhos era a minha, nascida sob a mesma canção melancólica. "Você é igualzinho a mim, Marcus. Serei igualzinho a você."

"Ora, não faça essa cara deprimida quando diz isso, homem. Você deveria ficar feliz. Formamos uma dupla e tanto, Frank. Dê aqui, vamos beber mais uma." Entreguei meu copo, ele empunhou a garrafa vazia, jogou-a no chão. "Ouviu isso?" Estava sorrindo. "É Love, cara. Ela me chama." Ele pôs o rádio no painel e aumentou o volume como se ouvisse sua música favorita.

"Doze Young. Tenho prioridades esperando, gente doente por toda a cidade. Vou jogar você na rua se não pegar esse rádio. Juro que nunca mais volto a chamá-lo."

"Não faça isso, Marcus. Foram três trabalhos. Terminamos. Diga a ela que a ambulância pifou, nosso rádio não está funcionando, nossas costas estão imprestáveis. Diga a ela que estamos bêbados demais para atender qualquer outro chamado."

"Não, Frank. Ela não me chamaria se não precisasse de mim. Você não a conhece." Marcus se empertigou no assento e firmou o queixo. Ligou o rádio. "É Marcus, Love. Só para você."

"Doze Young, você vai para a 48 com 11ª Avenida, para problema respiratório, 48 anos, sexo masculino. Muito bem, unidades, vamos atualizar esses sinais."

"É ele. É ele", disse Marcus. Coloquei o cinto de segurança. Não havia esperança. Havia só esperança. Marcus pôs as duas mãos no volante para impedi-las de tremer. O efeito foi duplicar os tiques em seu pescoço, seus olhos piscando histericamente; era o mesmo que estarem fechados. Ele bateu no primeiro carro na 9ª, um furgão parado em fila dupla. Deu marcha à ré e partiu novamente, acelerador pisado até o fundo, costurando loucamente, perdendo os dois espelhos no aperto da rua 49. Passei em revista uma lista das melhores posições possíveis para a trombada, de cabeça para baixo ou para cima, mãos no painel ou na cabeça. Marcus berrava "Estou indo. Estou indo". Quando ele passou seu terceiro sinal vermelho sem olhar, decidi que o correto era cobrir meus olhos e gritar.

*Agora você vai ver.*

Já estive em minha cota de desastres de ambulância, e todos são basicamente iguais: o grito logo antes do impacto (quando você percebe que ele vai acontecer), o ronco do ar impelido para fora, o pescoço virando de um modo que nunca tinha virado antes, a cabeça batendo em painel, espelho, vidro, seguida pelo resto do corpo, invejosamente imitando a cabeça, cada parte colidindo por conta própria, atingindo tudo o que pode antes de voltar a seu lugar. O momento seguinte é indolor e infinito, e nele há uma clareza quase mística, o tipo de sentimento confirmatório do mundo que muitos passam a vida procurando. Se pudéssemos fazer planos para isso, tomaríamos nossas decisões mais importantes ali — carreira, casamento, filhos. Tenho saído de cada um desses momentos com o mesmo pensamento soberano: eu me demito, está decidido.

"Chegamos", disse Marcus. Apenas meu olho esquerdo quis se abrir, e só um pouquinho. Ele forneceu uma visão detalhada do que, após alguma reflexão, denominei rua, uma polegada quadrada de calçada a uma polegada de distância. O outro olho era mantido fechado por um objeto mole e pesadíssimo, que também prensava meus braços e pernas, tudo exceto três dedos de meu pé direito. O objeto falou comigo. "Onde está ele, Frank? Você o vê?"

"Saia de cima de mim, Marcus."

Ele estava gargalhando, o corpo inteiro sacudido pelo riso, ou chorando — eu não conseguia distinguir —, mas moveu-se o suficiente para libertar meu braço e minha perna direita; estendi a mão na direção do espelho retrovisor central, cuja única função numa ambulância é levantar você quando ele é virado para o lado. Escalei, pisando na cabeça de Marcus e no volante, erguendo-me através da janela do motorista como um comandante de tanque. A ambulância jazia tranqüilamente no centro da 11ª Avenida com a 48, um quarteirão de calçadas vazias, revendedoras de carros fechadas, a Eagle Piano Company abandonada havia tempos. Os que iam para o trabalho pelo túnel diminuíam a velocidade ao passar, observando o chassi da ambulância como se ele os lembrasse de alguma coisa que tinham esquecido em casa e cogitassem em voltar, só por um momento, antes de prosseguir na correria. "Não vejo ninguém", falei, e me sentei na porta. A cabeça de Marcus apareceu em meu cotovelo. "Ele está aqui, Frank. Ele está aqui."

"Eu sei", comentei. "É por isso que eu me demito. Para mim, acabou-se." Pulei para a rua, sirenes vindo do lado oeste.

"Você não pode me deixar agora", ele disse, mas eu já saíra andando para o leste, batendo os cotovelos como asas ao sol cálido.

*Logo depois de Mona ter começado a trabalhar no teatro, e antes de o pior de meus pacientes ter me alcançado, Mona e eu fomos casados pela segunda vez, por um barman da 2ª Avenida que afirmava ter estudado para ser sacerdote. Durante quatro semanas ininterruptas, nossa atividade amorosa abria e fechava todo dia. À noite a cama era dela e de dia era minha, e toda manhã eu saía do trabalho para me deitar em seu calor e tarde da noite ela voltava para casa para se deitar no meu. Mantínhamos uma escala tão rigorosa que comecei a acreditar que a cidade não poderia funcionar sem nós, tão importante quanto as linhas de força e os encanamentos de água. Se perdêssemos um de nossos compromissos, alguma calamidade sobreviria. Porém, certa manhã eu estava cansado e ensangüentado demais para fazê-lo e nada terrível aconteceu, e essa foi a maior de todas as calamidades.*

# 13.

Minha mãe teve dificuldade para se adaptar à partida de meu pai. Nos primeiros três meses, ela usou o mesmo roupão amarelo melancólico e passou os dias na puída poltrona reclinável vendo gincanas e novelas na televisão, levantando-se durante os comerciais para andar pela casa, movendo móveis para o centro dos cômodos, às vezes se esquecendo de repô-los no lugar.

Dormia na salinha de leitura, onde ficava acordada até altas horas lendo textos de medicina, procurando o nome da doença que se tornara sua vida. Naquele primeiro verão, ela se convenceu de que estava ficando cega. Usava óculos de sol mesmo à noite. Dr. Bruce, seu optometrista, assegurava-lhe que tudo estava normal. Ela insistia em fazer mais exames, marcava consultas uma vez por semana. "Meus olhos estão me matando hoje", dizia. "É melhor eu consultar Bruce." Ele era dono de um Century azul-escuro, e à tarde eles iam de carro ao Mount Gary e estacionavam atrás das pilhas carbonizadas que foram outrora o LaMonica's. Fiquei sabendo disso por intermédio de nosso dentista, um amigo de meu pai, durante um intervalo da broca. Os Carros Gemedores do LaMonica, era como ele denominava o lugar.

Bruce veio jantar, e em pouquíssimo tempo estávamos compartilhando o desjejum. Os óculos de lentes grossas que ele usava faziam seus olhos parecerem duas vezes maiores, e eu não conseguia olhar para eles. Toda manhã, comendo cereal, ele me falava sobre Jesus. Suas sentenças habitualmente começavam com Antes de eu encontrar Jesus ou Depois de eu ser salvo. Eu estava cego, ele gostava de dizer, agora posso ver. Casaram-se na igreja de State Street e passaram a lua-de-mel com um grupo de encontros na Pennsylvania. Ele comprou para ela um Buick novo com o pára-choque recoberto com dizeres sobre a ressurreição de Cristo.

Nas noites de terça-feira, Bruce presidia reuniões dos Alcoólicos Anônimos no porão da igreja, e nos fins de semana trabalhava como voluntário limpando o terreno do cemitério com o ancinho ou pintando uma sala de aula. Minha mãe praticava para o coro enquanto cultivava ervas na horta da igreja. Mesmo na pior das tempestades, ela estava lá fora, arrancando ervas daninhas, agachada no canteiro de hortelã, cantando. O padre vinha à nossa casa jantar uma vez por semana e fazia uma breve prece para cada hortaliça. Assava pão em nosso forno. "Francis", ele me dizia, "venha cá e observe a massa crescer. O mundo inteiro está neste forno." Eu não confiava nele. Tinha saudade do modo como minha mãe quebrava pratos na pia, de como meu pai não fazia nada além de resmungar dias a fio.

Mudamos para a casa de Bruce, e eu passei a maior parte da adolescência entre os cinco sofás espalhados por três andares. Meu favorito era o de dois lugares no pátio, verde-escuro com almofadões de espuma de borracha. Eu ficava horas ali deitado depois da escola, revivendo o tempo em que Jimmy Corcoran e eu jogávamos nos terrenos cheios de entulho perto da 11ª Avenida. Os fins de tarde eu passava na salinha de leitura, jantar e televisão no conforto macio de um sofá de couro borgonha. À noite eu me recolhia ao sofá-cama do porão, mais escuro que a mais profunda caverna. Ali embaixo eu viajava pelo mundo, Egito antigo, Amazonas, o Gobi e o Saara. Eu dormia e dormia, só acordando pelo puro prazer de flutuar para outro lugar, a estrada para a manhã sempre me conduzindo por Manhattan, um lugar de aventura ilimitada, armadilhas perversas, heroísmo de última hora, salvando a cidade às dez para as seis, pouco antes de os irrigadores de gramado automáticos jorrarem, borrifando água nas janelas cobertas por papelão preto.

Minha mãe se tornou um modelo para a comunidade, ainda mais merecedora de pena por causa de seu filho único. Psicólogos sociais escreviam-lhe com freqüência e profusamente sobre meu conjunto de distúrbios. Fui levado a médicos, conselheiros, dietistas. Uma freira da Filadélfia me hipnotizou duas vezes, mas ninguém conseguiu me convencer de que valia a pena acordar para o mundo. Eu estava satisfeito com minha vida sonhada. Os dias pouco diferiam das noites. As vidas de meus pais, as vidas daquela cidade, não eram mais dignas de crédito do que as vidas que andavam em meu sono.

Dormi durante todo o curso secundário e durante dois meses de faculdade, saí para dormir durante seis empregos em dois anos: operário de fábrica, balconista de mercearia, mensageiro, vigia. Em várias ocasiões a tragédia não se abateu por um triz: quase atropelei um grupo de aposentados com a empilhadeira, quase fiz sanduíche de presunto com a mão do dono da lanchonete no fatiador de frios. Certa vez, meu parceiro no trabalho de vigia atirou em mim quando invadi distraidamente seu posto. Ele esfolou o pé e foi promovido. Eu fui demitido. Guarda desrespeitou regras de segurança fundamentais, escreveu meu supervisor, guarda não respondeu aos alertas, não se protegeu dos tiros. Guarda anda com passadas esquisitas, trançando as pernas, recusa-se a usar distintivo ou alfinete no colarinho. Guarda é prejudicial ao moral da unidade e um perigo para todos os empregados do centro comercial.

Mas eu nunca me considerei em perigo. Era maior a probabilidade de aqueles guardas atirarem em si mesmos do que em mim. Andando semi-adormecido pelo mundo, eu me sentia protegido. O caos reinava em toda a minha volta. Era a mulher ao meu lado na fábrica, a caseadeira, que tinha um ataque cardíaco, o motorista à minha frente que abalroava o furgão da igreja, meu melhor amigo, Ronald Bailey, que perdia a consciência quando um tronco caía-lhe em cima enquanto estávamos sentados fumando um baseado à beira do riacho. Comecei a achar que eu ao mesmo tempo atraía e desviava acidentes e, estranhamente, sentia-me responsável pelos infortúnios dos que me cercavam.

Meu último emprego naquela época foi meu favorito: motorista de limusine. A noite inteira eu dirigia das cidadezinhas para os aeroportos. Ficava na estrada mesmo quando não havia chamados. Dirigir era como sonhar, o motor V-8 zunindo pelas adormecidas ruas principais, entrando nas escuras ruas secundárias, as sombras fugidias de árvores e colinas, um silêncio inabalável. Eu ansiava pela noite de trabalho, não importava quem estivesse sentado atrás ou compartilhasse a estrada.

Certa noite, sozinho numa estrada secundária a três quilômetros de Beacon, vi uma casa que se incendiava, todas as janelas em chamas exceto uma, de onde uma mulher gesticulava para mim, não freneticamente, como se me chamasse, mais como uma tia acenando em despedida. Enquanto eu a carregava para fora da casa, ela gritava. Outra noite, passei por um trem que acabara de descarrilar, os vagões amontoados às margens da Rota 7A. Ajudei o maquinista a sair, e vimos seu vagão-tanque sangrar água negra sobre o motor e para dentro do rio.

Os outros motoristas diziam que eu era capaz de farejar desastres de automóvel a quilômetros. Habituei-me a virar esquinas escuras e tomar um banho de luz de ambulância, ficava desapontado se a manhã chegasse sem eu ter passado por um carro tombado contra a mureta ou partido em dois por uma árvore. Acabei conhecendo pelos nomes os tiras locais. Parava para bater papo na cena da colisão, ou na lanchonete, ouvindo as histórias que eles contavam.

Uma noite, após deixar um vendedor em Poughkeepsie, entrei na 9W e pisei fundo no acelerador. Aquele trecho da estrada com vista para o rio serpenteia como um trajeto de *grand prix*, e eu usava todas as pistas, o carro uma vez ou outra raspando o muro de pedra que margeia o penhasco. Por incrível que pareça, enquanto eu cantava os pneus numa curva fechadíssima, um Mustang me ultrapassou por dentro. A motorista saracoteava à minha frente, bêbada ou doida, descontrolada. Procurei acompanhá-la, sabia que o desastre ia acontecer e queria assistir a ele. Ela atravessou o muro, caiu uns seis metros e entrou numa árvore.

Rastejei em volta da traseira do carro, as lanternas apontando para a estrada lá em cima, um carvalho plantado no bloco do motor. Cheiro de terra e gasolina, sons de grilos e vapor. Punhados de cabelo e sangue grudados no vidro quebrado do pára-brisa. Ela ainda respirava. Abri a porta do passageiro e me sentei ao lado da moça. Vidros estilhaçados por toda parte, minhas mãos já sangrando.

Eu não sabia como movê-la, dei-lhe dois tapinhas no ombro. Agarrei sua mão, encostei-a em meu rosto para sentir se estava fria. Sua respiração piorava, a cabeça curvada sobre o volante num ângulo tão medonho que poderia sufocá-la, pensei, por isso arrisquei e cuidadosamente puxei a cabeça para trás. Seu corpo afundou no banco, sua respiração parou. E então ela respirou fundo e abriu os olhos. "Vai ficar tudo bem", falei. "Não se mova. Vou pedir ajuda."

Caí ao subir a encosta. A cabeça numa pedra, sangue escorrendo sobre meu olho. Três carros passaram antes de um caminhão parar, um velho rebocando canos enferrujados. Ele estava atrasado, informou, mas telefonaria para os tiras em Highland Falls se tivesse tempo. Quando voltei, ela apalpava um lado do corpo. "Estou com frio", ela disse, a pele da cor de lâmina de barbear velha. Senti cheiro de uísque, procurei em meio às embalagens de chicletes e caixas de cigarro até encontrar a garrafa, entalada debaixo do breque. Ela veio com o braço na direção da bebida, errou, tentou de novo, agarrou a garrafa, tirou a tampa.

"Talvez você não deva."

"Foda-se", ela disse. "Você chegou tarde demais." Deu dois goles.

"Sempre chego na hora. O estranho é isso."

"Meu Deus, quantos anos você tem?"

"Dezenove."

"Na sua idade eu já tinha dois filhos." Ela bebeu mais uma vez e empurrou a garrafa em meu peito. Bebi, um momento de calor, seguido por uma pressão fortíssima acima de meu olho direito, como ressaca chegando adiantada.

"Sou órfão", falei, as palavras caindo da boca.

"Venha cá, deixe-me ver sua cabeça — você está sangrando, sabe?" Ela cobriu meus olhos por um momento, e quando os descobriu vi meu sangue nas mãos dela. Com o pé, ela vasculhou no lixo no chão, depois olhou para mim e, segurando o flanco devido à dor de curvar-se, lentamente tirou a meia-calça e com cuidado enrolou em meu crânio o tecido macio.

"É uma concussão", eu disse com orgulho, lembrando sintomas de seriados sobre hospitais — tontura, náusea, sensação de que as mãos estão presas aos quadris. Rezei para que ela nunca parasse de enrolar.

"Uma vez, meu filho rachou a cabeça desse jeito; o sangue jorrava. Eu só gritava o tempo todo. Ele precisou me arrastar para o hospital. Que bela mãe, hein?"

"O nome dele era Frank?"

Ela começou a rir. "Não me lembro." Tomou mais uísque e gemeu, segurando o flanco. "Você parece Lucy da Arábia. Escute, você sabe alguma coisa a respeito de lesões internas?"

"Você não deve beber nada." Cobri-a com minha jaqueta. "Precisa permanecer aquecida."

Fizemos revezamento nos desmaios, e uma vez, quando recobrei os sentidos, ela era uma velha, na vez seguinte um anjo, seus olhos me fitando inexpressivos, o rosto indistintamente branco e granuloso, como num filme mudo. Eu estava chorando e esfregando sua mão para aquecê-la quando chegaram os paramédicos. "Mamãe", eu repetia.

A paramédica sentou-se atrás de mim e pôs as mãos em torno de meu rosto para mantê-lo quieto. "O que aconteceu?"

"É minha mãe."

Outro paramédico friamente tirou a mão gelada da mulher bêbada da minha e colocou a dele no lugar. "Aperte minha mão", ele mandou, "mexa os dedos dos pés. Está machucado em algum outro lugar?"

Tentei balançar a cabeça em resposta, mas a paramédica atrás de mim não permitiu. Fixaram um cilindro em meu pescoço, cortaram minhas roupas, aprontaram-me para a camisa-de-força. Depois me ataram na padiola e me carregaram encosta acima. Eu só enxergava duas estrelas.

Na ambulância, deram-me oxigênio e mediram minha pressão. Com uma convicção ardente, cutucaram-me, auscultaram meus flancos, cada ação passando à seguinte como um ponteiro de segundos. "Que dia é hoje? Você se lembra do que aconteceu?"

Eu receava que eles parassem se eu respondesse. Não queria que a viagem terminasse. "Mãe", era tudo o que eu dizia.

"Sua mãe está morta. Sinto muito."

Fitei o teto enquanto eles instalavam os cateteres intravenosos e trocavam a bandagem em minha cabeça. O resto do caminho passei ouvindo as sirenes e refletindo sobre o poder destas palavras: sua mãe está morta. Ele sabia o tempo todo. Para estar em posse de um conhecimento assim, pensei, é preciso ser um deus.

No hospital, as enfermeiras fizeram enorme alvoroço, o médico deu puxões em sua peruca. Respondi a todas as perguntas que eles me fizeram e o desprezo foi crescendo neles à medida que eu explicava que não era minha mãe a morta no carro, que minha mãe estava cantando na horta da igreja. Bem depressa eles me rebaixaram para os confins da sala de emergência e, em vez de ocupar um leito próximo às infecções, aguardei a alta do lado de fora, vendo os médicos fumarem e gracejarem. Fui até a mulher que me trouxera e perguntei "O que é preciso fazer para se tornar paramédico?".

Na rua 50, olhei para Marcus, ainda sentado ao lado da ambulância, o último desastre em minha vida de desastres. "Eu me demito, Marcus", falei, erguendo a cabeça para a manhã. "Eu me demito, Rose. Encontre outro para seguir. Eu me demito, Patrick Burke, você e sua família doida." Rumei para o leste, para o sol, espichei as mãos, repousando-as no ar de abril, sentindo pela primeira vez o fim do inverno. "É primavera", gritei, como se houvessem passado anos desde a última, como se um rei mau acabasse de ser derrubado do trono. Quatro jovens namorados passaram por mim, passeando de braços dados, dois rapazes e duas garotas ou três rapazes e uma garota, ou quatro rapazes, talvez quatro garotas. Ficavam trocando seus chapéus, beijando-se ou mordendo-se alternadamente.

Parei diante do 440 da 50 Oeste, subi as escadas, toquei a campainha do 3F. Tirei os cabelos dos olhos, botei a camisa para dentro das calças. Não via Mona desde a manhã em que ela se fora. Ela voltara ao nosso apartamento, mas só tarde da noite, enquanto eu estava trabalhando. Naqueles dias, sempre que eu chegava dava pela falta de mais alguma coisa: livros, um espelho, duas cadeiras, sua cômoda. Telefonei para o teatro e para todos os seus amigos, até que um deles finalmente me disse "Ela não quer ver você".

Olhei o relógio e toquei de novo a campainha, à espera daquela figura deslizando escada abaixo de vestido branco. Tantas vezes naquele último mês eu ficara parado diante daquele prédio, pensando naquela figura, indo embora depois sem ter tocado a campainha. Encontrara os vizinhos dela e seus cachorros. Até fui chamado lá para um velho que morrera no banheiro do último andar, o jornal caído ao seu lado, aberto na página de obituários. Fiquei imaginando que talvez ele tivesse visto seu nome ali. Na saída, colei a orelha na porta do 3F, tentando ouvir a respiração dela.

A colega de quarto de Mona sempre saía para trabalhar às sete; eram sete e dez. Toquei mais três vezes, esperei cinco minutos e então, verificando se não havia ninguém na rua, pulei a cerca de pedra, segurando no último degrau da escada metálica, içando-me para a saída de incêndio. A janela do terceiro andar estava aberta, por trás dela havia uma janela gradeada de aço, trancada. Espiei o quarto vazio e passei para a outra janela, também aberta e gradeada, e lá estava Mona, dormindo no sofá da sala. "Mona." Abri totalmente a janela e bati com força na grade. "Mona." Bati mais forte, gritei seu nome numa altura suficiente para todas as Monas da cidade ouvirem. Ela abriu os olhos e me encarou. "Quem é?"

"É Frank."

"Ah", fechando os olhos.

"Mona, só vim porque eu queria lhe dizer que pedi demissão. Vou recomeçar." Seus olhos tornaram a se abrir, folhas castanhas flutuando numa fonte. Esmurrei a janela. "Mona, você ouviu?

Pedi demissão." Vi-a sentar-se, pôr-se em pé e aproximar-se lentamente de mim, o vestido enrolado abaixo dos quadris, os olhos semicerrados, os lábios a trinta centímetros de distância. "Frank."

"Estou pensando em voltar para a faculdade, finalmente conseguir aquele diploma de que falávamos. Vou arranjar algum emprego de meio período para me sustentar. Que diabo, eu não me incomodo, entrego pizzas, abro um restaurante, me candidato a prefeito. Eu pensei que talvez pudéssemos tentar mais uma vez. Um barman que conheci em Downtown foi juiz de paz em North Dakota. O que você acha?"

"Acho bom."

"Mas não há pressa. As coisas vão ser bem diferentes, não se afobe, quando você estiver pronta..." Parei e recuei um passo, o rosto dela tão parado, respirando. "Você está dormindo, não está?"

"Hum hum."

Apertei meu rosto contra a grade. "Eu te amo, Mona, sempre amarei. Você não me ama?"

"Hum hum."

"Então me beije." Espichei a boca através da grade e esperei enquanto Mona em silêncio inclinou-se para a frente e depôs seus belos lábios no metal frio sobre meu nariz. Em seguida ela se virou, voltou para o sofá, fechou os olhos. "Boa noite, Mona." Como eu gostaria de dormir assim.

Desci a escada de três em três degraus, gritando ao deixar-me cair no chão. Que me importava se ela estava dormindo. Era um começo. Na calçada, juntei-me às fileiras dos desempregados remunerados — catadores de lata, passeadores de cachorro, vendedores ambulantes, e ao resto dos sem-trabalho, saindo para bazares de igreja, provação de amostras de queijo, aulas de computação. Comprei um cachorro-quente no quiosque da esquina.

"Sabe o que o budista falou para o vendedor de cachorro-quente?", perguntei.

"O quê?"

"Faça um para mim com tudo."

"Muito engraçado." Ele não estava rindo.

"Eu posso fazer isso", falei para o homem. "Você fatura algum dinheiro?"

"Não."

"É, mas nunca passa fome."

"A gente enjoa rápido de cachorro-quente", ele informou. "Na verdade, eu preferia morrer do que comer outro. E o fedor! É como uma segunda pele, você nunca se livra dele."

"Eu poderia fazer isso."

Comprei uma cerveja na 51 e bebi enquanto seguia para o norte, ensaiando meu discurso de demissão para o capitão Ed. "Eu me demito, acabou-se. Eu me demito, acabou-se." A cerveja encontrando seu caminho até minha cabeça. Uma fanfarronice manjada em meu andar de bêbado.

Fumei um cigarro no estacionamento do hospital, lançando o derradeiro olhar para os motores que enferrujavam, a fila de ambulâncias quebradas, os imundos tijolos cinzentos do hospital. Alguém saiu da sala de espera e, através das portas que se abriram, avistei Mary Burke e seu irmão sentados juntos, cercados por úlceras, herpes-zoster, tuberculoses. Adeus, Mary.

Atravessei a sala do pessoal, passei por Luther adormecido no sofá e por Marcus na mesa arrebentada escrevendo o relatório do acidente. No escritório, o capitão Ed dormia de olhos abertos, os pés tendo estremeções em cima da mesa. Inclinei-me sobre ele e gritei. "Eu me demito, capitão, acabou-se."

"Pierce, finalmente você chegou. Tenho alguns formulários para você preencher sobre esse acidente."

"Não vou preencher formulário nenhum. Eu me demito."

"O que você está dizendo, Pierce?"

"Acabou-se."

"Não posso convencê-lo a ficar?"

"Sem chance, capitão."

"Bem, sinto muito ouvir isso. Você está conosco há muito tempo. A que horas você deveria vir para o trabalho?"

"Às doze."

"Então quando você virá? À uma?"

"Não virei."

"Pierce, me diga uma coisa, quantas vezes você pediu demissão este mês? Três? E quantas vezes o mês passado?"

"Tudo isso foi só treino para hoje, estou planejando há muito tempo. O senhor não tem idéia de como eu falo sério agora. Esta é a vez, a definitiva. Estou olhando para o relógio, em dez segundos vou desaparecer daqui e nunca mais serei visto."

"Vou marcar sua entrada para uma. Estou deixando a papelada aqui. Pode entregar ao capitão Barney quando chegar." O capitão Ed escreveu um bilhete em sua mesa, depois o cobriu com os pés.

"Faça o que bem entender. Para mim, chega."

*Eu estava trabalhando com Suzette em um de seus raros turnos na madrugada e fomos chamados para uma overdose na cobertura de um cortiço. No topo da escada, abrimos a porta e encontramos um homem deitado no chão, sem respirar. Sentados ao lado dele estavam dois dos maiores e mais feios cães que eu já vira, os dentes apontando para nós. Fechamos a porta e ligamos para a Unidade de Serviço de Emergência, que chegou em cinco minutos com uma arma tranqüilizante. "Vocês não vão atirar nos cachorros, vão?", Suzette perguntou. "Não é culpa deles — o cara é que é um cretino." "Vamos atirar nos cães", disse o tira, e pegou dois dardos plásticos já carregados. "Me dê um desses", Suzette pediu; ela pegou o dardo e, usando uma seringa da caixa de medicamentos, retirou dele o soro e o substituiu por Narcan. "Não atire nos cachorros", ela disse. "Atire no cretino." O policial abriu a porta, atirou depressa na nádega direita do homem e fechou a porta. Um minuto depois o homem apareceu e, sem uma palavra, conduziu seus dois cães escada abaixo.*

# 14.

Novamente no estacionamento, dei minhas primeiras arfadas de liberdade, uma nova vida começando. Fumei outro cigarro. Ficaria acordado o dia todo, iria para a cama à meia-noite, acordaria cedo, café, ovos e classificados de empregos. Roupas novas e corte de cabelo. Mona.

Olhei o relógio. O Dark Bar abria às oito; uma cerveja para refletir mais sobre o assunto, caneta e papel para registrar as idéias. Dei um passo e ouvi abrirem-se as portas do pronto-socorro; Noël passou por mim e desembestou pela alameda, olhou para os dois lados na 56, saiu pulando num pé só na direção da 9ª. "Até mais tarde, Noël." As portas se abriram de novo e Mary Burke quase me atropelou, correndo para a rua como se não enxergasse, um táxi derrapando. "Adeus, Mary", falei. Griss chegou por trás de mim. "O que está acontecendo, Griss?"

"Aquela sua amiga acaba de desamarrar o pedinte de água. Griss estava saindo aqui para agradecer a ela. Provavelmente acaba de poupar Griss de uma acusação de assassinato." Vimos

Mary virar à direita do outro lado da rua, curvar-se como se estivesse chorando. Ela atravessou um bando de secundaristas com jeito de homicidas, que gritaram com ela e se viraram por um segundo como se fossem persegui-la antes de seguir caminho. "Penando um bocado", disse Griss. Comecei a correr. Eu não queria falar com ela; eu me demitira. Só queria garantir que ela não se feriria mais. Por isso a segui, mantendo-me a um quarteirão de distância, abaixando a cabeça toda vez que ela olhava para trás.

Cinco quarteirões de corre-e-esconde e, perto do fim, sem fôlego, rezando para que ela parasse. Entrei na 48, quase trombando com ela. Mary estava segurando uma grade de cerca enferrujada com uma das mãos e se agachando, a respiração rápida, e eu fui andando de costas e virei a esquina, desabei de encontro à parede, morcegos adejando em meus pulmões e suas fezes entupindo as bases. Ela já estava na metade da rua quando tornei a olhar.

Da esquina, parecia um quarteirão decente — dois *brownstones* restaurados, algumas árvores, uma velha igreja —, mas avançando e olhando melhor, vi que o centro fora limpo como se por uma espátula gigante, e daquela frigideira de concreto erguiam-se duas torres, velhas antes do tempo, distantes trinta metros uma da outra. Sacadas pretas nos andares superiores davam a impressão de que os prédios se inclinavam um pouco para dentro, como se desejassem se apoiar um no outro. A praça de concreto entre eles era uma paisagem surrealista de pirâmides astecas em miniatura e animais de fazenda moldados em cimento.

Quando Mary Burke parou diante da igreja e fitou a vidraça manchada de gordura, supus que aquele era seu destino. Ela estaria bem ali. Eu não. Voltei-me na direção do Dark Bar, mas quando ela virou as costas para a igreja e atravessou a rua, fiquei abaixado, caminhando pela fila de carros estacionados até que os animais de cimento ficassem bem entre nós dois. Agachei-me atrás de um Ford abandonado, observando-a enquanto táxis passavam em disparada, deslocando ar pardo por cima de mim.

Ela parou no centro da praça, os animais formando um círculo ao seu redor, olhando para ela como se buscassem orientação. Fitou os prédios demoradamente, e eu devaneava, pensando em chamados naquele prédio: um velho que morreu em pé, com os cotovelos na pia, um adolescente que tomou veneno de rato, outro que tentou se livrar de piolhos-das-virilhas borrifando mata-baratas em si mesmo. Está ardendo, ele dizia, pulando num pé só. *Eu me demito. Acabou-se.*

Mary Burke bateu de leve em meu ombro.

"Com licença", falei. Desamarrei e tornei a amarrar meu sapato, depois me levantei, sem graça, procurando alguma outra coisa para fazer. "Você parecia estar com algum problema."

"Estou bem. É que não suporto ver gente amarrada. Estou na sala da espera há horas, ouvindo os berros de Noël. A única razão de ele estar berrando é estar amarrado."

"Isso não me parece tão ruim. Não se pode ir para o trabalho quando se está amarrado."

"Ah, não. Não diga isso. Eu queria soltar meu pai também. Disseram-me que ele quase morreu, e cinco minutos depois vêm avisar que ele está melhor do que nunca, eu entro e quase morro por vê-lo lutar daquele jeito, como se sentisse uma dor terrível. Uma das enfermeiras me empurrou para fora. E o médico também. Acho que eles não sabem o que estão fazendo ali." Ela fitou o prédio como se esperasse que ele lhe caísse em cima. "Escute, já que você está aqui, talvez pudesse me fazer um favor. Preciso que você espere por mim do lado de fora desse prédio, está bem? Só por alguns minutos. Preciso visitar uma amiga que está doente."

"Tudo bem."

Ela deu dez passos e se virou. "Só estou pedindo porque esse prédio é perigoso. Já aconteceram alguns roubos, sabe, uma mulher foi estuprada não faz muito tempo. E essa pessoa que vou visitar, ela vai querer conversar comigo o dia todo, mas se eu puder apontar para você da janela e dizer que você está me esperando, vou poder sair rápido. Eu só preciso pegar uma coisa e, se houver algum problema, vou estar no apartamento 16M."

"Certo. M de Mary. Talvez eu deva ir com você."

"Não, só vou ficar lá em cima alguns minutos. Na verdade, se eu não voltar em quinze, basta você tocar a campainha, que ela vai me deixa sair."

"Dezesseis M", falei. "Quinze minutos. Não vai acontecer nada. Eu vou com você."

"Não, eu estarei bem. Só vou visitar uma amiga doente."

Entrei no prédio com ela, as portas da entrada, de aço, entreabertas, as fechaduras arrancadas. No vestíbulo de ladrilhos cinza, um homem dormia numa cadeira onde, anos atrás, ficava um segurança. Ele respirava apenas algumas vezes por minuto, mas cada respiração provavelmente valia cinco das minhas, uma brisa soprando pela porta cada vez que ele inalava, roncando como se sua língua estivesse enferrujada e sua garganta cheia de buracos. Enquanto Mary esperava o elevador, sacudi o homem; como ele não se moveu, levantei uma de suas pálpebras. A pupila do tamanho de uma pulga: heroína. Recordei então todas as overdoses naquele quarteirão, gelando nas soleiras e nas escadas. Encostei o nó de um dedo em suas costelas e friccionei; ele gemeu e empurrou minha mão. Esta dose não o mataria.

"O que você está fazendo?", ela perguntou.

"Apenas visitando um amigo doente."

"Não o acorde. Ele pode ficar furioso."

O elevador chegou, as portas se abriram, se fecharam, se abriram de novo. Ela entrou e eu acenei em despedida. As portas se fecharam e se abriram. Entrei e elas se fecharam. O elevador subiu um metro aos solavancos e parou. Depois começou a subir, tão lentamente que eu não sentia, sabendo que nos movíamos apenas porque ouvia o atrito do metal quando cruzávamos cada andar. Lembrei-me do chamado para uma mulher baleada num dos últimos andares, no corredor, uma mulher avantajada que levara um tiro na cabeça, e o tempo todo em que fiquei cuidando dela — ela só repetia a palavra "treco" algumas vezes em rápida sucessão, e mais nada — eu pensava que tipo de destino teria levado aquela mulher a ser baleada na cabeça, que era tão pequena em comparação com o resto dela, um pouco maior do que seu joelho. O buraco acima de sua orelha esquerda não era maior do que seu dedo menor do pé. Eu sabia disso com certeza, pois Hector e eu tínhamos cortado as roupas da mulher, rolado seu corpo para cima da padiola e, com uma força que nenhum dos dois sabia que possuía, enfiado a padiola naquele elevadorzinho, deixando-a atravessada diagonalmente entre nós dois, a cabeça da mulher num canto e os pés no outro, Hector e eu impossibilitados de nos mover ou de sentir a descida do elevador, de tão lenta. Pensando que ficaríamos ali para sempre, até que todos nós ficássemos do tamanho do buraquinho, e o som do sangue pingando no chão.

"Eu não devia ter pedido para você vir." As mãos dela tremiam.

"Você me pediu para não vir."

"Prometa que não vai entrar."

"Quinze minutos."

"Todo mundo é louco naquele hospital. Eu também vou enlouquecer. Você entende. Só preciso relaxar um pouco, não me sentir culpada o tempo todo."

"O culpado sou eu", falei. "Se você tiver alguma dúvida, é culpa minha."

"Não posso cuidar de todo mundo ali. Nem de mim eu posso cuidar. Estou cheia de água, toda inchada. Tenho a sensação de que alguém deixou uma esponja aqui dentro, encharcada com os problemas de todo mundo."

"Fui eu." Calculei uns doze andares, o elevador exausto mas lutando para vencer a subida. Mary Burke se transformara num canto molhado. Pálida, com a respiração rápida, enrolava-se com força nos próprios braços. "Ainda podemos voltar", falei. "Eu a acompanho até sua casa. Você dorme umas duas horas, vê televisão um pouco, toma um banho. Depois vai ver seu pai. Você parece ser a única da família que não está de miolo mole. Talvez haja mais alguém que você possa visitar, um tio ou coisa parecida."

"Mortos, mortos e mortos. Você parece mesmo um tira, sabia? Um padre viciado e exausto que na verdade é um tira. É você quem precisa de descanso."

Era difícil argumentar contra aquilo, por isso fiquei calado durante o último minuto, o último andar. Paramos, demos um arranco para cima, assentamos. A porta se abriu, um ar frio e seco nos envolveu. Ela entrou no hall e se virou para mim. "Eu vou ficar bem. Só estava preocupada. Não ligue para isso." Ela melhorara muito sob a luz branca do hall, fria, confiante, como um anúncio de cigarro.

"Vá para casa, está bem? Estou ótima, de verdade. Não preciso de você. Obrigada. Adeus." Fiquei parado, vendo-a andar até o fim do hall. Ela bateu três vezes. Uma mulher apareceu à porta, de roupão de lã com estampa escocesa, um brilho deprimente por trás.

"Ora, quem diria, Mary", ela falou, e em seguida berrou para alguém atrás dela: "Ei, Cy, adivinhe quem está aqui. Quanto tempo faz, dois anos? Mary — Mary Burke". Outra voz: "Maaary". A mulher agarrando o braço de Mary, puxando-a para dentro.

Era o primeiro elevador que eu via descer mais rápido do que subir. O chão era seboso e preto, como o vidro da igreja, e ainda assim pensei poder ver anéis de fogo se precipitando em minha direção. Na entrada, verifiquei se o homem à mesa ainda respirava. Saí e fui até os carneiros de concreto para fumar, olhando o relógio a cada dois minutos. *Eu me demito. Acabou-se.*

Quando chegou a hora, entrei de novo. Prendi a respiração no elevador, mas já estava arquejante no quarto andar. Dezesseis Mmmmmmm. A garota de roupão abriu. "O que deseja?"

"Mary Burke, por favor. Sou amigo dela."

"Ela não está aqui." Luzes laranjas e azuis no corredor atrás dela, país dos sonhos.

Fiquei ali esperando, em silêncio, até que as pálpebras da garota caíram e ela se encostou no batente da porta, deixando espaço suficiente para que eu passasse. Ela acordou e agarrou meu braço, eu a puxei para trás de mim. "Espere aí. Você não pode entrar."

"Tudo bem, Kanita." Um homem se levantou de uma cadeira do outro lado do hall. "Entre."

"Mas eu não gosto dele", disse Kanita. "Ele parece tira."

"Ele não é tira; é paramédico. ...Sou Cy Coates." Ele veio para o centro do hall, o tipo universal: constituição mediana mas forte, um negro de pele clara ou um branco de pele escura que parecia ter vinte e cinco anos embora provavelmente tivesse quarenta e cinco. Um pouco parecido comigo, pensei, mesma altura, mesmas sobrancelhas, embora eu fosse mais branco, mais branco do que pastilha de menta, e parecesse ter quarenta e cinco apesar de ter vinte e cinco. Ele raramente piscava. Eu piscava sem parar.

"Frank Pierce." Apertei-lhe a mão. A sala era pardacenta, enfumaçada e atravancada com sofás de dois lugares puídos. A única luz provinha de um abajur de pé empoeirado e dois aquários com brilho azul e verde no canto. Colados nas janelas, vários cartazes de turismo desbotados e um pouco rasgados: paisagens tropicais, lagoas e praias brancas. No sofá, um homem e uma mulher fitavam o único quadro emoldurado da sala, um vulcão de um metro de largura do qual subia ocasionalmente uma baforada de fumaça verdadeira. O casal lembrava dois mórmons cheiradores de cola, louros e dopados. Ao lado deles, um homem moreno de terno claro dormia numa poltrona marrom, no canto, o rosto apoiado num dos aquários, minúsculos tubarões azuis brilhantes nadando acima de sua bochecha.

"Mary disse que você talvez viesse."

"Onde ela está?"

"Dormindo lá nos fundos." Ele apontou para o corredor.

"Ela me pediu que viesse buscá-la. Vamos ao cinema, tomar um milk-shake, depois eu a levarei para casa."

"Sei, mas ela me pediu para dizer a você que ela disse que deseja dormir aqui por algumas horas. Disse que vai voltar ao hospital depois de ter descansado bastante. Que coisa horrível com o pai dela, não é?"

"Ela falou bastante."

"É típico da Mary." Os olhos dele nunca me deixavam enquanto eu esperava por outra baforada de fumaça do quadro. "É melhor eu entrar para vê-la", falei, mas ainda estava sentado ali quando Kanita passou roçando em mim e se deitou no colo do homem adormecido. Ele abriu os olhos brevemente e tornou a fechá-los. Ela lhe afagou a cabeça.

"Chamo isto aqui de oásis", disse Cy. "Refúgio de lá fora. Sabia que duas pessoas foram baleadas neste prédio a semana passada? E só faz dois dias que uma gangue de garotos de dez anos assaltou o padre do outro lado da rua. E há também todas essas mulheres de meia-idade com seus cachorrinhos. Não preciso contar para você. Você já viu muito. Todo mundo tem alguma ferida para descrever — a verdade é que você não pode andar pela rua sem alguma coisa ameaçar sua vida, sejam os venenos do ar ou os táxis atropelando você ou a merda que eles chamam de comida no palácio de frituras chinês da esquina." Seus olhos foram se arregalando cada vez mais, e bem na hora em que pensei que eles poderiam estourar, ele piscou. Parti para o corredor, Cy logo atrás.

"Quero dizer, aquela comida mata quase tão rápido quanto uma bala. A bala, pelo menos a gente pode sentir quando ela atinge. E quanto às microondas do céu, as ondas elétricas do solo, as ondas freudianas do passado? Tudo o que nos cerca, os sinais de uma civilização que se desintegra."

Abri a primeira de quatro portas. Lá dentro havia uma escrivaninha, duas cadeiras de plástico, um homem gordo sentado à escrivaninha batucando nas teclas de um computador que fornecia a única luz à sala. Numa cadeira do outro lado mal pude distinguir outro homem, muito mais magro, adormecido ou inconsciente. Do lado de sua boca, uma linha reta de sangue seco.

"Cuidado", falou Cy. "Esse é o tigre, meu escritório; a moça está logo adiante. Volto num instante, Sam." Ele fechou a porta. "Bem-vindo, Frank, à Empresa Alvorecer, a fábrica de acabar com o estresse."

Mary dormia num colchão no assoalho no quarto dos fundos, um lençol amarelento cobrindo-a até o pescoço. "Mary", sussurrei. Sua cabeça virou-se rolando na minha direção. "Mary, precisamos ir."

"Ah, não", ela murmurou.

"Eu diria que la passou por momentos muito difíceis", falou Cy.

"Acho que é melhor você vir comigo. Vou levar você para casa." Segurei sua mão com força, ela a empurrou em meu peito como se ficasse contente em dá-la para mim desde que pudesse continuar a descansar.

"Ela queria alguma coisa que a ajudasse a dormir", disse Cy. Ele estendeu a mão para fechar a porta.

Empurrei a porta e tornei a entrar, agarrei as mãos de Mary, puxei-a até que ela ficasse sentada. "Mary, precisamos mesmo *ir embora*", sacudindo-a até que ela começou a chorar. Ela soltou uma das mãos e desferiu um golpe em arco acima de meu nariz.

A mão de Cy em meu ombro. "Frank, ela já sofreu o bastante. Ela está bem, eu garanto. Provavelmente vai adormecer em dois minutos."

Senti um súbito ímpeto de agir responsavelmente, embora não pudesse dizer exatamente pelo que eu era responsável. Quando tenho esse sentimento, em geral procuro imaginar o que uma pessoa normal faria, alguém mais sintonizado com as ofertas e demandas da natureza humana, e tão logo percebo que uma pessoa normal jamais se veria nessa situação, tento pensar como um herói de filme: o roteiro era claro, aproximando-se rapidamente o momento em que pego a mocinha e luto até escaparmos. Eu estava prestes a fazer isso quando me dei conta de como ela parecia tranqüila, do escarcéu que ela aprontaria se eu a erguesse, da aparência cômica que o sangue nos dá depois de escorrer pelo canto da boca e secar.

A mão mais incisiva em meu ombro. "Vamos, Frank." Deixei que ele me guiasse para fora do quarto e o vi fechar a porta. No fim do corredor, o casal fitava o vulcão. Paff.

"Venha, sente-se aqui", disse Cy, sentando-se de frente para mim, no canto de uma mesa de café decorada com queimaduras de cigarro e cinzeiros vazios. "Sempre me interesso por pessoas com ocupações estressantes, e ser paramédico é praticamente a coisa mais estressante que consigo imaginar. Como é essa vida? Conte-me algumas histórias de guerra, por exemplo, qual foi a pior coisa que você já viu?"

"Sementes de lima numa pizza", falei.

"Muito engraçado. Reação de conversão. Se você não estivesse rindo, estaria chorando. Você não precisa falar sobre isso se não quiser. O que você precisa é de um destes." Do bolso da camisa ele tirou um baseado do tamanho de um grampo, dobrado em três lugares; enfiou-o na boca e o retirou, endireitando-o com os lábios.

"Não, obrigado. Você tem cerveja?"

"Essa merda é veneno, Frank. Não bebemos álcool aqui." Ele pegou um isqueiro, encostou a chama no baseado, aspirou fundo e reteve a fumaça.

Passei os olhos pela sala. "Você deu a Morte Vermelha para Mary?"

"Morte Vermelha?" Cy tossiu e passou o baseado para Kanita. "Diga-me uma coisa, Frank — matar os clientes parece bom senso para você? Os garotos que vendem essa merda não têm bom senso." Como se acabasse de se lembrar de alguma coisa, Cy foi até a janela, desgrudou um dos cartazes e olhou para fora. Depois deu um pulo, rodopiou no ar e pousou de frente para mim. "O que eu quero dizer é que eles vêm para esta região para fazer dinheiro rápido sem consideração alguma pelas pessoas que trabalharam arduamente a fim de estabelecer todas as conexões necessárias para um ambiente de negócios sólido, produtivo e de longo prazo; mas será dado um jeito neles, não se preocupe. Fique quieto." Ele se inclinou para a frente e deu uma palmada logo acima de minha cabeça. Com um piparote tirou a mosca morta que lhe grudara na mão. "Sou um membro importante da comunidade, Frank. Tenho amigos na prefeitura, nos sindicatos, no Departamento de Obras Públicas. Tenho participações substanciais no Salão de Baile Graceland, no Cinema Venus, na Transportadora Joe Mars."

"Preciso ir embora", falei. "Acabo de pedir demissão." Olhei para o vulcão e senti voltar a exaustão, em um nível inteiramente novo. "Preciso dormir um pouco. Vocês não dormem?"

"Dormir é só redução de estresse, Frank. Tome." Ele tirou um comprimido branco do bolso da calça. Você toma um destes, dorme duas horas, e não precisa de mais nada. Por que você acha que eu estou lhe dizendo isso, Frank — pela minha saúde? Você devia se olhar, cara, para ver o que isso está fazendo com seu rosto. Kanita, traga-me um copo d'água."

Vi-a levantar-se, ir até a cozinha e voltar com um copo empoeirado, entregá-lo a Cy e tornar a se sentar com o sujeito no canto. Cy colocou o comprimido em minha mão, eu ponderei, duas horas de sono. Sentia-me muito leve. Pensei em Mona dormindo no sofá, Mary Burke desacordada no quarto dos fundos, a primeira vez que eu a vira sorrir. Senti os músculos sucumbindo, um estrondo em meu ouvido, o trovão surdo de células moribundas. Se eu dormisse duas horas, poderia ficar acordado até a meia-noite, dormir a noite toda e acordar com o resto do mundo. "Acabo de me demitir." Pus as mãos nos braços da poltrona. "É melhor eu ir."

"Ah, não, Frank, beba. Estou tentando ajudá-lo."

Agarrei de novo a poltrona, virei a chave, nada, motor morto, por isso peguei o copo, mandei o comprimido para dentro e bebi. Cy foi até um dos aquários e despejou algumas pelotas que tirou de uma caixa. O aquário instantaneamente enevoou-se, barbatanas azuis ocasionais cintilando.

"Foi isto que você deu a Mary?" As palavras desenrolavam-se por cima de meus dentes.

"Isso mesmo. Eu a chamo de Leão Vermelho. O próprio rei da selva. Absolutamente nenhuma linguagem, você sabe, totalmente despido. Só poder — poder total, bruto. Você nem acredita o quanto isso é relaxante."

Pus o copo vazio na mesa e tentei ficar em pé. "Acho que já vou."

"Não se afobe", falou Cy. Ele saiu para o corredor e entrou no primeiro quarto. Vozes lá dentro, seguidas de um gemido. A porta fechou. Paff.

Esperei um minuto e nada aconteceu. Parecia que as drogas nunca me afetavam do modo esperado: maconha me tornava violento, cafeína me impedia de explodir, uísque me deixava sóbrio.

Em algum momento nos últimos cinco anos eu causara danos irreversíveis a pontos de conexão vitais.

Acendi um cigarro, e quando exalei a fumaça formou letras, depois palavras, tiradas do que eu estava pensando — anos, pontos, danos. Puxei mais fumaça e mais palavras surgiram, letras menores passando depressa — sementes de lima, selva, fumaça. Quando soltei de novo a fumaça, as letras estavam pequenas demais para eu ler, as palavras caindo de mim como moedas que eu tivesse sido forçado a engolir. Senti-me leve no assento, a cabeça subindo acima da poltrona, felicíssimo com a idéia de que nunca mais precisaria de nenhuma daquelas palavras. Eu era maior sem elas, meu coração batendo em passadas grandes de um extremo ao outro do peito.

Através da fumaça, olhei para Kanita, que estava me observando. Ela se levantou, aproximou-se contornando a mesa, os quadris rebolando na minha direção. "Tome meu pulso." Estendeu o braço. Segurei seu pulso e tentei contar, mas os batimentos eram muito rápidos. Procurei então comparar com meus batimentos, mas não consegui encontrá-los. "Está bom, não está?"

"Perfeito", falei. Eu poderia tê-la erguido acima de minha cabeça.

"Eu sabia." Ela se sentou em minhas pernas. Talvez eu não conseguisse erguê-la. "Eu me enganei a seu respeito", ela disse. "Você tem mais sangue aí dentro do que eu pensava." Ela me envolveu com os braços e começou a mordiscar suavemente meu pescoço, seus dedos subindo-me pela espinha, desalojando o metal retorcido, recolhendo os rebites danificados. Desisti de tentar tirar suas mãos de dentro de meus bolsos, deixei-me cair dentro dela. Eu me sentia tão bem que aquilo me assustava, como sempre o êxtase maculado pela sensação de que alguma coisa terrível estava a caminho, e, dito e feito, no momento em que fechei os olhos vi Rose sentada na calçada, capa de chuva amarela, quase sem respirar. Rose sempre acha um jeito de me encontrar, e desta vez eu fora pego sem ter para onde fugir, nada a fazer exceto agüentar até o fim. Como posso me demitir, pensei, se não consigo partir?

É assim que começa. A última vez, a primeira vez. Larry pára a ambulância quando vemos Rose cair na calçada de joelhos, depois de costas. De uma distância de dez metros, eu a vejo agarrar a cerca para se erguer, como se o ar de que necessitava estivesse apenas meio metro à sua frente. Agarro o equipamento de intubação e corro para ela. Naqueles poucos segundos, sei tudo o que preciso saber e tudo o que tenho de fazer. Ela é asmática; a cianose, os lábios franzidos e os músculos do peito retraídos me dizem isso, e sei também que só tenho cerca de um minuto para colocar aquele tubo em seus pulmões antes de eles se fecharem por completo, seus batimentos pararem e ela partir. Uma vez tendo partido, os asmáticos não voltam.

Não estou nervoso quando deslizo até ficar de joelhos perto de sua cabeça; abro o kit de intubação, preparo o tubo e a lâmina iluminada que usarei para levantar sua língua e enxergar o lugar onde inserir o tubo. Penso apenas no que tenho de fazer. Aqui é preciso a melhor pessoa. Larry é bom para intubar, mas eu sou melhor. Nunca errei quando é essencial, mais de cem vezes como essa, uma intubação no último segundo, porque não se pode errar. Uma garota de dezoito anos sem respirar. É absolutamente proibido errar e, embora eu esteja cansadíssimo, de ressaca, embora Mona e eu estejamos brigando o tempo todo e eu não seja mais aquele paramédico que costumava ser, o serviço aqui será meu; enquanto deslizo a lâmina entre seus lábios permito-me pensar apenas por um segundo que esta poderia ser a salvação que compensaria toda a má sorte do ano, para começar um novo começo.

Ela morde, um reflexo, e tenho de separar seus dentes com a lâmina, tentando não quebrá-los, sua boca aberta apenas o suficiente para introduzir o tubo, tão pouco espaço para enxergar. Empurro mais forte, já sem me importar com os dentes, e por um momento penso ver a base das cordas vocais, espero que ela inspire e enfio rápido o tubo na direção da sombra de um orifício. Ligo o ventilador e bombeio com força, Larry ouvindo os sons dos pulmões no peito dela, em seguida no abdome.

"Você está no estômago", ele disse.

"Tem certeza?"

"Está no estômago, cara."

Retiro o tubo e torno a inseri-lo. Ela ainda morde, porém com menos força agora, e, embora eu abra mais sua boca, não consigo enxergar as cordas vocais. Aponto o tubo sob a língua na direção em que ela se levanta, lutando para introduzir o ar e não recebendo nenhum de volta.

"Você está no estômago", diz Larry. "Deixe-me tentar."

"Só mais uma vez." Insiro novamente, ainda sem conseguir enxergar porém agora ouvindo por onde vou, um rangido de ar extremamente débil; em seu ponto mais alto sei que estou perto e, na última respiração, introduzo o tubo.

"Estômago de novo."

"Impossível." Escuto eu mesmo. Rose pára de respirar. No monitor, seus batimentos caem para trinta; vão parar. Eu nunca erro e seu coração vai parar e não há nada que eu possa fazer. Larry arranca o cabo de minha mão e o coração de Rose parou e ele me empurra para o lado para começar a massagem cardíaca e a intuba com facilidade. Ar entrando e saindo dos pulmões agora, só que agora tanto faz.

Abri os olhos e me vi em pé no meio da sala, gritando, Kanita e companhia espremidos no canto entre os aquários. Cy veio do corredor, seguido pelo grande Sam.

"Frank, calma. O que aconteceu?"

"Ele ficou muito louco", disse Kanita.

Dobrei-me, dor atravessando de cima a baixo. As coisas estavam partidas lá dentro. Eu não sabia o que mais fazer, por isso continuei gritando.

"Frank, sossegue, cara. Você está tendo uma reação paradoxal. Afeta menos de um por cento, mas pode acontecer. Sossegue, porque Cy sabe o que fazer. Agora, vou até a cozinha um minuto. Quero que você fique aqui mesmo. Vou buscar uma coisa para ajudá-lo." Ele chamou Kanita com um gesto e cochichou: "Eu não disse que esse cara estava estressado demais?".

"Estressado? Ele é um puta dum maluco."

Virei-me para o corredor e, com as mãos na parede, fui andando até os fundos, Mary profundamente adormecida. "Frank, aonde vai?"

Passei um braço sob as costas dela, o outro sob as pernas. Joguei-a por cima do ombro, como um bombeiro, e a carreguei pelo corredor. Cy estava em pé no centro da sala, os demais aglomerados atrás dele. "Você está cometendo um erro, Frank. Por que não nos deixa ajudá-lo? Sente-se e relaxe um minuto."

Eu esperava que um deles bloqueasse a porta, mas meu ataque de berros abrira o caminho; saí e esperei o elevador. Cy parado na porta. "Ela vai voltar, Frank. Você sabe disso, não sabe? E, a propósito, você me deve dez pratas." Ele bateu a porta. No elevador, senti os olhos de Mary abrirem-se; no vestíbulo ela me deu uma cotovelada na orelha, eu me inclinei e ela ficou em pé. "Posso andar", ela disse, e saiu para o sol em ziguezague, desabando em cima de um dos animais de cimento. Sentei-me ao lado dela e acendi um cigarro. Dei-o a ela e acendi outro. Fumamos e ficamos vendo três crianças cutucarem um pássaro morto com um pau, uma velha que parecia não saber em que estado ou em que país se encontrava, os homens na rua bebendo cerveja ao redor de um carro velho com o capô aberto, outros carros passando em disparada. Quando terminamos, Mary içou-se e cambaleou até a calçada e a rua. Táxi, pensei; táxis são bons. Procurei nos bolsos, minha carteira ainda ali porém todo o resto sumido, dinheiro, chaves, chicletes, lembrando os dedos amorosos de Kanita. Corri para a rua, agarrei Mary e puxei-a para a calçada, onde ela me desferiu outra cotovelada na orelha e gritou "Me largue".

Os homens em volta do carro quebrado haviam parado de beber e começavam a vir em nossa direção, mas antes que eles pudessem erguer suas alavancas de pneus Mary saiu correndo pelo quarteirão, na direção da 10ª. Alcancei-a na esquina, onde ela se apoiava numa caixa de correio. "Você não devia ter subido", ela disse. "Eu falei para não subir. Não sei o que você estava pensando, tentando fazer com que nós dois morrêssemos." Ela se atirou no meio dos carros em disparada, pneus cantando. Fui atrás dela aos tropeções e a alcancei do outro lado da rua, examinando-me em busca de fraturas, sangramentos.

Ela olhou para os dois lados da avenida, depois para mim. "Você teve uma conversinha agradável com Cy? Ele lhe contou tudo sobre sua Empresa Alvorecer, sobre ajudar as pessoas? Pois eu já o vi ferir pessoas." Ela desembestou na direção sul, trombando com carrinhos de bebês e carteiros, em seguida virou à esquerda na 47, e onde a multidão rareava eu a alcancei. "Por que você está me seguindo?"

"Porque você mal pode andar", falei, agarrando seu braço, agora mais para me apoiar. Ela se soltou, e quando tornei a alcançá-la, no meio do quarteirão, ela parou. "Quer saber sobre Cy? Quer saber o que ele faz com as pessoas que o deixam zangado? Ele as fere." Ela sentou numa pilha de degraus deformados, um prédio inclinado tortuosamente sobre nós. "Você tem outro cigarro?" Peguei o maço e dei a ela, tornei a revistar meus bolsos. Nada de dinheiro, nada de chave. Era por causa de dias como esse que eu mantinha chaves adicionais no trabalho e chaves no Blarney Moon e no Dark Bar, mas dali onde eu estava aqueles lugares pareciam ficar a pelo menos um dia de viagem. Mona morava a apenas três quarteirões subindo a 10ª, e provavelmente devia estar acordando. Cogitei de subir a escada da casa dela, perder os sentidos na saída de incêndio, um jeito excelente de começar nossa vida nova. Por isso, sentei-me e recostei a cabeça nos degraus superiores, observando Mary Burke fumar e conversar, persuadindo-se a se tornar careta. "Vou lhe contar sobre Cy. Você se lembra de Noël, certo, da outra noite, lembra como Noël está agora? Ele nem sempre foi assim. Era um bom sujeito, o melhor amigo de meu irmão. Jogavam beisebol juntos, organizaram um campeonato para os meninos, consertaram um prédio velho para funcionar como um centro comunitário livre de drogas. Ele era alinhado, bem-apessoado, tinha um jeito incrível de conversar com as crianças, e ficava pelos campos de beisebol, escolas ou galerias falando sobre drogas, em geral apontando Cy, que era o maior traficante da região, e finalmente um dia Cy ou Sam, ou um dos outros capangas, enfiou uma bala na cabeça de Noël. Ele ficou em coma por três meses. Pirou desde então." Ela concluiu, levantou-se, subiu as escadas, abriu a porta da entrada. "Espere", falei, agarrei-me no corrimão rachado e me ergui.

"O que é? Você quer me ajudar, é isso? Você tem pena de mim. Guarde a pena para si mesmo."

"Só preciso sentar por um minuto."

"Ou talvez queira trepar comigo, hein? Deus sabe que todo mundo já quis."

Cheguei à escada primeiro e comecei a subir — eu sempre achava que todos viviam no último andar —, Mary falando durante a longa ascensão. "Você não percebe? Foi Noël quem me fez parar de procurar Cy. Fiz isso por uns tempos, mas quando meu irmão morreu fiquei muito mal, overdose, fui parar no hospital. Noël ficou comigo dia e noite. Em pouco tempo estávamos saindo juntos. Eu era muito nova, sabe, vinte e um, vinte e dois anos. Fiquei longe das drogas por um ano. Mas quando Noël saiu do coma, falando como louco, eu quis ajudar mas não suportei vê-lo daquele jeito, e depois de apenas alguns meses... quer saber o que eu fiz?"

Esperei no topo da escada, ela passou por mim e foi até a porta. Eu não queria saber. Mas já sabia; minha cabeça começava a desanuviar também. "Voltei para Cy." Ela pôs a chave na fechadura, abriu a porta, olhou para mim, olhos de azeitona estragada. "Eu sabia que ele era o responsável. Eu sabia o que estava fazendo. O que você acha disso?"

Ela esperou uma resposta. Eu não tinha resposta. Segui-a pelo hall estreito, as paredes recobertas de pequenos desenhos, entrei na sala, as paredes de pinturas a óleo sem moldura, do teto ao chão, muitas inacabadas. Sentei-me no sofá enquanto ela entrava na cozinha. "Faz dois anos que estou longe das drogas. Tenho um emprego. Pinto quando estou em casa. Não incomodo ninguém. E então acontece toda essa merda."

Achei uma almofada perto de minha cabeça e desabei nela, meus olhos se fechando, um cachorro lambendo meu rosto. "Ah, não, nada disso, nada disso. Você não pode ficar aqui." Senti que ela me sacudia, e ela sentou-se em minhas pernas, que àquela altura pareciam pertencer a outra pessoa. O som de seu choro foi a última coisa que ouvi.

*Eu estava trabalhando com Hector certa noite quando fomos chamados à delegacia de polícia para atender um enforcamento. Quando entrei, os tiras indicaram o paciente, sentado numa cadeira, chorando, mãos algemadas a uma barra na parede, olhos inchados e vermelhos. Um dos tiras aproximou-se. "Esse babaca tem uma puta sorte", disse o tira. "Ele é preso por uma acusaçãozinha de assalto, certo, e o que é que o panaca faz? Tenta se enforcar na cela. Se eu não ouvisse, ele estaria morto agora, mas ouvi alguma coisa, você sabe como é, alguma coisa estranha, e quando entrei ali ele está se enforcando e ele está se debatendo como um puto, e eu vou lá soltá-lo e ele chuta para todo lado e não consigo chegar perto dele, e então o filho da puta me chuta bem aqui, por isso lancei gás lacrimogêneo nesse bosta. Ele teve sorte de eu não ter dado um tiro nele." Peguei a bolsa com o equipamento para soro intravenoso na caixa, segurei o tubo sobre os olhos do paciente, lavando-os. "Por que", o homem chorava, a cabeça levantada na direção da água, "por que jogar gás lacrimogêneo num homem que está se enforcando?"*

# 15.

Acordei com uma sirene de ambulância. O motorista estava usando os tons grave-agudo, que lembravam as sirenes de filmes franceses, caçando terroristas nas ruas chuvosas de Paris. Apenas uma ambulância na cidade produzia aquele som — Franco, a ambulância que não queria morrer. Três meses atrás, Tom Walls prometera destruir Franco de uma vez por todas e, enquanto perseguia um suspeito batedor de carteiras, ele mutilou uma série de instalações da calçada antes de achatar o nariz de Franco numa entrada do metrô. O parceiro de Tom ficou tão traumatizado que imediatamente saiu da cidade para estudar direito, e o dano a Franco pareceu tão irreparável que uma dúzia de paramédicos compareceu para dar vivas ao guincho que a rebocou para o cemitério de ambulâncias em Astoria.

O inevitável retorno de Franco era um mau sinal, mas sua sirene era a única que não gemia nem sangrava dentro de mim. Havia algo de esperançoso em seu alerta, uma alusão à vida após a morte — as outras sirenes eram todas ateístas —, por isso acordei sorrindo, e o cheiro de lençóis limpos, a sensação de um cobertor macio sob meus braços alegraram-me o suficiente para que eu tentasse me sentar. Vasculhei a memória até conseguir me situar no sofá de Mary Burke. "Olá", falei. Um cachorro lambeu minha bochecha. Era noite, a única luz vinha de uma janela num beco. Eu só conseguia ver os dentes do cachorro, o contorno preto de seu pêlo. "Sou amigo de Mary", falei, "um amigo muito chegado que adora animais." Descobri-me e levantei. As pinturas nas paredes pareciam desenhos em cavernas. Deu vontade de acender uma fogueira. "Olá", falei na direção da cozinha.

Explorei os dois quartos pequenos no escuro, o cachorro com o focinho em minhas meias. Por toda parte onde eu pisava havia objetos pontudos e duros na mesma dolorosa altura. Chutei e derrubei uma bandeja que explodiu com ruídos metálicos de vários tamanhos. No banheiro, um interruptor de Mickey Mouse fosforescente acendeu mil lâmpadas pisca-pisca natalinas, e na pia verde e vermelha de Mary lavei meu rosto com três tipos de sabonete, cada qual com o aroma de uma estação diferente. Enchi a banheira de água quente e misturei xampus, condicionadores e pasta de dente. Era bom estar de novo num quarto de mulher, especialmente uma que não estava em coma ou gravemente incapacitada. Chafurdei num abençoado estupor até que o bracinho de lantejoulas do relógio com ponteiros de Elvis apontou o onze.

Na rua, andei sem os habituais tropeções e topadas. Contei três montes separados de minas de cachorro que em qualquer outro dia eu teria explodido. O jipe estacionado perto do caixa eletrônico tocava Jimi Hendrix como se fosse especialmente para mim, e o vidro quebrado na rua cintilava como uma fábula. Sob meus pés, a calçada parecia macia, como se eu tivesse feito sexo recentemente. Tentei me lembrar de um pouco antes ou depois de ter perdido os sentidos, procurando pistas para a possibilidade de termos feito sexo. Finalmente tive de descartar a idéia por falta de provas — acordei vestido, não estava grudento —, mas não pude evitar pensar que em breve faríamos, e a idéia me fez andar até o centro da 9ª Avenida ligeiramente curvado e com as mãos para cima, lembrando como eu a carregara para fora daquele prédio, a sensação de seu corpo me pressionando as costas, meus braços envolvendo sua coxa. Vi a fotografia dela na lateral de um ônibus, numa capa de revista. Quando me sentei na lanchonete na 45, seu rosto estava no cardápio, ao lado do *souvlaki*.

"O que você vai querer?", perguntou o garçom de pele esverdeada.

Apontei o cardápio. "Ela. E uma xícara de café." Ela foi o melhor hambúrguer que já comi. Saí da lanchonete com a cabeça erguida para a noite, a estranha paz de não estar de ressaca nem bêbado, virando esquinas a esmo, de uma rua para outra, pensando que minha vida acabara de sofrer uma reviravolta, como se eu tivesse salvado alguém, embora não soubesse ao certo quem. Que importava? Eu estava me recuperando, recuperando outros, a única coisa que eu sabia fazer. Que importava estarmos cronicamente condenados? O que contava era reagir, Mary e eu.

Virei para o sul na 9ª e topei com uma multidão aglomerada na entrada da 43, a esquina de Patrick Burke, o último lugar em que eu queria estar. Dois tiras estavam defronte a uma viatura policial e, atrás deles, caminhões de bombeiro, bombeiros, moradores e párias haviam se aglomerado em frente ao prédio de Burke. Mangueiras de incêndio subiam a escada e entravam pela porta; como não se viam chamas nos últimos andares, parecia que as mangueiras estavam bombeando lá para dentro a fumaça que subia em rolos do telhado e das janelas do último andar. Vi os bombeiros andando de um lado para o outro no quinto andar como se procurassem alguma coisa, a origem do fogo.

O reverendo Scythe também se encontrava no local; incêndios eram sua especialidade. Ele escolhera para seu púlpito a varanda do prédio de Burke, pulando as mangueiras até quando os bombeiros as transportavam de volta aos caminhões. "Olhem para cima, paroquianos, lembrem-se da fumaça que veio antes do fogo, pois quando chegarem as chamas do Juízo Final não haverá lugar para a fumaça." Scythe agitava os braços como se estivesse atiçando o fogo ausente, a fumaça que se desfazia rapidamente. "Como previu o Irmão João, de fogo será o céu, o Sol, a Lua, a Terra, de fogo o oceano e os campos, de fogo eterno o ar que vocês hão de respirar até o fim dos tempos. Prestem atenção, vejam agora essas palavras escritas na fumaça, pois amanhã já é tarde demais."

Abordei um dos bombeiros enquanto ele terminava de arrumar o equipamento no caminhão. "O que está acontecendo lá em cima?"

"Só fumaça. Não conseguimos encontrar o fogo."

"Não é preciso haver fogo onde há fumaça?"

"Geralmente, exceto por aqui. É um mistério."

"Tem alguém lá em cima?"

"Não. O zelador abriu para nós. É a segunda vez que somos chamados aqui esta noite." Ele pulou para dentro quando o caminhão começou a rodar, o reverendo Scythe gritando para ele: "Quantas vezes vocês vieram aqui hoje? De que adiantou? Quantas vezes voltarão? Quando irão perceber que seus caminhões e mangueiras não funcionarão aqui? Os incêndios já começaram, mas seus olhos não conseguem enxergá-los. Os mortos estão se levantando, mas vocês são incapazes de distinguir seus rostos da fumaça que eles fazem. Quando é que irão acordar e se preparar?".

Os bombeiros acenaram para Scythe ao passar. Embora ele os acusasse de trazer o inferno, os homens da Ladder Company 4 consideravam o reverendo seu mascote extra-oficial. Nenhum bombeiro jamais se ferira seriamente num incêndio onde Scythe pregava. Deram-lhe um sobretudo preto de uniforme e o capacete enorme que oscilava para a frente e para trás em seu crânio como um sino de igreja. Scythe supunha que os bombeiros, só por terem seu nome associado a fogo, trabalhavam lado a lado com o diabo; mas usava o capacete com orgulho, e quando todos os caminhões haviam partido, ele se virou para a multidão que minguava. "Vão para casa, pecadores, ignorem o derradeiro chamado. Voltem para seus cachimbos de ópio e garrafas de uísque, para sua pornografia infantil e seus casamentos gays. Voltem para suas máquinas caça-níqueis, camisinhas em alto-relevo, divórcios que só valem no México, clubes de sexo e martínis. Voltem para as lutas na lama, os *lobbies* em Washington, as doações de órgãos. A lista é longa, mas está tudo registrado — seus bordéis patrocinados pelo governo, lipoaspiração, cozinha oriental. Somem tudo, e vocês sabem como se soletra: f-o-g-o."

Olhei para os cômodos escuros e sem fumaça no último andar e senti o mal-estar retornando, um velho martelando num cano de vapor dentro de meu crânio. Parecia que a cada dia eu tinha de acordar duas ou três vezes só para lembrar o dia anterior. Pensei em Mary e eu fazendo uma visita aos pais dela, levando máscaras de oxigênio e um desfibrilador, chamando o corpo de bombeiros, saindo para comprar nosso próprio quadro de vulcão. *Eu me demito. Acabou-se.* Parti na direção da 10ª, a voz do reverendo desaparecendo atrás de mim, embora sua lista, obviamente, fosse infinita. "E disse o Senhor, se conseguirdes encontrar um que não seja pecador, um só, pouparei a cidade. Paroquianos, creiam-me, eu tentei. Procurei por toda parte, e por toda parte onde olhei deparei com os olhos de Satã e seus combatentes do fogo. Seus suplementos hormonais de Frederick de Hollywood, suas guitarras do Texas, aromaterapia, sapatos de plataforma..."

Eu não temia o Apocalipse. De certa maneira, ansiava por ele. Só precisava tomar cuidado para não estar em serviço quando ele acontecesse. O desastre no aeroporto em 92 já fora suficientemente ruim: cadáveres, fogo, silêncio. Ganhei a medalha de honra naquela noite, mas não lembro como, e precisei ficar uma semana de licença-saúde depois. É quando eu deveria ter pedido demissão.

Virei para o norte na 10ª, segurando a testa com uma das mãos e tateando à frente com a outra. Toda vez que alguém trombava comigo eu pedia desculpas e virava à esquerda. Reagir não era mais uma opção. Não se pode lutar contra o que não é real. Não se ataca a loucura, descansa-se dela, tomam-se montes de remédios. Retirada, a melhor defesa. Só então me lembrei dos acontecimentos daquela manhã: eu dizendo ao capitão Ed que eu me demitia, Mona saindo do sofá para dizer que me amava. Como eu podia ter esquecido? Como se cada dia escurecesse tudo o que se passara antes, dando a sensação de que a manhã era simplesmente mais um exemplo de Mona falando comigo em meus sonhos, embora desta vez fosse eu falando nos sonhos dela, a única coisa real em minha vida.

Corri pela 10ª até a 50, onde precisei parar, tomar fôlego, fumar um cigarro. Mona geralmente saía do teatro às onze e meia, chegava em casa à meia-noite. Me lembrei de dois meses antes, quando a surpreendi esperando no fim do quarteirão, esperando que eu saísse para o trabalho para que ela pudesse entrar sem me ver, do mesmo modo que eu escolhia o caminho mais longo de volta para casa a fim de não vê-la, os quilômetros que andávamos para evitar um ao outro, ruas demais, destinos de menos. Precisamos cair fora deste lugar, ela disse antes de partir; estamos sufocando aqui. Ela aceitara o trabalho de empresária do repertório de verão do teatro, e em julho alugaríamos um celeiro num campo vizinho ao bosque, ao pé duma colina margeando um riacho. Oito semanas nas Green Mountains de Vermont, a receita de Mona para a ressurreição. A família que mora ali viaja no verão, ela disse, e teremos de cuidar das galinhas, tirar leite da cabra, e há um agricultor que arrenda o campo e vem ará-lo com um trator, e poderemos usar sua caminhonete e me disseram que as estrelas brilham tanto à noite que dá vontade de dormir lá fora na grama recém-cortada e será o melhor sono que você já teve.

Na época, aquilo me pareceu mais uma mentira cor-de-rosa, a verdade tornada mais dolorosa com ela, como nossa última viagem ao lago, mas quando terminei meu cigarro na esquina da 10ª Avenida com a rua 50 e olhei na direção dos degraus de entrada do prédio de Mona, não me pareceu uma caminhada assim tão longa até nosso lugar no bosque, o quintal sem cerca no qual penduraríamos nossas roupas ao sol. Era importante partir o mais rápido possível; o maior erro seria esperar que os fantasmas nos deixassem: Rose e os Burkes tinham um poder de permanência extraordinário. Só precisávamos um do outro e de algumas centenas de quilômetros, distância suficiente para manejar o esquecimento. E enquanto eu me imaginava andando até aquele celeiro vermelho, vi Mona virar a esquina, e segui na direção dela sem saber o que iria dizer. Vi então que o homem que andava atrás dela na verdade estava andando com ela, e ele parecia saber exatamente o que estava dizendo. Atravessei a rua, sentei-me nos degraus defronte aos dela e os vi chegar juntos à porta de entrada. Disseram algumas palavras e em seguida presenciei o que parecia ser uma despedida, Mona pôs a chave na fechadura, abriu a porta. Muito bem, Mona, pensei, mas então ela deixa que a porta se feche sem ter entrado, ele põe seu braço no dela e eles se beijam demoradamente. Tornam a se despedir, ele pula para a calçada e se vira acenando para ela como Errol Flynn em *Robin Hood*. Um maldito ator. Ela o viu afastar-se, eu vi sua sombra subir a escada.

Segui o homem na direção da 9ª, tentando imitá-lo no andar, como Marlon Brando em *Sindicato de ladrões*. O que mais eu poderia dar a ela? Mais angústia. Meu papel estava batido demais. Imaginei-me bebendo uísque sob as estrelas com a cabra e o fantasma de Burke, quebrando garrafas vazias no celeiro. Rose caída na trilha dos carros perto da caixa de correio, sem respirar. Alcancei o homem no farol. Ele estava com aquela cara, como diria Marcus. Passei na frente dele e me virei. "Cuide *você* daquelas galinhas nojentas", falei, e segui para o norte pela 9ª.

"Você está atrasado, Pierce, eu sei, mas não posso despedi-lo. Não tenho mais ninguém para trabalhar na Dezesseis Xray. O capitão Barney me estendeu chaves e um rádio. "Você está na ambulância número 86. Eu o despedirei amanhã, Pierce, embora não possa prometer."

"E se não houver amanhã?"

"Caia fora daqui, Pierce, antes que eu lhe dê um grande abraço. Adoro esse cara", ele disse para a srta. Williams, que não ergueu os olhos.

A ambulância número 86 estava no canto mais distante, um pouco arreada, como se uma grande mão a tivesse amarrotado e jogado ali, um monumento a demasiados sinais vermelhos desrespeitados, demasiadas trombadas de frente e de lado, demasiados motoristas esgotados. As laterais e a frente estavam comidas de amassaduras, uma ferrugem marrom-municipal alastrava-se como urticária do capô aos esburacados painéis inferiores. O pára-choque traseiro jazia numa pilha de partes quebradas ali perto. Franco, a ambulância que não queria morrer. No escuro, ela parecia uma fornalha abandonada.

Tom Walls desceu pela porta do motorista e foi me encontrar do lado do passageiro. "Padre Frank, quem diria?", socando-me as costas e os braços. "Seremos você e eu esta noite, os Cavaleiros Durões, rasgando as ruas novamente, como nos velhos tempos. Ei, chamem o caminhão do necrotério — você parece um Morto ao Chegar. Precisamos de café, urgente. Zip-a-di-du-dah." Ele chutou o pneu dianteiro. "Esta velha ambulância é uma guerreira, Frank, como nós. Tentei matá-la, e ela não quis morrer. Tenho muito respeito por isso." Ele pulou para o banco do motorista e ligou o motor. Abri as portas traseiras e entrei.

"O que está fazendo aí atrás, Frank?"

"Estou doente, Tom. Preciso de tratamento."

Abri a caixa de medicamentos, ajeitei-me na maca, puxei um suporte de soro intravenoso e um torniquete, enrolei-o em meu bíceps esquerdo e segurei firme o braço contra o peito. Limpei a veia, peguei um cateter intravenoso estreito, enfiei a agulha. Liguei um litro de soro fisiológico e, enquanto ele corria, misturei e injetei um coquetel de vitamina B acompanhado de uma ampola de glucose, uma gota de adrenalina. Não era tão bom quanto uma cerveja, mas era tudo o que eu tinha. Os remédios eram frios, como vermes de aço rastejando por meu cotovelo. Examinei os frascos alinhados em fileiras arrumadas na caixa — epinefrina, Isuprel, lidocaína —, medicamentos salvadores de vida que poderiam me matar num minuto, acabar com tudo. "Vamos embora, Frank", gritou Tom lá na frente. "Há sangue jorrando nas ruas." Quero dizer, acabar até que Tom me encontrasse e me trouxesse de volta, ou um pouco de volta. Desculpe, Pierce, mas você não tem mais licença-saúde. Abri os tanques de oxigênio principais e passei os tubos para a cabine. Levei meu soro intravenoso até o banco do passageiro e, enquanto Tom conduzia a ambulância pelas pistas sem árvores da 9ª Avenida, segurei a máscara de oxigênio encostada no rosto e me concentrei em inspirações longas, profundas.

Tom dirigia com o assento bem à frente, seu rosto perto do pára-brisa, os braços forçando o volante para baixo como uma furadeira pneumática. "Padre Frank, parece que você andou fazendo hora extra com o vinho santo."

Tirei a máscara. "São tempos difíceis, Tom."

"Sim. Delícia, não é?"

"Delícia para se estar bêbado. É a sobriedade que está me matando."

"Olhe lá em cima, Frank, é lua cheia. Vai correr sangue esta noite. Posso sentir." Ele deu um tapa no painel. "Nossa missão: salvar vidas."

"Nossa missão é café, Tom, uma dose do touro, expresso porto-riquenho."

"Mensagem recebida, El Toro de Oro. Decolar."

Por cinco minutos de curvas delirantes, inalei o oxigênio. Tom finalmente diminuiu a velocidade para o trânsito de putas próximo à 45, e ali vi o sr. Burke atravessar a rua à minha frente, alinhado no sobretudo e no terno pretos que eu vira pendurados em seu guarda-roupa, o terno que o imaginei usando em seu funeral. É um milagre, pensei, depois repensei. Comprimi a máscara contra o rosto, aspirei o oxigênio e vi Burke dobrar à esquerda na 10ª e desaparecer no ajuntamento de cafetões na esquina. O sinal ficou verde e todos viraram figuras fantasmagóricas à distância.

"Tom, estou doente. O tratamento não está funcionando. Talvez devamos voltar para o hospital."

"Estávamos todos doentes no Vietnã — malária, disenteria, tudo o que você imaginar. Mas fizemos o que tínhamos de fazer. Não se preocupe, garoto. Tom cuidará de você. Bote a cabeça na janela, receba um pouco desse ar de primavera. Escute a música. El Toro de Oro. Andale. Pronto."

Tom aumentou o volume do rádio, que ele sempre mantinha sintonizado com o ano de 1968. Tudo o que eu ouvia era a voz da expedidora. Só podia ser, pensei, só podia ser a expedidora 801, de quem ninguém consegue se esconder.

"Muito bem, unidades, hora do suicídio. Catorze Boy, registro você no hospital por sessenta minutos, mas sei que está na lanchonete da 52. Largue o hambúrguer. Tenho um chamado para você, logo na esquina, 51 com 10ª, para o homem com um laço no pescoço e nenhum lugar onde se pendurar. Treze Zebra, pode esquecer a idéia de ver a mudança de turno no Go Go World. Dez quarteirões abaixo, na 32 Oeste, 220, no apartamento 4 Charlie, sexo feminino, quarenta anos, não consegue parar de engolir aspirinas. Dezesseis Xray, nem pense em tomar café, tenho um chamado para você também."

Tom apanhou o rádio com um golpe da mão em concha. "Dezesseis Xterminador falando. Gostamos de nosso café com sangue. Pode caprichar — meu parceiro está morrendo de vontade de ajudar alguém."

"Estão com sorte, X: seu paciente aguarda vocês com os pulsos sangrando no terminal rodoviário, 42 com 8ª."

Tom dirigiu como se ouvisse sua mãe gritando por socorro a vinte quarteirões de distância. Afastei a máscara de oxigênio e retirei o cateter intravenoso. Agarrei um lenço de papel no ar e pressionei com ele o orifício em meu braço. Procurei um curativo entre os cardápios no porta-luvas. "Tom, onde estão os Band-Aids? Isto não é uma ambulância?"

"Cuidado", ele respondeu. O nariz de Franco caiu, bateu em alguma coisa dura no asfalto e pulou. O Band-Aid estava em cima de uma pilha de cardápios em meu colo. Só serviu para diminuir o sangramento.

A habitual coleção de almas perdidas perambulava em frente ao terminal rodoviário: cinqüenta bêbados fitando a calçada como se em algum lugar nas rachaduras eles houvessem perdido sua passagem para uma vida melhor. Tom e eu, parados perto da ambulância, tentávamos adivinhar qual paciente seria o nosso quando do centro da turba um trio de párias histéricos empurrou um companheiro, que soluçava como se o estivessem levando para o sacrifício. Ele desabou quando o jogaram contra a porta da ambulância.

"Que diabo está acontecendo?", Tom perguntou, autoritário.

"Vocês têm de levá-lo para o hospital", disse um dos samaritanos ébrios. "Ele tentou se matar. Tem um corte feio. Mostre a ele seu pulso. Mostre." A forma amarrotada a quem ele se dirigia se endireitou com as costas na ambulância e se pôs a tremer como uma truta no cais. "Viram o que eu quis dizer? Ele não está bem. Garanto a vocês." O amigo começou a abrir a porta, e os outros se juntaram a ele, derrubando no chão o paciente.

"Parados aí." Tom bateu a porta. "Não levarei ninguém a lugar nenhum contra a sua vontade. Aqui é a América. As pessoas têm direitos." Tom olhou na minha direção e eu assenti patrioticamente.

"Mas ele vai morrer se vocês o deixarem aqui." O porta-voz oficioso puxou o braço do homem, virando o pulso para cima. "Está vendo?" Tudo o que eu conseguia enxergar era sujeira e o que seria uma brotoeja ou uma tatuagem grosseira. "Ele estava sangrando antes", falou o samaritano, e os demais vieram em seu auxílio. "Ele ficava derramando a cerveja", disse um. "Fiz respiração boca-a-boca nele", falou outro, sorrindo encabulado.

"Vocês têm sorte de não o terem matado". Tom ergueu o paciente e o pôs de joelhos. "Vamos ouvir diretamente da boca do biruta. Você está louco? Tentou passar desta para melhor?" A choradeira do homem podia ser ouvida em três estados. Tom o sacudiu de novo, o homem emperrou por um momento e, dos cantos da boca, soltou um salivoso "Sssiim".

"Por que não disse antes?" Nós o arrastamos para dentro da ambulância, e os três irmãos recuaram cambaleantes na direção da turba. Tom arrancou uma das almofadinhas plásticas de eletrodo do monitor de ECG. "Meu senhor, vou ministrar-lhe um medicamento que ainda se encontra em fase extremamente experimental. É da NASA e, embora os astronautas o venham usando há anos, somos o primeiro serviço de socorro a testá-lo. Aplicarei o adesivo em sua testa assim, e em aproximadamente um minuto o senhor deverá relaxar. Esquecerá todos os sentimentos suicidas. É importantíssimo que use isto durante no mínimo vinte e quatro horas e se examine constantemente no espelho. Se o adesivo ficar verde, o senhor precisará procurar o médico imediatamente; os efeitos colaterais poderão ser fatais."

O homem meneou afirmativamente a cabeça e Tom foi para a frente da ambulância e sentou-se ao volante. Decorrido um breve período, eu disse ao homem que àquela altura ele já deveria estar se sentindo mais calmo, e ele parou de soluçar, mantendo-se sentado, quieto. Nunca falhava. Sentei-me ao lado dele e olhei seus pulsos.

"Você não quer se matar assim, quer?", falei. Ele sacudiu a cabeça. "Quero dizer, essa é a pior tentativa de suicídio que já vi. Está sentindo as pulsações? Aqui. É aqui que se corta, e não atravessado, é embaixo, assim." Peguei minha faca. "Aqui, tome."

Eu mantinha meu dedo na artéria, a lâmina tremendo na outra mão. "Não consigo", disse ele, tão surpreso com minha raiva quanto eu.

"Com todos os coitados nesta cidade que só desejavam viver em paz e foram cruelmente assassinados, você tem a cara de pau se se sentar aqui dizendo que quer morrer e não pôr isso em prática! Você me dá nojo. Tome."

Ele olhou para a lâmina, para mim e para seu braço, tudo ao mesmo tempo, e então todo seu corpo atacou o fecho da porta traseira e ele caiu lá fora, rolou na rua e se levantou tropeçando, como um atleta de salto em distância. Tom parou a ambulância, veio para trás e nós vimos o homem virar a esquina, ainda segurando a almofadinha na cabeça.

"Nós o curamos, Padre. Quando trabalhamos juntos, não há nada que não possamos consertar."

El Toro de Oro era de plástico branco e cromo, fileiras de lâmpadas vermelhas ornamentando espelhos em forma de coração. Na mesa quatro central, velhos jogavam cartas, um jogo híbrido que eles pareciam reinventar a cada rodada. Bebiam cerveja em canecões e apostavam com ameaças de punho fechado, rindo ou balançando a cabeça após cada performance. Atrás do balcão, o homem que fazia o café estava no lugar de sempre, limpando as praias de fórmica com um pano úmido e fitando pela janela o mar azul revolto. Num canto, um jovem gritava ao telefone. "Não minta para mim eu sei onde você teve telefonei pro seu irmão ele disse que você ficou fora o dia inteiro não minta para mim mato você sua vaca." Ele deu um tapa estrondoso na parede, chutou o telefone e se atirou numa cadeira perto de dois amigos, rindo.

Fiquei parado ao lado do telefone, sem saber para quem ligar. Abri a carteira, tirei um punhado de identificações, junto com fragmentos de folhas soltas rasgadas, garatujas ilegíveis, recortes de jornal, um cupom para hambúrguer grátis. Pensei em Mona à porta, meu pai em sua poltrona, minha mãe rezando no jardim. Todos os fragmentos esparsos de minha pessoa. Apenas Tom Walls permanecera. Nada mais justo do que meu primeiro parceiro ser o último. Cinzas às cinzas, Tom a Tom. Joguei tudo na lata de lixo e saí. O banco dianteiro de Franco afundou com um chiado quando o ocupei.

"Onde está o café", Tom perguntou.

"Não sei."

Tom me atingiu nos olhos com o raio da lanterna de sessenta centímetros recheada de chumbo que ele chamava de Bronson. "Alô. Alô", ele chamou. "Padre Frank, onde você está? Hora de ir para casa." Ele pôs o estetoscópio em meu peito, deu pancadinhas para verificar alguns reflexos, abaixou minhas pálpebras e me declarou morto. "Vomitus biscuitus. Spirito fetidus. Flatus gloriosus. Ameém." Fez o sinal-da-cruz três vezes bem rápido, suspirou respeitosamente e foi para o café.

O trailler-lanchonete estava estacionado no meio de uma rua sem saída entre a West End Avenue e a via elevada que acompanhava o curso do rio. Em meio aos pilares de aço sob a estrada, os sem-teto haviam construído uma aldeia de barracos; observei as sombras dos homens que catavam o entulho, como trabalhadores migrantes vasculhando ruínas. Saí da ambulância. Era só andar até o fim daquela rua e eu desapareceria.

Uma jovem, na verdade uma adolescente, emergiu do escuro e veio em minha direção. Usava capa de chuva amarela no clima seco e tentava andar como uma modelo apesar dos saltos altos que se prendiam em cada rachadura da calçada. Balançando os quadris desajeitadamente, empinando o peitinho, ela desabotoou a parte de cima da capa, tirou o capuz e sorriu para mim na metade do quarteirão. Minha Rose.

Ela parecia surpreendentemente bem, pensei, porém eu sabia que a qualquer instante a dificuldade respiratória começaria. Ela ajeitou a capa de chuva em volta dos ombros nus e, ao passar, olhou para mim e sorriu de novo; com aqueles mesmos olhos que me fitaram tão vazios um mês antes, ela deu uma piscadela e jogou os cabelos para trás com um movimento de cabeça, revelando uma pinta preta atrás da orelha.

Os três rapazes na lanchonete, vendo-a passar, precipitaram-se para fora assobiando e uivando, dando puxões nas virilhas. "Venga, puta."

Atrás deles saiu Tom, um café em cada mão. "Isso não é muito gentil", ele disse. "Rapazes, vocês vão ter de se desculpar por isso."

Os rapazes se entreolharam e riram. Tom parou. "Agora, peçam desculpas a essa senhorita", disse ele. Rose voltou e parou atrás dele, uma oportunidade rara de ter sua honra defendida. Eu tinha os olhos cravados nela, procurando qualquer sinal de asma.

"Está doido, cara? Olhe, ela é uma puta."

"Já chega. Vocês só estão se metendo em mais encrenca. É melhor dizerem alguma coisa como 'Sinto muito' a esta mulher."

"Vai me obrigar, velho?"

Tom jogou no chão os cafés, e o mais alto dos três deu um passo à frente, enquanto os outros dois rodeavam. Tom e o rapaz se empurraram duas vezes, engalfinharam-se e rolaram no chão, e então o rapaz estava deitado sozinho, Tom em pé por cima dele.

Eu via esses acontecimentos rolarem como um furacão pela planície, uma coisa fascinante até que somos impelidos para seu centro e o ar explode. Enfiei a mão dentro da ambulância, liguei luzes e sirenes e pulei em cima do mais próximo, golpeando com os braços na direção de sua cabeça. Jogado longe, quase caindo, pulei em cima do outro. Tom Walls brandia Bronson sobre a cabeça, desferindo-a contra ombros, cabeças e pescoços. Punhos em meus flancos sem dor, o sussurro de uma faca passando perto de meu pescoço, e então a luta estava terminada, Tom golpeando o ar atrás dos rapazes que se afastavam aos tropeções.

Virei-me e vi Rose parada a trinta centímetros de nós. "Obrigada", ela disse, e pareceu que ia me abraçar. Recuei um passo, mas um frêmito incômodo me percorreu ante a idéia de tocá-la. "Vocês são meus heróis, rapazes."

"É nosso trabalho, senhorita", Tom explicou. "É o que fazemos. Salvamos vidas. Agora vá para casa. Estas ruas não são seguras."

"Eu vou."

Examinei-me em busca de buracos, sentindo-me ótimo, como se houvesse morrido na luta e nascido de novo, mais jovem, mais forte. Pulei para o banco do motorista, as sirenes ainda clamando. “Vamos, Tom”, berrei. “É lua cheia. A cidade está queimando sem nós.”

Parado, ele ria, botando a camisa para dentro das calças. Marca nenhuma em seu corpo. “Eu sinto isso, Padre, mas não me lembro de você alguma outra vez ter lutado desse jeito.”

“Está pronto, Tom?”

“Quando você estiver, Padre.”

“Nunca me senti melhor na vida.” Dirigi com as sirenes faiscando, as luzes gemendo, derrapando nas esquinas, passando em sinais vermelhos sem piscar, o poder que estivera ausente durante anos. Tom dando vivas a meu lado.

*Mais ou menos uma vez por semana naqueles anos em que trabalhamos juntos, Tom e eu íamos comprar mantimentos para uma família de quem ele cuidava no East Harlem, os filhos da filha da esposa do amigo de Tom que morrera no Vietnã. Ou coisa parecida. Depois de deixarmos os pacotes, ficávamos lá por alguns minutos enquanto Tom desajeitadamente brincava de cavalinho com uma das crianças em seu joelho. A filha sempre fazia café para nós e pedia a Tom que contasse histórias sobre seu pai, mas a mãe, a mulher que eu imaginava ser a esposa do soldado morto, nunca dizia uma palavra, nunca dava mostras de reconhecer nossa presença. Eu me sentava com ela no sofá arrebentado, assistindo a programas em espanhol na televisão que Tom trouxera.*

# 16.

Os sinais da 4ª Avenida brilhavam verdes até onde eu conseguia divisar, e eu segui pela pista central, o pé do acelerador ancorado no chão. Passando a 42, pisei fundo no freio com o pé esquerdo, travando-o, deslizando na curva, pé esquerdo levantado, pé direito ainda abaixado, o combustível impulsionando as rodas trinta centímetros antes de atingir o táxi. Eu estava ascendendo, cada vez mais leve, a cada curva outro pedaço que se desprendia. Embebido em sofrimento por tanto tempo que eu mal podia me mover, toneladas de sofrimento, minha compaixão tão encharcada de pesar que estava inútil, uma coisa morta por dentro. Quando a abandonei, tornei-me livre, adernando na 8ª, derrapando ao virar na 57, por um triz não atropelando um casal com sapatos verdes. Entrando na Broadway sobre duas rodas, eu me encontrava num plano equilibrado, nada atrás nem na frente, acima ou abaixo.

Não há melhor cura para a fossa do que dirigir uma ambulância extremamente rápido e sem direção, luzes vermelhas batendo nas fachadas das lojas, as sirenes gritando por você, acelerador breque curva, acelerador breque curva, contornando um quarteirão quatro vezes e depois direto pela avenida. Cura garantida se não matar você. Dirija o mais rápido que puder e em seguida vá mais depressa. Vire só no último instante possível e sem razão. Se tiver de bater num carro, assegure-se de que seja um estacionado em fila dupla.

"Aonde você está indo?", Tom gritou. "Ouviu alguma coisa?"

Os rádios da ambulância e da polícia no volume máximo, liguei a FM, uma canção do Doors, e com os ganidos no alto, a expedidora suplicando, tudo formava uma sinfonia histérica, perfeita para esse tipo de pilotagem.

"Estou dirigindo para fora de mim", gritei.

"Não há freios."

"Já levei isso em consideração."

Tom acreditava que o papel do co-piloto era tão importante quanto o do motorista. Os olhos na esquina. Ele se inclinava à frente, o rosto perto do vidro. "Caminho livre, caminho livre, caminhão de lixo, carrinho de bebê, táxi, táxi, táxi." O co-piloto precisava se manter calmo em todos os momentos, destemido, e ao longo dos anos em que trabalhamos juntos, tornou-se tarefa do motorista matar o co-piloto de medo.

A maioria dos outros paramédicos àquela altura estaria aos berros. Larry estaria em pé no banco, as costas contra o teto, esgoelando-se. Tom era mais durão. Eu considerava uma vitória se, parecendo iminente a colisão, eu ouvisse um ligeiro arquejo perpassar seus dentes, seguido por um gemido abafado. Eu quase desistira, mas quando arranquei o retrovisor de um furgão de entregas estacionado em fila dupla na 52, vi seus dedos embranquecerem no painel e soube que estava perto. Passei o sinal vermelho a toda velocidade, gritando junto com Jim Morrison, imaculado.

"Caminhão de lixo", disse Tom, depois repetiu mais alto, "Caminhão de lixo", e deixou escapar aquele assobio baixo e forte como pneu que fura, e eu girei o volante para a direita, o caminhão cortando à esquerda, e justamente quando eu pensava que rodaríamos, a ambulância se endireitou, derrapou e parou defronte à Delicatessen armênia.

Tom contornou calmamente a ambulância pela frente e veio até meu lado. Tranquei a porta. "Saia", ele disse. "Saia da ambulância."

"Peguei você direitinho." Imitei o assobio.

"É, você me pegou. Você é demente. Agora, vamos. Num momento penso que você está tentando o suicídio, no outro, o parceirocídio. Inapto para conduzir este veículo."

"Mas Tom, eu estou curado. A luta me consertou. Vamos fazer alguns trabalhos."

"Você tem a aparência de alguém que acaba de sair de um tiroteio de três dias. Devia se olhar no espelho, Padre Frank."

"Não me chame de Padre Frank. Eu mudei. Agora me chame de Frank Perverso. Frank Sem Coração."

"Você é um coração mole, Frank. Não pode evitar. É isso que você é."

"Meu coração endureceu, Tom; está como pedra. E assim ele pára."

"Está certo, Frank Perverso. Sua vez de trazer o café."

Tom estava atrás do banco do motorista quando retornei, e nos pusemos em movimento assim que entrei, lado esquerdo da rua, cinco quilômetros por hora. Ele dirigia assim a noite toda, patrulhando. "Você ouve o rádio da ambulância e eu o da polícia", ele disse. Os chamados para trauma geralmente eram despachados primeiro para a polícia, e Tom gostava de chegar ao local antes dos tiras. Dizia que o trabalho não valia a pena se não se pudesse sentir no ar o cheiro da fumaça das armas.

Eu vigiava as ruas, rádio da polícia numa orelha e expedidor das ambulâncias na outra, esperando, ciente de que nada aconteceria sem mim. Queria uma explosão, um acidente com numerosas vítimas, corpos nos quatro cantos, baleados em todos os cômodos, prédios desabando, trens descarrilando. Eu não podia controlar os vivos ou os moribundos — seus destinos eram determinados muito antes de minha chegada —, mas acreditava que minha presença era necessária para a ocorrência do evento, do mesmo modo que a ação requer o cenário. Eu era o cenário. A cidade e eu éramos um só. Aqueles dez anos em que eu estive ausente, quando meu pai nos tirou da cidade, deixaram-me defasado e fora de sincronia com Manhattan, seus ciclos de morte e renovação. Cinco anos de incansável perseguição, sem conseguir alcançar. Agora era difícil dizer se eu fora bem-sucedido ou se perdera a sanidade na tentativa. Eu me perguntava se não seria tudo a mesma coisa.

Seguimos pela 8ª, a avenida atulhada de pessoas movendo-se distraídas e vacilantes das espeluncas de néon para os shows sadomasoquistas no Circus Cinema. Multidões de olhos e ouvidos atentos, à espera do momento específico que daria início à noite. Tom estacionou para observar uma luta na esquina da 40, dois homens rolando na sarjeta, e, defronte ao terminal rodoviário, outros dois brigando. Um deles tinha o braço numa tipóia, o outro sofrera algum tipo de derrame que paralisara seu lado direito, e cada qual desferia seu braço sadio contra o oponente, até que a garrafa pela qual lutavam se esvaziou.

Parados num sinal, ouvimos um grito vindo de um dos prédios do outro lado da rua. Um velho saiu correndo, trajando apenas cuecas velhas e totalmente manchadas. Outro grito, uma mulher perseguindo o velho. Baixinha e morena, de corpete vermelho com uma longa capa vermelha, brandindo uma faca de açougueiro acima da cabeça. Na soleira da porta pela qual eles saíram estava a figura do sr. Burke, agora sem o sobretudo e o paletó, camisa branca manchada de sangue, braços brancos erguidos para o céu.

"Vá em frente, faça o que quiser", berrei para ele. "Não me importo mais."

"Isso mesmo", falou Tom, virando à esquerda na 51, novamente à esquerda na 9ª; quando terminamos o café, ele estacionou Franco no meio-fio defronte à padaria porto-riquenha. Ainda com o pé no acelerador, ele gritou mais alto que o motor. "Há uma mulher aqui que usa o velho coador de pano e grãos moídos na hora. Deveria ser proibido por lei, esse café. Está a fim, Frank?"

"Dose dupla, Tom."

Ele saiu, tirou de trás do banco uma argola para levantamento de peso e a ajeitou equilibrada em cima do pedal do acelerador até que as bielas martelassem o capô. "Meu regulador de marcha lenta", ele explicou. "Ela morre sem o peso. Não posso permitir que ela morra. É como deixar cair a bandeira."

Da esquina à nossa frente, vi uma velha se aproximar, olhando à esquerda e à direita. Quando ela chegou mais perto, reconheci a sra. Burke, parecendo anos mais velha. Baixei a cabeça no banco. Ela bateu na janela. "Você viu meu marido?"

"Não". Sacudi negativamente a cabeça, olhando para o outro lado.

"Não consigo encontrá-lo. Procurei por toda parte. Ele está doente, sabe. Não devia estar fora de casa."

Ela prosseguiu rua abaixo, e Tom trouxe o café. No momento em que ele se sentou a ambulância se pôs em marcha, subindo a 8ª na velocidade de uma caminhada rápida. "Deveríamos patrulhar pelo Upper West Side e o Harlem", ele disse. "É onde está o trauma, mas eles não param de nos mandar para Midtown."

"Não consigo escapar deste lugar."

"Dezesseis Xray, Xray." A expedidora na hora exata.

Ajustei o rádio. "X."

"Em primeiro lugar, eu gostaria que vocês soubessem o quanto lamento isto. Sempre gostei de vocês dois. O Nome Dezesseis Xray está gravado a ouro nos anais de nossas horas de almoço. Uma unidade sem igual, e por isso fico extremamente consternada por ter de fazer isso, mas não tenho escolha. Vocês têm de ir para a 46 com 10ª. Na frente da loja de bebidas, encontrarão um indivíduo do sexo masculino, quarenta anos, inconsciente, deitado ao lado de sua cadeira de rodas. Preciso acrescentar alguma coisa?"

"Você já disse demais", falei.

Tom fitou o rádio. "Sr. Oh."

"É cedo para ele."

"Tudo bem", disse Tom. "Não estamos destinados a levar Oh esta noite. Alguma outra coisa vai acontecer. Posso sentir." Ele continuou na mesma velocidade na direção da 9ª, para o sul, em seguida rumou para oeste na 45, e eu comecei a ter a mesma sensação, observando calçadas e fachadas de lojas, esperando a qualquer momento um homem vir correndo para a rua, sangue jorrando da garganta.

"Pronto!", Tom gritou. Ele aumentou o volume do rádio da polícia. "Resgate de Emergência para Central", falou. "O que foi esse chamado?"

"Pedestre atropelado, 54 com 10ª."

"Mensagem recebida. Em menos de um minuto."

Tom soltou o freio, espremendo-me contra o banco, a sirene em minha garganta, bloqueando tudo o que acontecera antes.

"Adoro essa expedidora da polícia", ele gritou. "A voz dela é como flan de caramelo. Seus seios são enormes."

"Ela me adora", falei; forcei o corpo para a frente, a cabeça perto do pára-brisa, sondando as ruas à nossa frente. "Ela sussurra em francês para mim à noite. Táxi, caminho livre, táxi, caminho livre."

"O nome dela é Yvonne, húngara. Ela cozinha para mim, nua da cintura para cima. O pão que ela faz é um pedaço do céu."

As luzes da polícia três quarteirões acima, a multidão rodeando um caminhão de lixo. "Ela me jurou fidelidade aos catorze anos", falei. "Retratei-a em nus a óleo, pastel, em veludo negro. Ela ainda chora quando os vê. Caminhão de lixo logo à frente."

Eu já estava fora da ambulância antes de ela parar. Um tira à frente da multidão, perto das rodas traseiras do caminhão de lixo. Outro tira subitamente ao meu lado.

"Este aqui é absolutamente diferente", ele disse. "O corpo está vivo, mas sem cabeça. Estou com enorme dificuldade para aceitar isso."

Agarrei a bolsa com o equipamento respiratório e comecei a atravessar a multidão, a maioria lixeiros e sem-teto que haviam trabalhado em saneamento ou desejavam fazê-lo algum dia. Na frente do caminhão havia três outros estacionados, todos eles pertencentes à famigerada frota da Transportadora Mars.

"Abram caminho. Paramédicos passando." Os lutadores do lixo fendendo-se à minha frente. Todos entoando a mesma canção: Você viu essa merda? Não dá para acreditar.

O tira postava-se diante deles como um leiloeiro em exposição de gado. "Se eu não tivesse visto, nunca acreditaria", disse ele, afastando-se para o lado para que eu me aproximasse do corpo.

Ele jazia de costas, tênis brancos novos apontando para cima, um abrigo esportivo roxo fechado a zíper sobre o vasto estômago mas aberto no peito de pêlos brancos para mostrar as três correntes de ouro enroladas no pescoço grosso que desaparecia no finíssimo espaço entre as gigantescas rodas traseiras. Eu não conseguia ver parte alguma da cabeça, apenas pescoço e pneu.

A voz do tira acima de mim. "Ao que parece, este motorista estava dando ré quando atingiu o homem, derrubando-o no chão e passando em cima da cabeça com a parte de trás destas duas rodas. Alguém na calçada viu tudo e disse ao motorista que parasse, felizmente, ou infelizmente, dependendo de como se vê a coisa."

Observei o peito que subia e descia em movimentos uniformes, plenos. Auscultei os pulmões, limpos exceto por alguns sons estrídulos próximo à extremidade superior. Verifiquei os batimentos, lentos e fortes, e então a mão se moveu. Cuidadosamente, ela se virou por cima da minha, agarrou meu pulso com uma força espantosa e o torceu — dor entorpecedora até meu ombro. Esmurrei a mão, o estômago. Levantei-me o suficiente para chutá-lo nas costelas até que ele me largou.

"Ele fez a mesma coisa comigo", disse o tira. "Quase me arrancou a perna. Pensei que ia ter de atirar nele. Sujeito durão."

"Pode acreditar que ele é durão", disse um dos lutadores. "Esse aí é o Joe Mars. Ninguém mata esse cara."

"Algum reboque a caminho?"

"Pedimos o maior que há; deve chegar em dez minutos."

Tom Walls chegou com a maca, sobre ela uma pilha de equipamentos de dois metros: talas de tração, aparelhos de sucção, coletes salva-vidas, comadres. "Preparado para tudo", ele disse, pegando um saco para cadáveres.

"Ele ainda não está morto."

"Deve ter a cabeça pequena."

"Bem, antes ele não tinha, mas agora tem. Esse aí é Joe Mars."

"É um jeito apropriado de partir. Atropelado por seu próprio caminhão. Quem o pegou?"

O tira não precisou apontar o motorista, que parecia estar nu em uma câmara frigorífica, braços enrolados no corpo, pés batendo no chão, cigarro tremendo na boca.

"Teremos um chamado para ele em seguida", falei. "Os filhos de Mars não vão gostar disso."

"Ele se enfiou de mansinho atrás de mim", disse o motorista. "Eu nem toquei no acelerador. Meu pé estava no freio o tempo todo." Ele olhou para o homem que estava a seu lado, baixinho, com dentes de prata. "Você estava comigo. Viu tudo. Conte a eles."

"O que eu tô sabendo", falou o homem, "é que ele correu a noite inteira me perguntando onde é que o Joe mora, cadê o Joe. Por que você quer tanto saber do Joe, eu perguntava para ele."

"Belo parceiro", disse o tira, anotando em seu livro.

"Ei, Tom", falei. "Vamos levantar isto."

"Levantar o quê?"

"Temos trinta idiotas aqui. Então, isto não é lixo? Esses caras sabem como levantar lixo."

"Nunca aconteceu", disse o tira, mas Tom já estava organizando os homens ao redor da traseira do caminhão. "Nunca diga nunca", ele aconselhou, e foi para seu lugar ao lado de Joe Mars. "Vamos lá, pessoal. Quando eu disser três."

Um grunhido memorável e quase mais nada. Um quarto de sopa cor de arco-íris derramou-se sobre as rodas que haviam desalojado a cabeça de Joe.

"Não acredito", gritou Tom. "Vocês se intitulam coletores de lixo. São é mocinhas, novilhas. Se tivéssemos aqui trinta paramédicos, saberíamos como mover esta coisa. Todas as mulheres, por favor, afastem-se do caminhão. Se não sobrar nenhum homem, eu farei o serviço sozinho."

"Não preciso dessa merda", disse uma mulher com o uniforme verde da Mars, do tamanho de um couro de novilha. Ela tirou as mãos do caminhão e se afastou.

"Volte aqui", Tom berrou. "Você é um coletor de lixo, e não se esqueça disso. Todos nós somos coletores de lixo. O mundo é o nosso lixo. Agora, levantem, levantem."

Ajoelhado ao lado de Joe Mars, vi os pneus se expandirem contra o chão, uma polegada, duas. Não o suficiente para enxergar o rosto.

"Segurem, segurem", berrei. Homens resfolegando como touros se acasalando. Abri minha faca, enfiei no pneu e girei. Depois, o outro. Agarrei o braço do tira. "Puxe o pneu para cima, perto da cabeça." Ele obedeceu, e ainda nada de espaço suficiente, e o oxigênio do ar rareando, músculos cedendo, homens agora gemendo como cães espancados. Eu arriscara cortando os pneus. Se o deixassem cair agora... "Preciso de mais uma polegada", falei. "Mais uma." Grunhidos de moribundos.

Fechei os olhos, inspirei e prendi o ar; sentindo o caminhão se erguer, puxei os tênis brancos de Joe com toda a força que eu tinha, a cabeça deslizando livre como quando se tira um sapato molhado. O caminhão caiu. Um hurra subiu da multidão, agora quase chegando à centena, e em seguida outro som, como um cheiro ruim, e silêncio quando todos viram pela primeira vez os restos de Joe Mars.

O rosto estava substancialmente achatado, nariz, bochechas e queixo todos no mesmo plano. A pele fora arrancada segundo uma linha que descia do centro e enrugava-se onde terminava o plano e começavam os lados do rosto; nenhum açougueiro faria um corte melhor. Acrescente-se a isso o achatamento da parte posterior da cabeça e o célebre corte de cabelo aplainado no topo usado naturalmente por Joe Mars. O resultado, um bloco quase perfeito, a besta quadrada, boca, nariz e olhos amontoados no centro exsudante do cubo. A cada expiração gorgolejante, sangue e saliva borrifavam a tábua de seu rosto.

"O crânio deve estar fraturado em uma dúzia de lugares", falei.

"Ele não vai viver uma hora."

Assim, grudei a máscara com esparadrapo na cabeça de Joe, mais para controlar a aspersão ensangüentada de sua respiração do que por qualquer benefício que o oxigênio pudesse proporcionar. Ele melhorou imediatamente, ou pelo menos pareceu melhorar, pois a máscara deu a impressão de haver por trás um rosto com forma mais humana. Quando chegamos ao Miséria, sua respiração se tornara fraquíssima, os batimentos diminuídos para trinta. Não lhe restava muito tempo. Baixei o suporte do soro intravenoso e saí da ambulância. Tom apontou para Mars. Das fendas no rosto de Joe espumava uma substância encaroçada cinzenta. Aquilo enchia a planície sangrenta que compunha o topo de sua cabeça, escorrendo depois uniformemente pelos lados.

"Olhe, Tom, isso é matéria cinzenta. Ele está vomitando o cérebro."

"Sujeito durão", Tom comentou; tiramos a maca da ambulância, atravessamos com ela a sala de espera abarrotada, a inevitável espera para que Griss abrisse a porta.

"Griss, abra", disse Tom. "Temos uma celebridade aqui. O famoso gângster Joe Mars foi atropelado por um de seus caminhões."

"Griss afirma que é mais uma razão para ir devagar e apreciar as ironias da justiça das ruas."

Hazmat aguardava no fim da Ala da Escória. "Que tipo de pesadelo vocês estão me entregando agora?"

"Caminhão de lixo por cima da cabeça", falei. "Deve ser uma gigantesca fratura basilar craniana com tecido cerebral vazando para o esôfago, pois ele acabou de vomitar uma porção de matéria cinzenta lá dentro da ambulância."

"Ele teve indigestão com sua própria mente", disse Tom.

"Não acredito", falou Hazmat; como que para persuadi-lo, Joe Mars soltou outro jorro cinzento. O médico fez um exame meticuloso do produto, depois olhou para nós. "Ele não pode estar vivo."

"Não está", falei, com a mão no pulso de Mars. "Ele está morto."

Entrei no banheiro semicego e saí enxergando bem. Dr. Hazmat estava do lado de fora do compartimento três, de braços cruzados. "Enfermeira Crupp, vamos precisar de mais Valium aqui. Ele está acordado outra vez. Cinco miligramas, urgente."

Atrás da surrada cortina azul, Patrick Burke prosseguia em sua batalha com as tiras atadas nos pulsos, o plástico alojado em sua garganta. Incapaz de gritar, ele mordia furiosamente o tubo, como se tentasse bloqueá-lo, sufocar a si mesmo. O alarme do ventilador soou, vi o rosto de Burke ficar da cor da cortina, seus dentes apertando o tubo com força. "Ajude aqui, Frank. Tenho de enfiar alguma coisa entre esses dentes." Tentando não olhar nos olhos, ajudei Hazmat a forçar a mandíbula o suficiente para abri-la e inserir um separador de dentes. "Enfermeira Crupp, onde está o Valium?", ele gritou, apesar de a enfermeira já estar ao lado dele, enfiando uma seringa num dos muitos tubos intravenosos de Burke. Segundos depois, os braços de Burke descansavam tranqüilos nas grades. O alarme parou de berrar, o ventilador recomeçou como se nada houvesse acontecido, bombeando ar para dentro, sugando ar para fora.

"Você não acreditaria no quanto ele melhorou", disse Hazmat.

"Ele parece ótimo", comentei. "Quantas vezes vocês deram choque nele esta noite?"

"Catorze. Finalmente arranjamos um quarto para ele lá em cima. Deve ir para lá dentro de duas horas. Talvez ele até saia daqui andando um dia."

"E o que vocês vão fazer, mandar alguém segui-lo por toda parte com um desfibrilador?"

Hazmat riu. "Essa é boa, Frank. Não, mas poderiam implantar um cirurgicamente, mais ou menos do tamanho de meu polegar. Ele vai aqui em cima, perto do ombro, com dois eletrodos ligados ao coração. Envia um choque pelo fio sempre que acusa uma queda no fluxo sangüíneo. Espantoso, não é?"

"Um milagre médico", falei.

Mary Burke estava em pé no fundo da sala de espera, falando para um grupo de umas dez pessoas. Fui até lá e fitei sua nuca. Nada mais da filha perdida, da *junkie* amedrontada. Esta noite ela se vestira para ser forte, com armadura — jaqueta de couro, calça jeans, sapatos pretos pesados. Ela se virou para mim, depois para o grupo. "Pessoal, este é o paramédico que trouxe meu pai. Frank, estes são alguns dos amigos de meu pai. Eles têm chegado ao longo de toda a noite."

Uma das mulheres se adiantou e me apertou a mão. "Viemos assim que soubemos", ela disse. "Vivemos em Long Island agora, mas morávamos no mesmo quarteirão de Pat. Ele foi como um santo para nós. Quando Ron adoeceu e perdeu o emprego, Patrick me ajudou a conseguir um emprego de caixa em Food City, e depois, quando Ron melhorou, Patrick convenceu o chefe dele a lhe dar o emprego novamente."

Todos do grupo tinham uma história para contar atestando a caridade de Burke. Observei que Mary ouvia de olhos fechados. Pela primeira vez notei sardas em seu rosto, três em cada bochecha, cada qual perfeitamente situada, sinal evidente de uma mão superior.

"Vou sair para fumar", eu lhe disse.

Paramos no estacionamento. Uma brisa selvagem virou uma esquina e apagou meu fósforo, em seguida o ar ficou parado e calmo como uma nascente no campo. Vi Tom sentado ao volante de Franco, as mãos se movendo para a frente e para trás, os movimentos de dirigir. Mais chamados, mais chamados.

Mary tossiu durante meio minuto. "Fiquei sabendo que foi Joe Mars quem vocês acabaram de trazer. Ele parecia estar muito mal."

"E estava. Ele está morto."

"Ótimo. Ele era sócio de Cy, um verdadeiro filho da puta. Sabe, Cy me telefonou hoje. Não sei como conseguiu meu número, mas ele me pede para ir até lá visitá-lo, e então, quando eu digo que prefiro ir para uma colônia de leprosos, ele diz que há uma nova gangue a fim de matá-lo, apoderar-se do negócio, como se eu devesse ter pena dele. Respondi que espero que desta vez ele esteja certo. Que o matem. Foi o que eu disse a ele."

"Você não vai voltar."

"Escute, na noite passada eu fui fraca. Não vai acontecer de novo. E toda aquela merda que eu disse — foi só porque eu estava dopada, não sabia o que estava falando. Esqueça."

"Claro. Sem problemas. Obrigado por me deixar dormir lá. Foi o melhor sono que eu tive nos últimos meses. Usei um pouco do seu sabonete."

"Esqueça." Ela esmagou o cigarro no chão e olhou através das portas do pronto-socorro. "Queria que esse pessoal já tivesse ido embora. Não consigo ouvir mais nem uma história. É como se estivéssemos num velório ou coisa parecida, como se eles estivessem aqui para enterrá-lo. Ele não vai morrer. Você o viu?"

"Não tenho certeza."

"Ele me responde quando falo com ele. Consegue piscar para dizer sim, duas vezes para não. O médico disse que o cérebro se recuperou mas que estão esperando o coração se estabilizar.

Disse que ainda precisam mantê-lo amarrado. Conseguir uma informação desse cara é como arrancar um dente."

"Você viu sua mãe?"

"Não. Por quê? Fiquei aqui a noite toda."

"Não sei." Fitei a constelação de sardas em sua face, tornei a sentir a fragrância de estufa de seu banheiro. "Posso trazer algo para você comer — um *falafel*, uma pizza?"

"Não, obrigado. Acabamos de comer. O Nino mandou três pizzas esta noite. Alguém deve ter contado a eles. Esqueci o quanto meu pai significava para essa gente. Eu só via como ele era duro conosco. Mas agora sei que ele precisava ser assim, para nos tornar duros. Esta cidade engole quem não é forte o bastante."

"Não", falei. "A cidade não discrimina. Ela pega todo mundo." As luzes de Franco acenderam-se no estacionamento. "Tenho de ir. Outro chamado." Cheguei mais perto, pressão sangüínea na estratosfera, meu coração disparando na reta de chegada. Tom buzinou, o tempo acabando. "Estamos todos morrendo, Mary Burke."

Ela me fitava, a quinze centímetros, a dez. "Não é uma boa hora."

"Não há tempo", falei, pus a mão em suas costas e a beijei, solidamente, lábios esmagados por um segundo, em seguida corri para a ambulância.

Na Broadway, Tom tirou totalmente o pé do freio, e a sobremarcha escoiceou como se um caminhão do correio batesse em nossa traseira. Franco era a última das 450 de chassi leve, a mais rápida da cidade, e Tom a estava forçando até o limite, passando pelas menores brechas, cortando, voando, desviando. Eu me esquecera de como ele sabia ser bom motorista, sempre no controle, sempre em velocidades tremendas. Pus as botas no painel e reclinei a cabeça, os olhos semicerrados, as janelas como paredes de luz, indistintas, estrondos e lampejos, como estar sentado num fliperama. O beijo ecoava dentro de mim, espalhando-se para as luzes que passavam em disparada, tudo ficando para trás num átimo. O movimento era tudo o que importava. "Aonde estamos indo?"

"Um tiroteio. Confirmado. Rua 45, entre 9ª e 10ª.

No meio do principal quarteirão das putas, dois carros da polícia estavam interditando o tráfego, e a esquina da 45 com a 9ª se tornara uma louca debandada de fregueses afastando-se freneticamente da cena do crime. Tom virou da 9ª e subiu na calçada, derrapando quase em cima dos tiras e putas em semicírculo ao redor da varanda. Pegamos as bolsas com os equipamentos para trauma e respiração, o oxigênio e a padiola. Tiras empurrando o povo para trás, o corpo do homem deitado nos degraus inferiores.

"Onde ele foi baleado?", perguntei ao tira.

"Ele não está baleado. Só morto", ele respondeu.

"Mortinho da silva", falou seu parceiro.

Procura inútil dos batimentos. A mão gelada. Morto havia pelo menos uma hora.

"É o Bandido", disse uma das putas.

"Como você sabe?"

"Ele está de roupa preta, não está?"

Botas pretas, calças pretas, camisa de mangas compridas preta, chapéu preto de abas largas cobrindo o rosto. Puxei o chapéu para trás e vi o nariz adunco, recurvado, a minúscula tatuagem de uma cruz, como uma lágrima sob seu olho. O Bandido era muito conhecido em Kitchen, uma organização terrorista de um homem só. Havia comemorações toda vez que ele ia para a cadeia, alertas públicos sempre que ele saía. Assim, a única surpresa ao encontrar o Bandido morto naquela varanda era não descobrir buracos de balas. Seu corpo jazia numa posição estranha, como se ele houvesse sido atacado de algum modo, embora eu não visse sinais de trauma. A cabeça estava no quarto degrau, as costas chapadas contra o terceiro, as pernas penduradas ao longo dos outros dois, com os pés chegando à calçada. Os braços se curvavam na altura dos cotovelos, as mãos próximas do rosto, espalmadas para cima, como se uma catedral estivesse tentando sentar-se ali. Ele também estava com aquela cara de alguém lutando para se livrar de um peso fatal.

Reexaminei a cabeça e as costas. "Talvez seja overdose."

"De jeito nenhum", disse uma das putas. "As únicas drogas que o Bandido usava eram sexo e violência, geralmente juntos."

"Bom, então como foi que ele morreu?"

"Deve ter sido morto. Todo mundo sabe que o Bandido estava trabalhando para Cy, e todo mundo sabe que o tempo de Cy está acabando."

As outras putas se aproximaram para ver melhor. Pareciam achar engraçadíssima a morte do Bandido. "Para mim, parece que ele morreu de pura feiúra", uma delas falou. Outra, espichando-se quase até se soltar dos calcanhares: "Acho que Dorothea estacionou seu trailer enorme e gordo em cima da cara dele". "Vai te foder", disse Dorothea.

"Alguma das senhoras viu o que aconteceu?", Tom perguntou, e uma das mulheres deu um passo à frente.

"Transei com ele faz umas duas horas. Nunca vou esquecer esse nariz, e posso garantir que naquela hora ele estava bem." A mulher ao lado dela olhou séria em seu rosto. "Caramba, menina, tua xoxota matou o homem." Todos rindo, como gordos na barbearia.

*O paciente e eu estávamos sentados na parte de trás da ambulância. "Meu irmão foi morto numa briga de bar e foi para o inferno", disse o paciente. "Mas ele ainda pode falar comigo. Você não acreditaria no quanto é ruim lá embaixo. Ele sempre me diz que pode sair de lá se eu matar alguém, esse é o único jeito." O homem olhava fixamente através de mim, e eu tive de evitar seus olhos. Olhei pela janelinha, para Larry no banco do motorista, comendo um hambúrguer frio. "É um por um. Eu mato alguém, ele sai. Ele diz que não importa quem. Não quero matar ninguém, mas não consigo suportar isso, é ruim demais para ele lá embaixo. Não sei o que fazer." O homem parou de falar, olhou para a janela traseira, fitando atentamente lá fora, como se alguém ali estivesse falando com ele. "Não, eu não posso", ele gritou, tapando os ouvidos. "Não, você não pode", falei, indo para a cabeceira da maca. Ele baixou as mãos e se virou para a janela, ouvindo novamente, depois assentiu com a cabeça e murmurou: "Sim, eu sei".*

# 17.

Tom dirigia a ambulância para o café, luzes apagadas, mantendo-se à esquerda, rodando em marcha lenta, obedecendo a todas as leis de trânsito para não nos entregar ao expedidor. O Número 801 retornara e, embora trabalhasse no porão de um armazém em Queens, seus olhos estavam por toda parte. "Dez Henry, vá ao terminal rodoviário, para o homem baleado três anos atrás no quadril que se queixa de dor no braço. Treze Boy, também no terminal rodoviário, entrada da 9ª Avenida, você encontrará uma mulher na bilheteria que não consegue lembrar aonde está indo. Catorze Adam, defronte ao terminal rodoviário há um norueguês dizendo que nunca esteve num hospital americano e gostaria de ver um. Sem outras informações. Unidades, sei que vocês estão aí. Quinze Zebra, Catorze Young, Dezesseis Xray — informem sua posição, informem sua posição."

"Fique longe do terminal rodoviário", falei. "O filho da puta está tentando limpá-lo completamente."

"Ele nunca fará isso. Se tentar, vai precisar de todas as unidades da cidade."

"Não fale alto", sussurrei. O expedidor 801 era odiado e temido por todos os que o ouviam.

"Manteremos o sinal no Bandido; esperaremos um chamado de verdade aparecer e o agarraremos." Tom desligou as luzes e estacionou num buraco escuro no meio do quarteirão. "Prepare-se, Frank, pois haverá muito trauma por aqui. Novas vagas para chefão de quadrilha, renegado-mor. Certas pessoas não medem esforços para alcançar essas posições."

"Contanto que continuemos em movimento", falei. "Não gosto de ficar parado." Estávamos plantados num dos poucos quarteirões arborizados da região, um lembrete do que o bairro nunca fora: casas de tijolos todas ocupadas e bem-cuidadas, calçadas sem rachaduras e sem *junkies*. Aumentei o volume do rádio da polícia mas não consegui calar o silêncio. Na FM, a música sobre carros e garotas só piorou o efeito. Fechei os olhos. Imagens na cabeça. Joe Mars sem rosto. Olhei ao longo da fileira de tijolos, recordando o chamado no terceiro andar, o prédio à minha direita, o homem deitado na cama, espingarda de caça no peito, vazio do pescoço para cima. Logo à frente, duas jovens viraram a esquina, andando em nossa direção. Uma de capa de chuva amarela. Só podia ser. Rose, chegando.

"Vamos lá, Tom, vamos desistir do sinal, pegar um trabalho."

"Você quer algum vagabundo do terminal rodoviário? Vamos esperar um chamado de verdade."

"Então vamos entrar numa briga."

"Com quem?"

"Isso é problema seu." Rose inclinou-se por sobre uma mureta, um pouco sem fôlego. Sua amiga ajudou-a a sentar-se. "Vamos continuar rodando, Tom, continue em movimento. Nada de parar. Somos tubarões. Se paramos por muito tempo, morremos."

Tom engatou a marcha. Ele sempre gostava quando eu nos chamava de tubarões. Mantive o rosto abaixado, cumprimentando o chão.

Para leste na 48, passando por dois tiras que chutavam um vagabundo, duas putas que chutavam um vagabundo e dois vagabundos que chutavam latas. Na 9ª, as esquinas estavam esquentando, traficantes passadores e compradores, deuses profetas e escravos, os derrotados e os condenados, atravessando e desatravessando a avenida. Quando passamos, vi Patrick Burke sentado entre eles, a aparência de quem acabava de regressar de uma batalha. Sua camisa branca agora tinha mais buracos do que tecido, e o que parecia ser a pele também estava rasgado em algumas partes, ombro, mão e estômago, perna esquerda, sob um rasgão nas calças, abas de carne dilacerada reluzindo brancas como uma baleia retalhada. Fechei os olhos, as janelas me espremendo de todos os lados, sem espaço para me mexer. "Vamos quebrar alguma coisa, Tom. Vamos arrebentar alguma coisa, explodir alguma coisa."

"O que você quer quebrar?"

"Não sei — vamos quebrar algumas vidraças."

"Por quê?"

"Destruição, distração, estou sentindo necessidade e pronto."

"É preciso um motivo, Frank. A gente não sai por aí quebrando as vidraças das pessoas. Isso é anarquia."

"O que é uma razão? Dê-me uma razão, Tom."

"Deixe-me pensar", ele disse, e quando chegamos à 10ª ele virou à direita e tirou o pé do freio totalmente, ultrapassando ônibus, táxis, diplomatas, até emparelhar com um táxi clandestino que costurava desvairadamente no trânsito. No volante, um homem de turbante branco sondava as calçadas com a concentração de um soldado no campo de batalha. "Muito bem, vejamos aquele cabeça atoalhada ali. Aposto que ele está neste país há um ano e ainda não fala mais do que dez palavras em inglês, pode ser mais tempo e menos inglês. Só de uma coisa podemos ter certeza — ele dirige como um maníaco. Absolutamente nenhum respeito pelas regras mais elementares da estrada. Provavelmente tem quarenta infrações de trânsito, dez acidentes, atropelamentos, três pelo menos, e acho que estou sendo bonzinho na estimativa. Veja só, veja só, uma clássica manobra de taxista." O motorista parou num sinal vermelho avançando mais ou menos um quarto do carro no cruzamento, obstruindo completamente a faixa de pedestres, obrigando as pessoas a contornar o carro e passar no meio do trânsito.

Tom emparelhou com o táxi e berrou para o motorista: "Ei, *swami*, isso aí se chama faixa de pedestres. Você pára antes dela, e não em cima". O motorista apontou o topo do turbante na nossa direção, um gesto que imaginei causando a morte de alguém em Caxemira. Tom virou-se para mim. "Você acha que foi a liberdade que o trouxe para cá, o amor pela América? Na minha opinião, ele está se lixando para a América. Ele quer dinheiro, e o que não gasta em chapéus ou *halal* ele manda para fora do país. Afirmo que esse homem é danoso para nosso povo e nossa sociedade, nunca deveria ter sido admitido neste país, e agora que ele está aqui, é preciso dar um jeito nele."

O sinal ficou verde, o taxista já na metade do cruzamento, entrando à esquerda na nossa pista para evitar as obras na pista dele. Tom acelerou o motor para o nível de usina siderúrgica, tirou o pé do freio e estávamos do lado do táxi, as mãos de Tom no volante fazendo o mais ligeiro movimento para a direita, para cima do táxi sem tocá-lo, o taxista derrapando através de cavaletes e debaixo de uma motoniveladora, e Tom falando o tempo todo. "Precisamos estar vigilantes, Frank. Os guardiões da chama, das idéias que principiaram este país, a livre expressão da oposição. Combata, Frank."

"Quem? Não quero saber dos motivos. Só me diga quem." E naquele instante eu queria bater em alguém mais do que em qualquer outro momento de minha vida, mais do que em Wade Dombrowski, que roubou minha garota na oitava série, mais do que em meu pai, mais do que no expedidor 801. Eu estava cansado de limpar o sangue de todas as pessoas que sofriam nas mãos de todas as pessoas. Queria derramar um pouco, aplicar minha própria surra em alguém a quem eu pudesse atribuir até mesmo uma responsabilidade ínfima pelos infortúnios que eu presenciara. O tempo estava se esgotando.

Tom virou à direita na 52 e parou, duas portas antes do prédio onde eu cresci. "Eu sei quem vamos atacar", disse ele, com o dedo esticado na direção de um ponto próximo ao meio do quarteirão. "Ele."

Noël estava em pé ao lado de um Mustang branco, um bastão de beisebol pousado no ombro. Usava o mesmo traje manchado de sangue e, junto com os pneus amarrados em seus ombros e cotovelos, ele embrulhara o peito e a barriga num fio de aço, pelo menos um quilômetro de fio; ao redor de seus braços e pescoço marrons e nus ele atara trapos azuis e pretos, além de trapos em torno de suas botas pretas e trapos trançados entre os grossos feixes de *dreadlocks* pretos também amarrados a esmo com cadarços coloridos e mais fio e finas tiras de papel branco enroladas e penduradas em cada orelha. Ele usava dois relógios em cada pulso, e consultou todos; suspirando como a enfermeira Constance ao terminar seu intervalo para café, ele agarrou o bastão com as duas mãos, ergueu-o e o desferiu contra a janela do Mustang. Em seguida, pôs o bastão no chão e o usou como bengala enquanto andava até o carro seguinte.

Tom esmurrou o odômetro. "Esse cara vem aterrorizando a região há semanas, desde que saiu da cadeia, amedrontando metade da população, causando devastação geral, contribuindo intensamente para a má reputação do lugar. O termo 'ameaça à sociedade' foi criado especificamente para ele."

"Ele é louco", falei. "Não consegue se controlar."

"Ora, então por que não o internam? As prisões não o querem. Levei-o para o hospital ontem, e aí está ele de novo."

"Ele foi gravemente espancado quando era mais novo."

"Não o suficiente."

Noël chegou ao carro seguinte, um Bronco, ergueu cuidadosamente o bastão e despedaçou o pára-brisa.

"Olhe só para aquilo", disse Tom, "e me diga se ali está apenas uma pessoa louca. Cada movimento é calculado. Veja, ele sabe exatamente o que está fazendo. Se você vai bater em alguém, esse é o homem. Faz semanas que o persigo. Ele é rápido, rijo, esquivo e corre como um rato, difícil para uma pessoa, mas com duas e um bom plano, talvez..."

Não havia dúvida de que tudo o que Noël fazia resultava em violência e danos, mas como eu poderia considerá-lo responsável? Ele tinha uma bala na cabeça. Todos éramos responsáveis. "Está bem", falei. "O que é que eu faço?"

"Se ele me vir, vai sair correndo, por isso vou descer aqui. Você começa a falar com ele a respeito de beisebol ou qualquer coisa para desviar a atenção dele por um minuto, enquanto eu me esgueiro por trás dele, fico de quatro e você o empurra. Quando ele cair, nós dois o pegamos."

"Isso é ridículo."

"Acredite em mim, sempre funciona. Quanto mais simples, melhor."

"Ensinaram isso a você no Vietnã?"

"Não, em Flatbush."

Tom desceu, agachou-se e foi andando atrás da ambulância. Passei por cima do console, por trás do volante, tropeçando na sirene. Noël nem notou. Estava desferindo seu bastão contra o porta-malas de um Pinto quando estacionei.

"Que golpe tremendo você tem, Noël." Em pé a uns cinco metros de distância. "Me lembra Mattingly na sua melhor fase."

Ele me fitou por um instante como se não tivesse certeza de quem eu era, mas em seguida sorriu, andando até a janela do passageiro do Pinto e conversando, "Ah, cara, Mattingly tinha tantas jogadas, sempre mudando a cada semana, dedos dos pés para cima, dedos dos pés para baixo, cotovelos acima da cabeça, cotovelos nos quadris, mas no melhor ano com os Boggs era cotovelos altos nas costas, quadris fora do quadrado, assim, e manda brasa" — estilhaçou a outra janela e deu hurras. Parecia divertido. Ele foi até o pára-brisa. "Já meu golpe é igual ao de Reggie, o sr. Outubro." Ele se alinhou. "Atenção para o grande passo, cara", e malhou com o bastão, gritando. "Até logo, número três, jogo seis, Campeonato Nacional, 1977." Ele deixou cair o bastão e deu uma volta correndo em torno do carro com o punho fechado lá no alto. Pegou o bastão e me ofereceu. "Tome — tente você."

"Não, não, é melhor não."

"Sim, sim, experimente."

"Mesmo?"

Esqueci tudo sobre o plano, sobre bater em Noël. Mais que tudo, eu desejava quebrar alguma coisa. "Está bem. Que diabo." Agarrei o bastão. Pousei-o no chão. Cuspi nas mãos. Peguei-o. Olhei para o campo direito. "Ano seguinte", falei, "decisão da divisão, em Boston. Yankees atrás, dois a zero. Bucky Dent entra em cena."

"Ah, cara, Bucky."

"O lançamento de Torres, sua marca registrada, encosta no céu, Bucky sabe o que está vindo. Ele entra e esmaga, em cima do monstro verde. A multidão silenciada pelo foguete. Os Yankees vão para as finais." Trotei em volta do carro, sem pressa, desfrutando cada segundo. Pedaços de vidro nos cabelos, no rosto e na camisa, cintilando sob as luzes da noite.

"Frank, que diabo você está fazendo?" Tom estava em pé na penumbra do prédio. Noël recolheu o bastão e correu como um raio para o prédio seguinte; antes que Tom pudesse detê-lo, ele já descia as escadas e entrava na viela.

Tom virou-se para mim. "Você desce aquelas escadas ali adiante. Encontre-me aqui de novo se não conseguir achá-lo em dez minutos. Grite se o vir, e siga o plano, Frank." Ele desapareceu escada abaixo.

Fitei a entrada da viela que eu recordava tão bem da infância, a casa escura do bicho-papão, onde minha mãe dizia para eu nunca ir e, embora na época minha política fosse ir a toda parte onde não deveria, jamais desci ali, nem mesmo quando provocado. O único lugar da cidade de que eu podia afirmar ter medo. Mas isso fora dezessete anos antes; eu era mais velho agora, até conversava com o bicho-papão. Por isso, arrojei-me na escuridão, derrubando o lixo, chutando os tapetes enrolados, os montes gementes de cobertores e ladrilhos. Trombei num cano acima de meu olho esquerdo, o cano ressoando como um gongo, minha cabeça tinindo. Apertei-a com força, pensando no quanto meu eu de oito anos era mais esperto e sábio.

Peguei minha minilanterna e iluminei as paredes úmidas em ruínas, os canos corroídos e vergados. No chão, o lixo que eu tinha chutado na verdade eram cerca de doze pessoas que dormiam embaixo de seus pertences, empilhados para aquecê-las. Dois pares de olhos me fitaram sob os cobertores, carinhas morenas. Tive a impressão de que seus ombros estavam grudados. A sensação que voltava: como todas as coisas eram estranhas e inúteis.

Segui ao longo de todo o muro até o fim da viela e, sob os degraus de pedra que levavam a uma porta vermelha, encontrei uma passagem estreitíssima que virava à esquerda, à direita e novamente à esquerda, desembocando num corredor quente que parecia ter meio quarteirão de comprimento e que esquentava mais à medida que eu avançava. Passei por várias portas de metal quase em brasa de tão quentes, atrás delas um som que lembrava o movimento de labaredas. Já parecia verão, a noite mais quente de julho. Ouvi os barulhos da rua, mais altos a cada passo, até que pude distinguir o zumbido trepidante dos aparelhos de ar condicionado, bebês chorando como se estivessem num quarto contíguo, caminhões de lixo passando acima de mim, deixando seu fedor de verão.

Uma porta bateu à minha frente, algo metálico colidiu contra a parede à direita, o gemido de um bêbado, seguido por uma voz de mulher: "Dê o fora antes que eu chame os tiras". Fiz meia-volta e tratei de retornar. Minha mãe tinha razão. A viela era um lugar ruim, pior do que a rua, como a pior das ruas de todos os tempos. Cheguei a um cruzamento na viela, estava tentando decidir qual a saída mais próxima quando ouvi uma mulher chorar no corredor à minha esquerda. Eu não deveria precisar de outras indicações para o caminho a seguir, deveria virar rápido e sem medo à direita, mas por muito tempo eu vinha caminhando para os desastres, a única rota que eu conhecia. Apontei a lanterna para o som, adentrando o corredor e virando uma esquina, e ali a encontrei, em pé encostada nos fundos de um beco sem saída, de capa de chuva amarela e mais nada, um braço segurando a capa apertada contra o peito, o outro subindo pela perna. "Por que você me matou, Frank?"

"Não tive a intenção."

"Você devia ter me ajudado."

"Tentei ajudar. Eu queria."

Ela estendeu os braços. "Você não me ama, Frank?"

"Você sabe que amo", e comecei a andar na direção dela, com as mãos à frente para alcançar Rose, que se encolheu na parede até ser apenas três linhas tênues de luz amarelada saídas de uma velha porta de tábuas empenadas, na qual recostei a cabeça. A porta se abriu, puxando minha orelha, e na nova claridade cegante os cabelos de Noël apareceram, depois desapareceram na luz.

O minúsculo cômodo poderia ter sido o lar de diversos lunáticos desocupados: a lâmpada nua no teto descascado, o chão recoberto de jornais velhos, copos de café, roupas e lençóis imundos, um colchão rançoso, uma cadeira em estado deplorável. Na verdade, lembrava meu quarto, tudo exceto o caixão improvisado num canto, de papelão e fita adesiva, e os ossos em seu interior. Noël estava ajoelhado no chão ao lado do caixão, tentando encontrar lugar para o bastão de madeira no meio do lixo, empilhado tão alto que transbordava: equipamento de beisebol, troféus, fotografias, pedras, muletas e ossos, a maioria ossos de animais, supus, grandes demais para serem humanos, mas não havia dúvidas quanto ao crânio, todo ele *Homo sapiens*, assentado sobre a pilha como uma coroa branca, um orifício de meio centímetro acima da órbita direita e uma peruca de tiras de papel preto e fita adesiva, notável semelhança com a cachola esguedelhada de Noël. Eu já vira o bastante. "Noël, como é que eu saio daqui?"

"Quase acabando, quase acabando."

"Não preciso que você venha. Só que me explique." Olhei para a porta, esperando que a qualquer momento Tom Walls pulasse para dentro. Ter de explicar por que não avisei, por que eu era um vigilante tão incompetente.

Noël pegou o crânio, bateu nele com o seu próprio, uma cabeçada de cem anos. "Quantas vezes você morreu?", ele disse ao crânio. "Quantas vezes voltou?" Ele sacudiu o crânio perto da orelha. "Ei, esse Noël, ele nunca aprende que o que é certo não é tão certo nem tão errado. Quem você é é quem você será, e quem você pensa que é afinal, dar um tiro na cabeça daquele garoto, isso lhe servirá de lição." Noël pegou o bastão com a outra mão, usou-o para ameaçar o crânio. "Ei, ei, você não vê aquela linha, ali na rua, virando a esquina, ahn, quem deixou esse negro maluco entrar, bata na perna dele, atrás do pescoço, não esqueça o rosto." Ele atirou o crânio de volta à pilha, pegou uma fotografia, esfregou-a na face. "Oh, você se preocupa tanto, Noël, tem um coração tão grande, eu só vou deixá-lo nesta cadeira um minuto para empoar o nariz e, ah, não, eu sentei no seu coração, ah, esmaguei-o, me desculpe."

Agarrei o braço de Noël, dei um puxão para erguê-lo. "Vamos, Noël, vejo que você está ocupado e não quero tomar mais seu tempo — por gentileza, mostre-me a saída." Eu estava arrastando Noël para a porta quando Walls irrompeu, como foragido de um massacre, a mão na cabeça ensangüentada, outra vítima dos canos. "Segure-o, Frank, cheguei."

"Não brinque." Larguei Noël e vi Tom enquadrar-se na soleira da porta, os braços muito abertos, chamando com as mãos. "Venha, venha." Noël deu uns pulos, arrojou-se contra a parede dos fundos e em seguida contra Tom Walls. Os dois rolaram no chão, de algum modo Noël conseguiu se pôr em pé e desaparecer pelo corredor, Tom em seu encalço.

Peguei a foto que Noël deixara cair. Era de Mary Burke, pós-baile de estudantes mas ainda loura e sorridente, ainda uma arrasa-corações. Devolvi a foto à pilha e fui para a porta, de repente uma necessidade desesperadora de beber. Nas passagens escuras alguém regulara o termostato para mais calor e, com ele, as vozes do outro lado das paredes. Fui virando a esmo, sentindo que enveredava cada vez mais, quase ansiando por me render, me deitar à espera de que meus ossos fossem encontrados e acondicionados na caixa de algum lunático. Cheguei a um setor que parecia me conduzir para debaixo da rua, buzinas lá em cima seguidas de explosões, gritos de saudação e repulsa, mais altos à medida que eu adentrava outro beco sem saída. Parei defronte a uma porta de aço, e do outro lado distingui claramente a voz berrante de Ralph Kramden, do programa favorito de meu pai, *The honeymooners*. Depois, a espevitada réplica de sua esposa, Alice, seguida pela risada, mais clara e mais próxima, de um homem na sala. "Boa resposta, Alice", falou o homem. Dez anos que eu não ouvia aquela voz. "Frank." Meu pai me chamando. "Frank, venha cá", o comando exigindo alguma coisa feita imediatamente. Fiquei felicíssimo por ouvi-la, o homem que eu odiara por tanto tempo, aquele que saberia exatamente como me ajudar a sair. Abri a porta para lhe dizer que compreendia, servir outra dose de gim, colocar a poltrona azul perto dele, bebericar nossos drinques e rir diante da TV. Gemendo quando me vi na rua, a ambulância a meio quarteirão dali. A gente corre e corre, e aonde vai? Anda em círculos, e já sabe onde pára: Rose, meu pai, os círculos sempre completos, cada vez em torno de outro osso na caixa, esperando que ela se encha. Para que eu me apressava? Quanto mais se corre, mais cedo se está de volta. Não era de admirar que Marcus dirigisse tão devagar.

*Encontrei o zelador estendido no fundo do poço, dois andares abaixo de onde eu estava, as portas do elevador abertas, sem elevador. "Tire-me daqui", ele disse. "Depressa." Amarrei a corda numa viga do poço e desci, quase pisando no osso que saía de seu braço, logo abaixo do ombro. Ele falava com sotaque russo. "Fazia muito tempo que eu não ouvia o elevador funcionar, por isso vim olhar, e nada de elevador. Tire-me daqui." Com exceção do braço fraturado, nada encontrei de errado. Ele usava uma camisa desbotada em estilo havaiano, e quando comecei a cortar fora a manga para ver o ferimento, ele me olhou. "O que você está fazendo?", ele esbravejou. "Não corte isso. É minha camisa da sorte." E foi quando escutei um clique lá em cima, seguido por um zumbido, engrenagens girando. O homem e eu erguemos os olhos e juntos vimos quando, do último andar, o elevador começou a descida.*

# 18.

Sentei-me no banco do motorista aguardando que Tom terminasse de matar Noël e estoicamente ouvi as sirenes que soavam para cima e para baixo nas avenidas. Mais longe, muito mais longe, uma voz gritava no rádio, uma súplica desesperada eivada de estática que só podia ser do expedidor Bailey. Sua primeira vez nos controles após seis meses de licença psiquiátrica, e a típica má sorte de Bailey, estar trabalhando na Noite de Hell's Kitchen — voltando exatamente para o lugar de onde saíra. "Preciso de unidades. Preciso de unidades. Temos incêndios no metrô, 42 com Broadway. Tiros do lado de fora do Dynamite Club, 36 com 10ª. Bombeiros baleando-se na agência do correio, 30 com 9ª. Onde estão minhas unidades?"

Ele parecia um general enlouquecido em sua casamata nas derradeiras horas da guerra. Peguei o rádio. "O expedidor 801 mandou todas elas para o terminal rodoviário, para casos de herpes simples."

"Dezesseis Xray, é você? Preciso de você. Cinco Will, Sete Boy, respondam ao rádio. Estamos sendo massacrados aqui. Eles a estupraram, ah, Senhor, eles a pegaram, 52 Leste, 110. Alguém a ajude, pelo amor de Deus. Ele vai pular, ele vai pular. Ah, meu Deus, ele pulou. Alguma unidade pode ir à rua 48 Oeste, 530, apartamento 16M, e ajudar esse pobre homem?"

"La moutard est roulé dans la rue", falei, as poucas palavras em francês que eu recordava do secundário. Francês sempre fazia Bailey descarrilar.

"Unidades, unidades, estamos com interferência. Mãe, você não está escutando. Ah, não, ouço-os chegar agora. Transportadores forasteiros no perímetro. Este é um alerta máximo. Quero que todos desliguem seus rádios e, quando eu avisar, tornem a ligá-los."

Desliguei o rádio, e Tom saiu de uma viela do lado da rua oposto àquele onde entráramos. Sentou-se no banco do passageiro, segurando as costelas para abrandar seus arquejos. "Quase o peguei. No momento em que pus as mãos nele, desapareceu naquele buraco, igualzinho a um rato. Mas vou pegá-lo, antes de encerrarmos o expediente."

"Você não consegue nem tomar fôlego."

"Obrigado pelo apoio, parceiro."

Liguei o pisca-pisca no teto da ambulância e segui para o homem que havia saltado do prédio, rua 48 Oeste, 530, 16M, o estabelecimento de Cy Coates. Quem precisava de expedidor? Eu sabia para onde estava indo. Recostei a cabeça no encosto do banco e deixei que Franco avançasse tranqüilamente. À esquerda na 10ª, novamente à esquerda na 53, disparando pela 11ª na velocidade de um homem andando. Todo dia é o Dia do Juízo, pensei, o fim é sempre aqui. Eu começava a parecer o sr. Burke. *Não existe amanhã. O amanhã é agora mesmo.* Quantas vezes você morreu, Frank? Quantas vezes voltou? Liguei as sirenes e parei em outro sinal vermelho.

"Temos um chamado?", Tom perguntou.

"Estamos dando serviço para nós mesmos", falei. "Homem que pulou de prédio, rua 48, entre 10ª e 11ª."

Tom, ainda arfando, fazia gestos de avançar com o braço esquerdo, como se isso fosse me impelir a dirigir mais rápido. "Vamos! Você está dirigindo para um cara que pulou do prédio ou para uma liquidação de artigos de segunda mão?"

"Uma liquidação de artigo que pulou do prédio. Um cara de segunda mão. Sempre haverá amanhã, Tom. É impossível ser lento demais."

"Acho que você está tendo uma recaída, Padre. Agora terei de contar de novo as garrafas de álcool de fricção."

Estacionei atrás dos carros da polícia e caminhões de bombeiro que entupiam a rua 48. Na frente deles, no centro do parque de animais de pedra, estava o enorme caminhão de resgate do Serviço de Emergência. Ao lado desse caminhão, equipes da SWAT retiravam bolsas com equipamento respiratório, equipamentos de mergulho, rifles e escudos de choque. Em cima, dois homens vestidos como rabinos apontavam os holofotes para o décimo terceiro andar, onde Cy Coates parecia estar suspenso nas grades da sacada, com o corpo preso ali de algum modo, as pernas penduradas e balançando embaixo.

Tom e eu, parados diante da ambulância, pensávamos em que equipamentos deveríamos levar lá para cima. Por alguns segundos, Cy não se moveu, sem dúvida um Morto ao Chegar, mas depois ele coçou o nariz com a mão esquerda e começou a gritar "Tirem-me daqui, caramba!".

"Melhor levar tudo", disse Tom. Só quando estávamos passando por baixo da sacada enxergamos a parte da grade quebrada que atravessava as costas de Cy, saía por seu estômago e o segurava acima de nós.

O vestíbulo estava abarrotado de tiras e equipamentos. "O elevador deste prédio está quebrado", falei. "De qualquer modo, não caberíamos." Tom segurou aberta a porta das escadas. "Vamos embora, pessoal. Um homem está morrendo lá em cima. Em frente."

"Nem pensar." Seis vozes em uníssono. "São treze andares."

"Olhem." Tom apontou para a porta. "As câmeras dos jornalistas acabam de chegar."

Os tiras se levantaram imediatamente. O sargento, parecido com Will Rogers, bradou "As escadas, homens, as escadas". Um minuto depois de eles partirem, o elevador chegou; Tom, eu e o sargento entramos com nosso equipamento. A longa viagem lá para cima.

"Qual é a dos rabinos?", Tom perguntou.

"Gostam de nos seguir por toda parte. Nós os nomeamos representantes. Contribuíram com uma montanha de dinheiro para o novo caminhão."

"Esse cara é um suicida?"

"Tivemos um chamado para tiros no décimo sexto andar. E logo em seguida o chamado para o cara que saltou."

O elevador se abriu, batemos em três portas no fim do corredor, todas trancadas. A única resposta veio de Cy, que gritou "Entrem". Quando o resto dos tiras chegou ao topo da escadaria, o sargento empurrou os dois primeiros homens para dentro do elevador com ele. "Vou subir. Verificar o dezesseis."

"Vou com você", falei.

A porta do 16M estava aberta. O sargento entrou na frente com sua arma, os sapatos chapinhando em três centímetros de água. "Ela deve ter esquecido de fechar a torneira da banheira", disse ele, pulando por cima da mulher caída no corredor, a mulher da manhã anterior, Kanita; um buraquinho perfeitamente redondo acima do olho, lascas de osso e sangue ao lado do nariz, os lábios retesados e secos. "Achei outro aqui", disse um tira. O morto estava reclinado na poltrona, fitando um aquário quebrado. Dois novos buracos na cabeça. Olhei para o vulcão na parede. Paff.

O outro tira voltou do corredor. "Acabou. Ninguém mais na casa."

"Não parece arrombamento", disse o primeiro.

"Que pena." O sargento se agachou e, com o cano da arma, emborcou um dos peixes mortos. Estes filhotes valem quinhentos dólares cada." Desci pela escada.

Os moradores do 13M, o apartamento em que Cy estava pendurado, deviam estar fora da cidade ou passeando pela cidade. Teriam dificuldade para reconhecer o lugar agora. Em menos de um minuto, Tom e o punhado de policiais haviam virado de cabeça para baixo cada peça da mobília. O chão estava recoberto de serras de metal movidas a gás, maçaricos de acetileno, cordas, correias e as grandes, imponentes caixas que sempre eram trazidas em ocasiões assim por motivos que ninguém conhecia. As janelas que davam para a sacada estavam quebradas, e uma trilha de sangue seguia pelo corredor até a porta de um quarto de onde saiu Tom.

"Escute esta, Frank — temos dois pacientes. Número um, o espantalho lá fora. O número dois escapou da grade mas quebrou as duas pernas na sacada. Depois se atirou contra a vidraça, rastejou pelo corredor, entrou no quarto, tratou de puxar as cobertas sobre a cabeça e agora dorme como um bebê."

"Bem, então ele é o sortudo da noite."

"Acho que ninguém ganha dele, nem mesmo o pimentão no espeto lá fora."

"Como ele está?"

"Ainda não tive chance de vê-lo. Vou cuidar da bela adormecida."

Tom nunca admitiria, mas morria de medo de altura, a tal ponto que preferiria dar um tiro na cabeça a pisar num parapeito. Mal conseguia disfarçar o quanto estava feliz por ter encontrado outro paciente, e quando me aproximei de Cy pude ver por quê. Não só ele estava empalado em uma das varas da grade, mas também a força da queda empenara e retorcera alguns metros do resto da grade, arrancando-a da base e curvando-a pelo menos um metro por sobre a rua.

Enquanto os tiras prendiam as correias, medi os sinais vitais de Cy. Ele perdera algum sangue, porém não uma quantidade perigosa. O risco estava em tirá-lo da vara, que talvez estivesse estancando a hemorragia, por isso a vara precisava ficar, cortando-se a grade nas proximidades dele. Examinei a ferida, o metal penetrara nas costas logo abaixo do quadril e saíra logo acima, na frente. Incrivelmente, o quadril estava intacto. Ao que parecia, a vara errara todos os pontos mortais pelo caminho. Apertei seu abdome. Toda vez que eu perguntava "Dói aqui?", ele gritava e dizia não.

Coloquei nele uma máscara de oxigênio e me preparei para introduzir o cateter do soro intravenoso. O único modo de fazer isso era me inclinar por sobre a borda, apoiado no metal retorcido não ligado à vara, estender o braço e pegar a veia. Olhando para cima, prendi a bolsa do soro intravenoso nos dentes, esperando que uma brisa fresca me segurasse. Inclinei-me sobre a grade e mais para a frente, os holofotes lá embaixo como duas luas num céu de concreto. Imaginando o que eu pensaria durante a descida. Ave Maria, cheia de graça. O riso de minha mãe. O umbigo de Mona. Meu último beijo, Mary Burke. Os hiatos aumentam, o umbigo desaparece gradualmente e retorna, apenas uma toupeira na toca, todo mundo um fantasma. Desarrolhei a agulha, alinhei-a e empurrei. Ajustei o cateter na agulha e introduzi na veia, a agulha fora, o tubo dentro, soro fisiológico correndo. Grudei tudo com esparadrapo. Nesse ínterim, os tiras estavam ocupados prendendo suas correias a pitões que eles haviam martelado na parede de tijolos. "Você está pronto?", perguntou um deles. "Estou." "Você está pronto?" "Estou." A mim não perguntaram.

As serras de metal foram levadas para fora, duas delas; nenhuma funcionou. Serras de metal para dentro e maçaricos para fora. Uma cascata de fagulhas derramando-se por cima de mim. Uma boa hora para desligar o oxigênio.

"Esse sou eu?", perguntou Cy. "É Dia da Independência?"

"Estão cortando a grade com o maçarico. Você vai sentir o metal esquentar, talvez esquentar bastante."

"Não consigo mais ficar com a cabeça levantada. Preciso me apoiar."

Passei a bolsa do soro intravenoso para um dos tiras que estavam na porta, e Cy se recostou em minhas mãos.

"E então, Frank, eu vou viver?"

"Você vai viver."

"Eu sabia. Vocês não podem me matar — ninguém pode. Estive pensando numas coisas. Meditando sobre meu futuro financeiro. Vocês me deram tempo de sobra para refletir sobre o futuro. O que vocês fizeram, pararam para comprar comida chinesa no caminho? Eu poderia ter dito a vocês que havia bastante comida em minha casa."

"Eu estava cansado", falei. "Precisava de um café."

"E Kanita?"

"Morta."

"Uma pena. Mas é assim mesmo, o preço de ter uma visão, trabalhar duro para realizá-la. Basta a gente ter algum dinheiro, uma garota bonitinha que todo mundo quer tirar uma lasca. Um garoto que eu não deixaria nem lavar meu Mercedes está em minha casa, atirando em mim. Tento retribuir alguma coisa à comunidade, e esse é o obrigado, Frank. Tome nota, cara, não deixe que isso aconteça com você. Diabo, pensei que conseguiria atingir a sacada, como Sam. Ele é gordo, é por isso, cai mais depressa. Estou tentando controlar meu peso, e veja o que acontece. Ei, estou baleado, Frank? O garoto é um atirador de merda, também." Cy ergueu-se em sua lança e sacudiu os braços tentando se virar para o outro lado. "Tem telefone lá dentro? Preciso fazer algumas ligações. Mandar gente para cá, arrumar essa bagunça. Caramba, isso está quente!" As fagulhas voando e caindo em cima de nós, a vara próxima ao quadril de Cy avermelhando. Ele voltou a se apoiar em minhas mãos. "Tudo bem. Posso agüentar. Já tomei alguma coisa. Além do mais, tenho dinheiro, e dinheiro é a melhor droga que existe. Veja só aquilo." Ele estendeu a mão acima do horizonte ao norte, milhares de fagulhas batendo-lhe na palma e chovendo sobre Upper West Side. "Que beleza. Quando o fogo começa a cair, os mais fortes reinam sobre tudo. Adoro esta cidade, Frank. Olhe", ele disse, e então desapareceu, despencou pela borda, lá para baixo. Agarrei sua mão e despenquei também. Tudo bem, foi o que consegui dizer.

Eu caíra, mas não podia cair, preso por uma correia em minha cintura que eu não sabia que estava usando, dobrado em dois enquanto segurava o punho de Cy com minha mão, o resto dele oscilando embaixo. Pela primeira vez vi algum sinal de preocupação em seus olhos. "Escute, Frank, quanto àqueles dez dólares que você me deve: esqueça." Olhei lá para baixo, além de Cy, gente movendo-se abaixo de nós, uma multidão de no mínimo cinqüenta pessoas em volta dos animais de pedra. *Solta ele*, alguém gritou. Mesmo daquela altura reconheci alguns deles, a maioria overdoses e vítimas de tiros, um homem de garganta cortada, uma mulher atirada de um telhado, o menino baleado na bicicleta tanto tempo atrás. "E então, Frank, você vai me puxar para cima agora?" *Solta ele*. Muitas vozes agora, um coro erguendo-se na luz. "*Me solte*", gritei. "Ora, Frank, por que eu faria isso?" Seu pulso escorregando até minha mão. Sua mão na minha. *Solta ele.* Ele estava indo. Puxei, estendi minha outra mão e o agarrei debaixo do braço. Então comecei a subir.

"Que bom termos prendido você com a correia, hein?", disse o tira, puxando-me sobre a borda. Seguido por Cy. "E eu? Quem deveria ter posto a correia em Cy Coates?"

Um tira virou-se para outro. "Pensei que você o tivesse prendido."

"Pensei que *você* tivesse feito isso", falou o outro, e puseram Cy na padiola, prendendo-o nas correias o mais apertado possível. Três polegadas de ferro ainda se projetavam da barriga dele, a quinze centímetros do flanco. Ao atravessarem a porta, parte da lança se chocou contra o batente. Cy uivou.

"Cuidado com esse metal, John", disse o policial junto aos pés de Cy.

"Desculpe, senhor", disse o policial na cabeceira.

"Escute, cara", falou Cy. "Pare de sacudir minha vara."

*O homem estava sentado na cadeira da cozinha. Disse que sentia palpitações; não exatamente dor, apenas um latejo estranho, incômodo no peito. Pus o monitor de ECG na mesa da cozinha, peguei os cabos e liguei o homem ao aparelho. A tela mostrou um bloqueio cardíaco de segundo grau com contrações ventriculares prematuras ocasionais. Apertei o botão Record, a máquina traçou o ritmo no papel de ECG. Enquanto eu olhava o papel, medindo o intervalo QRS, notei a mudança do ritmo. "Veja só", falei. "É terceiro grau." "O que é terceiro grau?", ele perguntou, observando a tela junto comigo. "Um bloqueio total", respondi, e apertei o botão Record quando o ritmo tornou a mudar, taquicardia sinoventricular. "Parece Wolff-Parkinson-White", falei, registrando novamente. "Epa, espere um minuto, estamos num Wenckebach agora. Faz anos que não vejo um Wenckebach." De poucos em poucos segundos mudavam as linhas na tela, abrangendo toda a gama de ritmos: rodadas de taquicardia ventricular, taquicardia sinoventricular paroxística, fibrilação atrial, os complexos estreitos e espremidos, depois amplos e muito separados, e então não havia complexos, apenas uma linha verde reta. "Veja só", falei. "Assistolia." Apertei o botão Record e me virei para o homem, que fitava a tela atentamente. Aquele ritmo ele conhecia. Ele caiu no chão e não se moveu.*

# 19.

Nenhuma unidade de apoio disponível, e tínhamos de levar os dois pacientes. Sam dormia na padiola presa ao banco, Cy conversava na padiola presa à maca. Sua pressão sangüínea caíra ligeiramente, por isso instalei um cateter intravenoso em seu outro braço enquanto ele me contava a santificada história de sua vida. As palavras pareciam longínquas demais para serem entendidas, como as sirenes cujos gemidos soavam para mim a quarteirões de distância, embora eu soubesse que elas estavam logo acima da minha cabeça. Verifiquei os sinais vitais de Sam, com ações calmas e mecânicas, depois me sentei na cadeira à cabeceira da maca. Não conseguia decidir se eu estava respirando. Senti o esforço de respirar fundo, mas sem que entrasse ar algum. Cerrei os punhos e esmurrei as pernas, sem saber se o que estava adormecido eram meus dedos, minhas pernas ou o corpo inteiro. Além disso, meus olhos não queriam permanecer abertos, e cheguei a tentar segurar as pálpebras com os dedos, porque havia muita papelada a preencher e porque eu estava convicto de que morreria se eles se fechassem. Com os braços rígidos como se fossem de metal, escrevi o nome Coates, Cy, e não consegui prosseguir. As mãos caíram para o lado, fechei os olhos, uma névoa obscurecendo tudo. Paramos. À distância, ouvi a voz de Tom dizendo-me que estava procurando uma maca para Sam, e por mais que eu tentasse não consegui desligar aquela voz. Nenhuma luz entrando mas ainda assim um brilho fraquinho lá dentro, uma chama piloto em meu peito. Fiz o possível para apagá-la, mas estava sem ar suficiente, por isso fechei todo meu corpo ao redor dela, cerrei os dentes, apertei e a sufoquei até que ela se apagasse, afundando na cadeira; acabou, pensei, mas a sensação boa durou apenas um momento. Tom estava me sacudindo. Morto ou não, eu ainda tinha de ajudá-lo a levar as macas. "Nossa, Frank", disse ele enquanto entrávamos com os dois pacientes, "você está mesmo um lixo."

Na sala de espera estava o guarda Griss e estavam todos os demais. Ele, postado diante da porta que dava para a mesa da triagem, de braços cruzados, enfunava o peito até ficar do tamanho da porta. Cercava-o todo um turno de pacientes não atendidos, tão furiosos com a negligência da enfermeira que quase haviam esquecido os ferimentos e moléstias que eram o motivo de estarem ali. No semicírculo ao redor do guarda, lutavam por espaço, empurrando e puxando para se aproximarem, mas ninguém conseguia chegar perto de Griss, como se um muro de pedra o cercasse, e quando ele esticou os braços à frente, empurrando o muro para mais longe e se inflando mais, a multidão recuou e se dividiu ao meio. Somando-se a isso a investida de Tom na retaguarda da multidão, ficamos com espaço suficiente para atravessar com as macas.

"Pessoal, escutem tudo o que vou dizer", falou Griss. "O caminho para sua salvação não passará sobre o cadáver de Griss.

Quanto a isso, podem esquecer, pois Griss encerrará seu expediente dentro de quarenta e sete minutos, depois irá para casa e tomará um banho. Se vocês querem fazer uma revolução, têm de fazer isso mais cedo, combinar comigo antes da meia-noite, pois, podem crer, não estou inspirado para essa merda agora. Todo mundo vai esperar até seu nome ser chamado."

Lá dentro, na saleta da triagem, Mary Burke ajudava o sr. Hand a erguer-se do chão, enquanto a enfermeira Constance se concentrava em sua revista. "Ele está esperando desde anteontem", disse Mary, "e acabou de desabar lá fora." O sr. Hand agarrava a mão de Mary como um monge segurando um anjo. A enfermeira Constance pegou um termômetro e enterrou na boca de Hand. "Benzinho, ele já desabava antes de você nascer."

As enfermeiras da área de tratamento dormiam nas cadeiras, cabeças descansando sobre pedidos de raios X e romances. O chão estava atulhado de papéis, bandagens não usadas e invólucros de celofane, como se um desfile tivesse acabado de passar pelo local. Tudo em silêncio, exceto pelos roncos de Sam e o ritmo familiar do ventilador de Burke.

O dr. Hazmat saiu de trás de uma das cortinas e, sem uma palavra, examinou os dois pacientes. Apontei a entrada e a saída do espigão de ferro; Tom fez o mesmo com as canelas fraturadas de Sam. "Muito bem, todo mundo", o médico sussurrou, e as enfermeiras serenamente empurraram as macas para o compartimento de cirurgia. Em pé ao lado do médico, indiquei o compartimento de Burke. "Como vai ele?"

Hazmat sacudiu negativamente a cabeça. "Código de novo, ainda agorinha. Precisamos de meia hora para trazê-lo de volta desta vez, e desde então ele não fez nenhum movimento. A gasometria foi um horror. Deus sabe quanto de cérebro ainda lhe resta. Outro código como esse, e ele está acabado. Sabe, quando ele estava lutando antes, eu pensava que fosse instinto de sobrevivência, luta para viver. Agora acho que talvez o tempo todo ele estivesse lutando para morrer."

Joguei no lixo os formulários semipreenchidos, cansado e morto demais para escrever. Quando passei pelo compartimento de triagem, Mary Burke saiu, chutou a parede e gritou com a enfermeira. "Deus do céu, o que é que há com você? Por que aceitou esse emprego, afinal, se você não passa de uma cadela insensível?" Parada no corredor, ela não sabia como sair. Apertei o botão na parede. "Obrigada", ela disse, e passou friamente pelo guarda.

A sala de espera estava quieta novamente, Griss cochilando à mesa, a noite prenhe de pequenas tempestades que pareciam terminar antes de terem começado. Segui Mary até a fileira de bancos da frente, onde sua mãe estava sentada com as mãos sobre a bolsa. "Um de nossos vizinhos a trouxe para cá. Encontraram-na vagando pelas ruas, conversando com pessoas que não existem mais. Agora mesmo ela estava conversando com minha avó, que já morreu faz dez anos. Ela fala comigo como se eu tivesse oito anos."

"Por que você não vai brincar em seu quarto, Mary?", falou a sra. Burke.

"Está bem, mamãe", disse Mary, e se virou para mim. "Isto aqui deveria ser um hospital. Quero dizer, alguém aqui deveria ser capaz de ajudá-la. Dar um comprimido para ela dormir, deixá-la deitar-se, alguma coisa, mas aquela cadela ali diz que não pode fazer nada, não há macas. Sabe, algumas destas pessoas estão esperando há dias para serem atendidas pelo médico. Dias. Acabei de falar com ele. Ele disse que meu pai está piorando. Que acha que meu pai não vai sobreviver. Também, não é de admirar. Toda vez que eu entro lá, vejo um bando de zumbis andando de um lado para o outro. Ninguém fazendo nada."

Eu a olhava enquanto ela falava. Tão cansado que só queria manter meus olhos nos olhos dela. Sem ouvir coisa alguma exceto o ar que ela inspirava. "Deus do céu, você também", ela disse, depois sentou-se e cobriu o rosto com as mãos.

Tom jogou a maca dentro da ambulância. "Temos um chamado", falou. "Parada cardíaca." O motor acelerando, duas tentativas para alcançar meu banco, depois em disparada pelas arcadas de tijolos da rua 56. A noite fragmentando-se em tons cinzentos, pálida insinuação do futuro no céu acima do East River. Fechei os olhos e senti as luzes golpeando a porta.

"Lá está o filho da puta", disse Tom quando chegamos à 45, e então desapareceu, a ambulância ainda em movimento sem ninguém na direção, meu parceiro correndo em direção à multidão na esquina. Passei por cima do console para puxar o freio e vi a garota de capa de chuva amarela deitada na calçada, um homem em cima dela, a camuflagem ensangüentada que só podia ser de Noël.

Retirei a maca e o equipamento e coloquei na calçada. Tom já estava trabalhando. A moça jazia imóvel no chão, e ao lado dela Tom espancava Noël até a inconsciência. Esmurrou o rosto, depois se ocupou das costelas. Tentei arrancá-lo dali, foi preciso chutá-lo na ilharga. "Tom, ajude-me. Ligue-a ao monitor."

"Acho que esse lunático estava tentando matá-la", ele disse, já pegando os fios do ECG e ligando-os ao peito da moça. Agarrei a bolsa com o equipamento respiratório, ajoelhei-me atrás da cabeça da garota. Tateei o pescoço para contar os batimentos, observei se os pulmões subiam com o ar. Nada. Uma linha reta no ECG. Instalei a máscara sobre sua boca, coloquei a bolsa de Ambu, bombeei. O mesmo rosto pelo qual Tom e eu lutáramos do lado de fora do café no início do turno. O mesmo rosto que eu vira morrer tantas vezes. Rose. Os olhos dela se abriram, castanhos tão escuros que eram pretos, brilhando de terror.

"Linha reta", disse Tom, e abriu a capa de chuva, desabotoou com um puxão a blusa branca e começou a pressionar delicadamente o pequeno espaço acima do coração. Abri a boca da moça com a lâmina do laringoscópio e com cuidado deslizei o tubo até seus pulmões. Facílimo. Sempre é fácil depois. Ela olhou para mim como se esperasse pelo sinal de que aquilo era um sonho. "Está tudo bem", eu repetia. "Tudo certo."

A multidão à nossa volta aumentando, a amiga dela em pé atrás de mim. "O que aconteceu?", perguntei, embora já soubesse. "Qual é o nome dela?", indaguei, embora também já soubesse.

"O nome dela é Rose", respondeu a amiga. "Ela estava ótima, de repente sentou aqui e disse que não conseguia respirar."

"Você sabe como ela é."

"Pensei que ela estivesse tendo mais um de seus ataques de pânico. Ela tem andado muito deprimida ultimamente. Sabe, o irmão dela foi baleado faz três semanas."

"Eu sei."

"E os pais dela saem a maior parte do tempo, e quando não saem a gente fica desejando que saíssem, sabe como é. Ela está morando comigo desde que o irmão morreu. Ela vai ficar boa, não vai?"

"Não", falei. "Não vai." Tom introduzira o soro intravenoso e ministrara uma dose de epinefrina; nós dois verificamos o monitor à procura de alterações, mas obviamente não havia nenhuma, por isso a pusemos na maca e a levamos para a ambulância. Na porta, olhei para a amiga de Rose e os outros, que ainda fitavam o lugar onde Rose caíra. Perto deles, Noël apenas começava a se pôr em pé; a amiga de Rose apontou. "É esse aí. É ele. Ela estava bem até ele aparecer, estava apenas tendo uma crise de pânico, e aí ele foi para cima dela, como se a beijasse, sufocando-a ou coisa parecida. Alguém chame a polícia." As outras pessoas refletiam sobre esses fatos. Rodearam o ainda atordoado Noël. Sentei-me à cabeceira de Rose, bombeando a bolsa, vi Tom fechar as portas, correr até Noël, empurrá-lo no chão. "Quando eu voltar, mato você. Está me ouvindo?" Noël com bom senso suficiente para se levantar e começar a recuar. Quando viramos a esquina, ele corria pela rua como um cão cego.

Quando Rose e eu finalmente ficamos a sós, eu lhe disse "Eu sinto muitíssimo, Rose. Eu sinto demais, puxa, nem consigo dizer quanto". Ela ainda olhava para cima, mas sua luz interior se fora; fechei seus olhos. No monitor, a linha continuava reta, por isso larguei a bolsa de Ambu, afaguei os cabelos de Rose, inclinei-me e beijei-a no canto da boca. Eu intubara Rose dezenas de vezes desde que errara aquela primeira, e no fim eram todas iguais. Rose morre, é o que ela faz, não há como impedir, e isso é a coisa mais difícil de aceitar não importa o número de vezes. Quem conseguir ver isso e entender, entenderá todas as coisas terríveis deste mundo, e estará morto também, pois saber é morrer. "Eu sinto muitíssimo, Rose. Eu sinto demais, puxa." Fui para o lado dela, empurrei-a um pouco para o canto e me espremi junto a ela, passei-lhe um braço pelos ombros, o outro sob o pescoço, minha mão em sua cabeça. Beijei-a de novo.

Comecei a massagem cardíaca quando estacionamos no Miséria, e permaneci na sala de tratamento esmagando o peito de Rose, os médicos e enfermeiras num esforço imenso para revivê-la, embora todos soubessem que não havia esperança. Um deles me substituiu, eu saí da sala, passei pelas enfermeiras, pelos vadios enfileirados na Ala da Escória, pela sala de espera, Mary Burke aninhada como uma criança nos braços da mãe. Parei lá fora, perto da ambulância, de portas ainda abertas, o equipamento amontoado no estacionamento asfaltado. Joguei-o para dentro, fechei as portas, sentei-me ao lado de Tom, que deu a partida. "Eu vou matá-lo", ele repetia. "Eu vou matá-lo."

Segurei firme na porta ao virarmos a 9ª, a ambulância inclinando-se sobre os lojistas que punham na calçada as caixas de frutas e os cartazes de café da manhã. Viramos à direita na 51, as sombras alongadas da manhã atravessando a rua como setas apontando para oeste, à direita na 10ª e novamente à direita, e quando chegamos à fila de pára-brisas estilhaçados, local dos *home runs* de Noël, Tom puxou o freio. Na calçada, Noël correndo em direção à viela. "Desta vez ele não vai fugir."

Tom alcançou-o na escada, a lanterna Bronson subiu e desceu. Noël esquivou-se, agachou-se, tentou passar por baixo, mas Tom estava pronto, seus braços em volta do pescoço de Noël. Te peguei, ele disse, e os dois rolaram pelo chão engalfinhados, Tom como um crocodilo atracando-se com a presa, um braço em volta do pescoço de Noël, o outro prendendo-lhe os braços de encontro a seu peito. Eles vieram rolando e trombaram em minhas pernas, eu agarrei e puxei o braço de Tom mas ele segurava firme, e embora eu continuasse a puxar, podia sentir Noël morrendo. Esmurrei a cabeça de Tom e puxei, socando e puxando, Noël agitando os braços freneticamente até que não conseguiu mais, e quando Tom finalmente o largou e se pôs em pé, Noël estava de costas, imóvel.

Ajoelhei-me perto da cabeça. Sem batimentos. Olhei para Tom. "Agora você conseguiu. Você o matou."

Tom deu um longo passo para trás, fitando sua obra. "Ele é o matador, Frank. Teve o que mereceu."

"Você o matou. Você o matou." Arrojei-me com todo o peso para cima dele, atingindo-o no peito, c ele caiu de costas na calçada, seus olhos cravados no corpo. Não fez menção de se levantar, e eu corri para a ambulância, peguei a bolsa com o equipamento respiratório e o monitor.

"Não faça isso, Frank."

Ajoelhei-me, conectei o ECG, peguei as palhetas, carreguei-as na potência máxima e ajustei-as no peito. Um clique, e o corpo saltou do chão quase três centímetros; ao tocar o chão novamente, era Noël, os olhos piscando loucamente, o louco Noël. Verifiquei os batimentos, pulavam sob meus dedos.

"Pegue a maca, Tom."

"Você está cometendo um erro", disse ele, mas foi buscá-la na ambulância.

Noël ainda sem respirar. Peguei rápido o equipamento de intubação, aproximei-me da cabeça. Num movimento, embalagem do equipamento aberta, língua para cima, tubo inserido. Bombeei com força três vezes e vi o peito elevar-se por conta própria, as mãos de Noël erguendo-se para arrancar o tubo. Rose sempre morre, pensei, e Noël sempre volta.

Prendemos Noël na maca com as correias e o empurramos para a ambulância. A caminho do hospital, ele libertou uma das mãos e foi um deus-nos-acuda impedi-lo de arrancar o tubo. Tom fazendo as curvas a 160 por hora, gritando lá da cabine "Você nunca vai entender, não é, Padre?".

"Nunca", falei. "Eu sei." Passamos por uma cratera na rua, caí no chão, soltando o braço de Noël. Ele arrancou o tubo, gritou, puxando violentamente as correias. Ao estacionarmos no Miséria, ele estava em pé na maca, e quando abri as portas traseiras ele pulou para fora e disparou pela trilha dos carros, com Tom correndo atrás.

Parei na sala de espera. Griss se fora, e o guarda diurno, cujo nome eu não sabia, estava ocupado verificando os documentos de identidade dos funcionários enfileirados para o novo turno. Faxineiros, cozinheiros, enfermeiros e auxiliares passavam por nós aos tropeções e aguardavam grogues na fila, observados por Mary Burke e sua mãe, sentadas nas cadeiras da frente. Algo remotamente esperançoso naquela procissão, visões daqueles trabalhadores percorrendo depressa todo o hospital, levantando os doentes e os mortos, devolvendo-os ao mundo. Seguindo-se uma passada de escovão, a arrumação das camas, o intervalo para o café.

Passei pelas macas da Ala da Escória, fui para a sala de tratamento, onde a maioria do pessoal médico estava chegando ou partindo; no pequeno espaço onde jazia o corpo do sr. Burke, fechei bem as cortinas atrás de mim e fitei as máquinas que tão diligentemente bombeavam ar em seus pulmões e drogas em seus braços, registrando os intermináveis batimentos cardíacos. Um a um, puxei os plugues, esperei no novo silêncio a derradeira elevação do peito. Por um minuto aguardei, as máquinas paradas, o corpo continuando a luta, forçando as amarras. Tomei o pulso, senti os batimentos cada vez mais lentos, até cessarem; os braços caíram para os lados. O alarme estridente do monitor de ECG encheu a sala, logo seguido pela buzina grave do alarme do respirador e pelo complemento de dois alarmes gorgeantes do regulador de gotejamento do soro intravenoso. Assegurei-me de que os plugues estavam fora das tomadas. Apertei o interruptor de força e procurei atrás o botão para o desligamento definitivo. Um dos enfermeiros do turno diurno abriu a cortina, verificou as telas apagadas, depois atrás das telas, e então ligou tudo de novo. Ele me olhou, pôs as mãos no pescoço de Burke. "Código", gritou.

O substituto de Hazmat, dr. Brunt, entrou e fez uma pausa ali como um motorista que passa ao lado de um acidente. "O que foi?"

"É código, acabou de acontecer", disse o enfermeiro, cruzando os braços.

Brunt olhou o relógio. "Meu Deus, que modo de começar o dia. Estamos fazendo ressuscitação cardiopulmonar agora?" Ele levou as mãos aos olhos, apertou-os, depois apontou para mim. "Ele está com fibrilação ventricular. Choque nele."

Peguei as palhetas, carreguei-as, coloquei-as no peito de Burke. "Afastem-se", gritei, e pressionei para baixo com toda força. Pus os dedos nos botões e fingi apertá-los. "Choque", gritei.

"Nada. Dê outro choque."

"Novamente fingi, sacudindo o corpo de Burke com minhas mãos para simular a descarga elétrica. "Choque", gritei.

"Nada", disse Brunt. "Muito bem, iniciar compressões, e vamos ministrar epinefrina."

Em pé ao lado do corpo de Burke, pus as mãos em seu peito. Mais dois enfermeiros entraram depressa, empurrando o carrinho para código. Por ordem do médico, fingi aplicar outro choque. Mais epinefrina, lidocaína, enfermeiros retirando seringas. Desviei-me dos olhos de Burke e iniciei as compressões torácicas, fitando a cortina cinza e branca produzida em série pelo que me pareceu dez minutos, embora demorasse não mais do que a queda de uma estrela. Vi o rosto de Burke afastar-se deslizando, e atrás dele mais rostos, as sombras de rostos, sombras de sombras, afastando-se do centro. Reconheci-os, e também todos os demais que eu não podia ver mas sabia que estavam ali, como um astrônomo que contempla o universo num céu sem estrelas. Senti-me expandir através de todos os fragmentos das pessoas que haviam passado por mim e, como paramédico, senti um grande orgulho nisso, um bilhão de vidas para cada vida. Havia uma totalidade infinita na coisa, uma loucura que beirava o êxtase.

"Muito bem, já basta", disse o dr. Brunt. "Ele está morto, eu atesto. Vamos tomar um café." Todo mundo saindo em fila.

"A família está lá fora", falei. "Provavelmente ficarão consternados."

"Nada de lágrimas antes do café." O médico, em pé ao lado de sua cadeira favorita, conferia as manchetes do dia. "Depois que eles começam a chorar, não presto para mais nada. Mas deveriam estar preparados para isto, a esta altura. Quero dizer, ele está aqui há dias. Não vou causar grande surpresa, vou?"

"Não, mas você sabe como eles podem ficar."

"Ah, eu sei, eu sei. Sou uma esponja de lágrimas."

Na sala de espera, a família de Burke esperava em pé na primeira fila, como estátuas prestes a ser derrubadas para dar lugar a uma nova família. Mary Burke foi a primeira. "Como ele está?"

"Vamos para aquela sala."

"Pode me dizer aqui mesmo."

Morto morto morto. Balancei a cabeça negativamente. "O coração dele parou. Vamos lá para dentro."

"Ah, meu Deus", disse a sra. Burke, seu rosto uma mina aberta, rochas dispersas e equipamento de construção. Sua filha agarrou meu braço. Teria me batido, mas gastou todas as forças com palavras. "Não, não. Ele estava melhorando."

"Tudo bem, Mary." As mãos da sra. Burke na filha. "Vamos entrar."

Achei bom que a cortina estivesse fechada quando passamos ao lado do corpo. Na sala de descanso dos enfermeiros, puxei as cadeiras, tirei os copos de café vazios da mesa e ajudei a sra. Burke a sentar-se. "O coração dele não se recuperou", falei. "O corpo não pôde mais continuar."

"Absurdo. Se ele recebesse os cuidados de que precisava, estaria vivo. Isto aqui é um açougue nojento. É mesmo."

"Por favor, Mary", disse a mãe.

"Foi o espírito dele", falei.

"Que tipo de hospital é este? Onde está o médico? Doutor", ela berrou na direção da sala de tratamento. "Doutor."

Senti o ar frio da sala se aquecer, o chão amolecer, o vaso de orquídeas decompostas na mesa chacoalhar e virar. "Olhe", falei. "Ele está aqui agora mesmo." Mas ela estava encolerizada demais para saber, como eu sabia, que seu pai entrara na sala, que ele estava bem ali na curva do braço de sua mãe onde ela recostava a cabeça, chorando, em seus cabelos, mesmo quando ela os penteava com os dedos, quase jogando-o dali. "Ele está aqui", gritei, e ele estava, em toda parte onde eu olhava: nas lágrimas sobre a mesa, nas linhas ébrias do carpete, nas bolsas de oxigênio que eu tentava juntar com as mãos para mostrar a Mary. Endireitei o vaso. "Olhe, olhe", mas o vaso não se moveu. O dr. Brunt chegou e se sentou.

"Como é que meu pai pode estar morto?"

As mãos de Brunt se moviam sobre seu rosto enquanto ele falava. "Ele não está, mas está. Mas não voltará. Na verdade ele nunca partiu. Lamento demais não poder explicar." O médico prosseguiu contando a história da morte de seu irmão, uma história que nenhum de nós entendeu, depois ele baixou a cabeça, as mãos ainda movendo-se sobre o rosto. Fitei o vaso, esperando que ele se mexesse outra vez, mas havia uma outra coisa na sala, muito mais forte.

"Você o matou", disse Mary ao médico, e quando ele não ergueu os olhos, ela se virou para mim. "Você o matou." O que havia para dizer? Eu só podia me maravilhar ante a força de seu ódio. Suficiente para esmagar átomos se ela quisesse, transformar-me em pó ao menor estalo, e no entanto tudo o que ela fez foi sair. Esse era o milagre.

Nada a fazer além de ir para casa e me revirar na cama. Cansado demais para beber. No estacionamento lá fora, Tom Walls e Franco estavam juntos, Walls na frente, golpeando a grade com sua lanterna, amassando o cromado. Ele foi para o lado da ambulância, sacou sua maior faca, enfiou-a nos pneus. Vendo que eu o observava, ele estendeu a faca. "Me ajude, Padre. Ajude."

Segui pela trilha dos carros, cheguei à rua. Senti acima de mim os fantasmas de todos os quartos onde eu estivera e, em vez de me assombrarem, eles pareciam me desejar repouso. "Bons sonhos, Frank", disse uma das janelas. Virei a esquina da 47 com a 11ª e vi Rose sentada nos degraus da entrada de meu prédio, a capa de chuva amarela toda abotoada sob o sol. Parei por um segundo, cogitei em dar meia-volta, mas não havia outro lugar para ir, ninguém sobrara. Ela se levantou quando cheguei à escada. Abri a porta, segurei para que ela passasse.

Não pude manter Rose respirando, mas guardei sua lembrança, estive com ela no fim mil vezes. Isso não fazia de mim um melhor salvador de vidas, um verdadeiro salva-vidas? Eu não salvara todos eles, cada um com seu próprio lugar aqui dentro? Eu estava tão cansado de correr, de tentar esquecer. Nunca esqueceria, e por isso, talvez, eu podia ser perdoado.

Subindo as escadas, nossas mãos quase se tocaram. Em cima, abri a porta para o gato sentado na sala sem mobília. "Oi, você chegou", ele disse. Fui direto para a cama, tirei rápido as roupas, puxei as cobertas rançosas até o nariz. Calmamente, Rose tirou a capa de chuva, a blusa e a saia e se deitou atrás de mim, seu ventre de leve em minhas costas, suas mãos sob meu peito. Ela não estava nada fria, e sim quente, e seu calor percorria toda a cama. Havia apenas um ligeiro odor, mas depois de cinco anos naquele trabalho eu estava acostumado com isso, e não era nada. Ouvi sua respiração e senti-me adormecer antes de estar dormindo. O som da respiração dela. Eu estava adormecendo.

ESTA OBRA FOI COMPOSTA PELA HELVÉTICA EDITORIAL EM ELECTRA
E IMPRESSA PELA PROL EDITORA GRÁFICA EM OFF-SET SOBRE
PAPEL PÓLEN SOFT DA COMPANHIA SUZANO PARA A
EDITORA SCHWARCZ EM JANEIRO DE 2000